P9-CBC-891

LA NUIT
DES TEMPS

Collection « Références » dirigée
par Claude AZIZA

L'« Entracte » a été imaginé par
Marie-Laurence AUCUY
Sylvie DEWEERDT
Nicole RASTETTER

RENÉ BARJAVEL

LA NUIT
DES TEMPS

roman

PRESSES DE LA CITÉ

Loi n° 49 956 du 16 juillet 1949 sur les publications destinées
à la jeunesse : janvier 1994.
© 1968, Presses de la Cité.
© 1994, éditions Pocket, pour la présente édition et le cahier
« Entracte ».
ISBN 2-266-00378-X

A André Cayatte,
père de cette aventure
et inspirateur de ce livre,
je les dédie, avec mon
amitié.

R. B.

Ma bien-aimée, mon abandonnée, ma perdue, je t'ai laissée là-bas au fond du monde, j'ai regagné ma chambre d'homme de la ville avec ses meubles familiers sur lesquels j'ai si souvent posé mes mains qui les aimaient, avec ses livres qui m'ont nourri, avec son vieux lit de merisier où a dormi mon enfance et où, cette nuit, j'ai cherché en vain le sommeil. Et tout ce décor qui m'a vu grandir, pousser, devenir moi, me paraît aujourd'hui étranger, impossible. Ce monde qui n'est pas le tien est devenu un monde faux, dans lequel ma place n'a jamais existé.

C'est mon pays pourtant, je l'ai connu...

Il va falloir le reconnaître, réapprendre à y respirer, à y faire mon travail d'homme au milieu des hommes. En serai-je capable ?

Je suis arrivé hier soir par le jet australien. A l'aérogare de Paris-Nord, une meute de journalistes m'attendaient, avec leurs micros, leurs caméras, leurs questions innombrables. Que pouvais-je répondre ?

Ils te connaissaient tous, ils avaient tous vu sur leurs écrans la couleur de tes yeux, l'incroyable distance de ton regard, les formes bouleversantes de ton visage et de ton corps. Même ceux qui ne t'avaient vue qu'une fois

9

n'avaient pu t'oublier. Je les sentais, derrière les réflexes de leur curiosité professionnelle, secrètement émus, déchirés, blessés... Mais peut-être était-ce ma propre peine que je projetais sur leurs visages, ma propre blessure qui saignait quand ils prononçaient ton nom...

J'ai regagné ma chambre. Je ne l'ai pas reconnue. La nuit a passé. Je n'ai pas dormi. Derrière le mur de verre, le ciel qui était noir devient blême. Les trente tours de la Défense se teintent de rose. La tour Eiffel et la tour Montparnasse enfoncent leurs pieds dans la brume. Le Sacré-Cœur a l'air d'une maquette en plâtre posée sur du coton. Sous cette brume empoisonnée par leurs fatigues d'hier, des millions d'hommes s'éveillent, déjà exténués d'aujourd'hui. Du côté de Courbevoie, une haute cheminée jette une fumée noire qui essaie de retenir la nuit. Sur la Seine, un remorqueur pousse son cri de monstre triste. Je frissonne. Jamais, jamais plus je n'aurai chaud dans mon sang et dans ma chair...

Le Dr Simon, les mains dans les poches, le front appuyé au mur de verre de sa chambre, regarde Paris, sur lequel le jour se lève. C'est un homme de trente-deux ans, grand, mince, brun. Il est vêtu d'un gros pull à col roulé, couleur pain brûlé, un peu déformé, usé aux coudes, et d'un pantalon de velours noir. Sur la moquette, ses pieds sont nus. Son visage est mangé par les boucles d'une courte barbe brune, la barbe de quelqu'un qui l'a laissée pousser par nécessité. A cause des lunettes qu'il a portées pendant l'été polaire, le creux de ses yeux apparaît clair et fragile, vulnérable comme la peau cicatrisée d'une blessure. Son front est large, un peu caché par les premières boucles des cheveux courts, un peu bombé au-dessus des yeux, traversé par une profonde ride de soleil. Ses paupières sont gonflées, le blanc de ses yeux est strié de rouge. Il ne peut plus dormir, il ne peut plus pleurer, il ne peut pas oublier, c'est impossible...

L'aventure commença par une mission des plus banales, la routine, le quotidien, l'ordinaire. Il y avait des années que le travail sur le continent antarctique n'était plus l'affaire des intrépides, mais celle des sages organisateurs. On avait tout le matériel qu'il fallait pour lutter contre les inconvénients du climat et de la distance, pour connaître ce qu'on cherchait à savoir, pour assurer aux chercheurs un confort qui eût mérité au moins trois étoiles — et tout le personnel nécessaire possédant toutes les connaissances indispensables. Quand le vent soufflait trop fort, on s'enfermait et on le laissait souffler ; quand il s'apaisait, on ressortait et chacun faisait ce qu'il avait à faire. On avait découpé sur la carte le continent en tranches de melon, et la mission française implantée de façon permanente à la base Paul-Emile Victor avait découpé sa tranche en petits rectangles et trapèzes qu'elle explorait systématiquement l'un après l'autre. Elle savait qu'il n'y avait rien d'autre à trouver que de la glace, de la neige et du vent, du vent, de la glace et de la neige. Et, au-dessous, des roches et de la terre comme partout. Cela n'aurait rien d'exaltant, mais c'était passionnant quand même, parce qu'on était loin de l'oxyde de carbone et des embouteillages, parce qu'on se donnait une petite illusion

11

d'être un petit morceau de héros explorateur bravant les horribles dangers, et parce qu'on était entre copains.

Le groupe venait de terminer l'exploration du trapèze 381, le dossier était clos, un double était parti au siège à Paris, il fallait passer à la suite. Bureaucratiquement, du 381, on aurait dû sauter sur le 382, mais ça ne se passait quand même pas comme ça. Il y avait les circonstances, les impondérables, et le besoin d'un minimum de variété.

La mission venait justement de recevoir un nouvel appareil de sondage sous-glaciaire de conception révolutionnaire et que son constructeur prétendait capable de déceler les moindres détails du sol sous plusieurs kilomètres de glace. Louis Grey, le glaciologue, trente-sept ans, agrégé de géographie, brûlait de le mettre à l'épreuve en comparant son travail à celui des sondeurs classiques. Il fut donc décidé qu'un groupe irait faire un relevé du sol sous-glaciaire au carré 612, qui se situait à quelques centaines de kilomètres à peine du pôle Sud.

En deux voyages, l'hélicoptère lourd déposa les hommes, leurs véhicules et tout leur matériel sur le lieu d'opération.

L'endroit avait déjà été grossièrement sondé par les méthodes et les engins habituels. On savait que des profondeurs de 800 à 1 000 mètres de glace voisinaient avec des gouffres de plus de 4 000 mètres. Aux yeux de Louis Grey, il constituait un champ d'expérience idéal pour tester le nouvel appareil. C'était, croyait-il, ce qui avait motivé son choix. Personne, aujourd'hui, n'ose plus le croire. Avec tout ce qui a été révélé depuis, comment pourrait-on encore penser que ce fut le hasard seul, ou une quelconque raison raisonnable, qui fit venir ces hommes avec tout le matériel nécessaire en ce point précis du continent, plutôt qu'en tout autre point de ce désert de glace plus grand que l'Europe et les Etats-Unis réunis ?

Beaucoup d'esprits sérieux pensent maintenant que Louis Grey et ses camarades ont été « appelés ». Par quel procédé ? Cela n'a pas été éclairci par la suite. Il n'en a même pas été question. Il y avait des problèmes bien plus énormes et plus urgents à élucider. Toujours est-il que Louis Grey, onze hommes et trois snodogs[1] se posèrent exactement à l'endroit où il fallait.

Et deux jours après, tous ces hommes savaient qu'ils étaient venus à la rencontre d'un événement inimaginable. Deux jours... Comment parler ici de jours et de nuits ? On était au début de décembre, c'est-à-dire en plein été austral. Le soleil ne se couchait plus. Il tournait autour des hommes et des camions, sur le bord de leur monde rond, comme pour les surveiller de loin et partout. Il passait vers 9 heures du soir derrière une montagne de glace, reparaissait vers 10 heures à son autre extrémité, semblait vers minuit sur le point de succomber et de disparaître sous l'horizon qui commençait à l'avaler. Il se défendait en se gonflant, en se déformant, devenait rouge, gagnait la bataille et reprenait lentement ses distances et sa ronde de sentinelle. Il découpait autour de la mission un immense disque blanc et bleu de froid et de solitude. De l'autre côté, plus loin que ces bords lointains sur lesquels il montait la garde, derrière lui, il y avait la Terre, les villes et les foules, et les campagnes avec des vaches, de l'herbe, des arbres, des oiseaux qui chantent.

Le Dr Simon en avait la nostalgie. Il n'aurait pas dû être là. Il achevait un séjour de trois ans, presque ininterrompu, dans les différentes bases françaises de l'Antarctique, et il était plus que fatigué. Il aurait dû prendre l'avion pour Sydney. Il était resté, à la demande de son ami Louis Grey, pour accompagner sa mission, le Dr Jaillon, son remplaçant, étant occupé à la base par une épidémie de rougeole.

1. Camions étanches, à chenilles et coussins d'air.

Cette rougeole était invraisemblable. Il n'y a presque jamais de malades en Antarctique. On dirait que les microbes ont peur du froid. Les médecins n'ont guère à soigner que les accidents. Et parfois les gelures des nouveaux arrivants, qui ne savent pas encore s'empêcher d'être imprudents. D'autre part, la rougeole a à peu près disparu de la face de la Terre depuis la mise au point du vaccin buccal que tous les nourrissons avalent dans leurs premiers biberons. Malgré ces évidences, il y avait la rougeole à la Base Victor. Un homme sur quatre, environ, grelottait de fièvre dans son lit, la peau transformée en tissu à pois.

Louis Grey ramassa une poignée de rescapés, dont le Dr Simon, et les embarqua en hâte pour le point 612, en souhaitant que le virus ne les suivît point.

S'il n'y avait pas eu la rougeole...

Si ce jour-là, au lieu de grimper dans l'hélicoptère, je m'étais embarqué avec mes cantines dans l'avion de Sydney, si du haut de son décollage vertical, avant qu'il ne s'élançât en rugissant vers les terres chaudes, j'avais dit adieu pour toujours à la base, à la glace, au monstrueux continent froid, que serait-il advenu ?

Qui aurait été près de toi, ma bien-aimée, au moment terrible ? Qui aurait vu à ma place ? Qui aurait su ?

Celui-là aurait-il crié, hurlé le nom ? Moi, je n'ai rien dit. Rien...

Et tout s'est accompli...

Depuis, je me répète qu'il était trop tard, que si j'avais crié, cela n'aurait rien changé, que j'aurais simplement été accablé sous le poids d'un désespoir inexpiable. Pendant ces quelques secondes, il n'y aurait pas eu assez d'horreur dans le monde pour emplir ton cœur.

C'est cela que je me redis sans cesse, depuis ce jour, depuis cette heure : « Trop tard... trop tard... trop tard... »

Mais peut-être est-ce un mensonge que je mâche et remâche, dont j'essaie de me nourrir pour tenter de vivre...

Assis sur une chenille du snodog, le Dr Simon rêvait à un croissant trempé dans un café crème. Trempé, juteux, ramolli, mangé en l'aspirant, à la façon d'un malotru. Mais un malotru debout devant un comptoir parisien, les pieds dans la sciure, au coude à coude avec les hargneux du matin, partageant leur premier plaisir de la journée, peut-être le plus grand, celui de s'éveiller tout à fait en ce lieu de première rencontre avec les autres hommes, dans la tiédeur et les courants d'air et la merveilleuse odeur du café express.

Il n'en pouvait plus de toute cette glace et de ce vent, et de ce vent, et de ce vent qui ne cessait jamais de s'appuyer sur lui, sur eux, sur tous les hommes de l'Antarctique, toujours du même côté, avec ses mains trempées dans le froid de l'enfer, de les pousser tous sans arrêt, eux et leurs baraques et leurs antennes et leurs camions, pour qu'ils s'en aillent, qu'ils débarrassent le continent, qu'ils les laissent seuls, lui et la glace mortelle, consommer éternellement dans la solitude leurs monstrueuses noces surglacées...

Il fallait être vraiment obstiné pour résister à son obstination. Simon était arrivé au bout de la sienne. Avant de s'asseoir, il avait posé une couverture pliée en quatre sur la chenille du snodog, afin que la peau de ses fesses n'y restât pas collée avec son slip, son caleçon de laine et son pantalon.

Il faisait face au soleil et se grattait les joues au fond de sa barbe, en se persuadant que le soleil le réchauffait, bien qu'il lui dispensât à peu près autant de calories qu'une lanterne à huile accrochée à trois kilomètres. Le vent essayait de lui rabattre le nez vers l'oreille gauche. Il tourna la tête pour recevoir le vent de l'autre côté. Il pensait à la brise de mer le soir à Collioure, si tiède, et qu'on trouve fraîche parce qu'il a fait si chaud dans la journée. Il pensait au plaisir incroyable de se déshabiller, de se tremper dans l'eau sans se transformer en iceberg, de s'allonger sur les galets brûlants... Brûlants !... Cela lui parut si invraisemblable qu'il ricana.

— Tu te marres tout seul maintenant ? dit Brivaux. Ça va pas mieux... Tu couves la rougeole ?

Brivaux était arrivé derrière lui, le sondeur sur le ventre, pendu à une large courroie qui passait derrière son col en peau de loup.

— J'étais en train de penser qu'il y a des endroits du monde où il fait chaud, dit Simon.

— C'est pas la rougeole, c'est la méningite... Reste pas assis comme ça, tu vas te geler la rate... Tiens, viens voir un peu ça...

Il lui désignait le cadran du sondeur, avec sa feuille enregistreuse déjà en partie enroulée. C'était le modèle courant avec lequel il venait de prospecter le secteur qui lui avait été affecté.

Simon se leva et regarda. Il ne connaissait pas grand-chose à la technique. Le mécanisme du corps humain lui était plus familier que celui d'un simple briquet à gaz. Mais il avait eu le temps, depuis trois ans, de se familiari-ser avec les dessins que traçait, sur le papier magnétique, le trembleur au graphite des sondeurs portatifs. Cela ressemblait, en général, à la coupe d'un terrain vague, ou d'un éboulis, ou de n'importe quoi qui ne ressemblait à rien. ce que lui montrait Brivaux, *cela ressemblait à quelque chose...*

A quoi ?

A rien de connu, rien de familier, mais...

Son esprit, habitué à faire la synthèse des symptômes pour en tirer un diagnostic, comprit tout à coup ce qu'il y avait d'inhabituel dans ce relevé du sol glaciaire. La ligne droite n'existe pas dans la nature brute. La ligne courbe régulière non plus. Le sol brutalisé, raboté, mélangé au cours des âges géologiques par les formidables forces de la Terre, est partout totalement irrégulier. Or, ce que le sondeur de Brivaux avait inscrit sur le papier, c'était une succession de courbes et de droites. Interrompues et brisées, mais parfaitement régulières. Que le sol pût présenter un tel profil, cela était tout à fait improbable, et même impossible. Simon en tira la conclusion évidente :

— Il y a quelque chose de coincé dans ton machin...

— Et toi, tu as quelque chose de coincé là-dedans ?

Brivaux se frappait le front du bout de son index ganté.

— Ce « machin » fonctionne au poil. Je voudrais fonctionner aussi bien que lui jusqu'à mon dernier jour. C'est *là-dessous* qu'il y a quelque chose qui ne va pas...

Il tapota la surface de la glace du talon de sa botte fourrée.

— Un profil pareil, c'est pas possible, dit Simon.

— Je sais, ça a pas l'air vrai.

— Et les autres ? Qu'est-ce qu'ils ont trouvé ?

— J'en sais rien. Je vais leur filer un coup de trompette...

Il monta dans le snodog-labo, et, trois secondes après, la sirène hurlait, appelant les membres de la mission à rallier le campement.

Ils étaient d'ailleurs déjà en train de revenir. D'abord

les deux équipes à pied, avec leurs sondeurs classiques. Puis le snodog qui portait devant lui, dans une armature métallique entre ses deux chenilles, l'émetteur-récepteur du nouveau sondeur. Un câble rouge le reliait au poste de commande et à l'enregistreur, à l'intérieur du véhicule. Il y avait également, dans le véhicule, Eloi le mécanicien, Louis Grey, impatient de connaître les performances du nouvel instrument, et l'ingénieur d'usine qui était arrivé avec lui pour en montrer le fonctionnement.

C'était un grand garçon mince, plutôt blond, de manières délicates. Il donnait l'impression, par son élégance naturelle, d'avoir fait tailler sa tenue polaire chez Lanvin. Les anciens ne pouvaient pas s'empêcher de sourire en le regardant. Eloi l'avait surnommé Cornexquis, ce qui lui convenait parfaitement.

Il descendit du snodog en silence, écoutant d'un air réservé les appréciations de Grey sur son « ustensile ». De l'avis du glaciologue, le nouveau sondeur déraillait complètement. Il n'avait jamais vu même la plus antique ferraille tracer un profil pareil.

— Tu n'as pas fini d'être surpris..., dit Brivaux, qui attendait près du snodog-labo.

— C'est toi qui as appelé ?

— C'est moi, papa...

— Qu'est-ce qui se passe ?

— Entre, tu verras...

Et ils virent...

Ils virent les quatre relevés, les quatre profils, tous différents et tous semblables. Celui du nouveau sondeur était inscrit sur un film de 3 mm. Grey l'avait suivi sur l'écran de contrôle. Les autres membres de la mission le découvrirent sur l'écran du labo.

Ce que les trois autres sondeurs avaient laissé supposer, le nouvel appareil en démontrait l'évidence. Il faisait défiler sur l'écran, avec une netteté qui ne laissait aucune place au doute, des profils d'escaliers renversés, de murs cassés, de dômes éventrés, de rampes hélicoïdales tordues, tous les détails d'une architecture qu'une main gigantesque semblait avoir disloquée et broyée.

— Des ruines !... dit Brivaux.

— Ce n'est pas possible... dit Grey d'une voix qui osait à peine se faire entendre.

— Et pourquoi ? dit Brivaux, tranquillement.

Brivaux était le fils d'un petit paysan montagnard de Haute-Savoie, le dernier de son village à continuer d'élever des vaches au lieu de traire les Parisiens entassés à dix par mètre carré de neige ou d'herbe pelée. Le père Brivaux avait entouré son morceau de montagne de barbelés et de poteaux « Défense d'entrer », et dans cette prison vivait en liberté.

Son fils avait hérité de lui ses yeux bleu clair, ses cheveux noirs et sa barbe rousse, son égalité d'humeur et son équilibre. Il voyait des ruines, comme tous ceux qui étaient là et qui savaient interpréter un profil. Et qui n'y croyaient pas. Lui y croyait parce qu'il les voyait. S'il avait vu son propre père sous la glace, il se serait étonné une seconde, puis il aurait dit « Tiens, papa... »

Mais les membres de la mission ne pouvaient refuser de se rendre à l'évidence. Les quatre relevés se recoupaient et se confirmaient les uns les autres.

Le dessinateur Bernard fut chargé d'en faire la synthèse. Une heure plus tard, il présentait sa première esquisse. Cela ne ressemblait à rien de connu. C'était énorme, étrange, bouleversé. C'était une architecture titanesque, brisée par quelque chose de plus grand encore.

— C'est à quelle profondeur ces trucs ? demanda Eloi.

— Entre 900 et 1 000 mètres ! dit Grey d'un air furieux, comme s'il eût été responsable de l'énormité du renseignement.

— Ça veut dire qu'ils sont là depuis combien de temps ?

— On peut pas savoir... Nous n'avons jamais percé si profond.

— Mais les Américains l'ont fait, dit paisiblement Brivaux.

— Oui... Les Russes aussi...

— Ils ont pu dater leurs échantillons ? demanda Simon.

— On peut toujours... Ça ne veut pas dire que c'est exact.

— Exact ou pas, ils ont trouvé combien ?

Grey haussa les épaules d'avance devant l'absurdité de ce qu'il allait dire.

— Autour de 900 000 ans, à quelques siècles près...

Il y eut des exclamations, puis un silence stupéfait.

Les hommes réunis dans le camion regardaient successivement l'esquisse de Bernard et les dernières lignes du profil, immobiles sur l'écran. Ils venaient de prendre conscience tout à coup de l'immensité de leur ignorance.

— Ça tient pas debout, dit Eloi... C'est des hommes, qui ont fabriqué ça. Y a 900 000 ans, y avait pas d'hommes, y avait que des singes.

— Qui t'a dit ça, ton petit doigt ? dit Brivaux.

— Ce que nous savons de l'histoire des hommes et de l'évolution de la vie sur la terre, dit Simon, n'est pas plus gros qu'une crotte de puce sur la place de la Concorde...

— Hé ben ? dit Eloi.

— Monsieur Lancieux, je fais mes excuses à votre appareil, dit Grey.

Lancieux. Cornexquis. Personne n'avait plus envie de le dénommer ainsi, même mentalement. Il n'y avait plus de place dans la tête de ces hommes pour les plaisanteries de collégiens qui les aidaient d'habitude à supporter le froid et la longueur du temps. Lancieux lui-même ne ressemblait plus à son sobriquet. Il avait les yeux battus, les joues râpeuses, il tirait sur une cigarette éteinte et tordue, il écoutait Grey en hochant la tête d'un air absent.

— C'est une mécanique sensationnelle, disait le glaciologue. Mais il y a autre chose... Ils n'y ont pas fait attention. Montrez-le-leur... Et dites-leur ce que vous en pensez...

Lancieux appuya sur un bouton de rembobinage, puis sur le bouton rouge, et l'écran s'éclaira, montrant de nouveau le lent défilé du profil des ruines.

— C'est *là* qu'il faut regarder, dit Grey.

Son doigt montrait, en haut de l'écran, au-dessus du tracé tourmenté du sous-sol, une ligne rectiligne à peine visible, finement ondulée, d'une régularité parfaite.

Effectivement, personne n'y avait prêté attention, pensant que c'était peut-être une ligne de référence, un repère ou n'importe quoi, mais rien de significatif.

— Dites-leur... répéta Grey. Dites-leur ce que vous m'avez dit ! Au point où nous en sommes...

— Je préférerais, dit Lancieux d'une voix gênée, faire d'abord une contre-épreuve. Aucun des autres sondeurs n'a enregistré...

Grey lui coupa la parole :

— Ils ne sont pas assez sensibles !

— Peut-être, dit Lancieux de sa voix douce. Mais ce n'est pas sûr... C'est peut-être seulement parce qu'ils ne sont pas réglés sur la bonne fréquence...

Il se lança avec Brivaux dans une discussion à laquelle se mêlèrent bientôt les autres techniciens du groupe, chacun suggérant quelles modifications il convenait, à son avis, d'apporter aux sondeurs.

Le Dr Simon bourra sa pipe et sortit.

Je ne suis pas un technicien. Je ne mesure pas mes malades. Le moins possible. J'essaie plutôt de les comprendre. Mais il faut pouvoir. Je suis un privilégié...

Mon père, qui était médecin à Puteaux, voyait défiler plus de cinquante clients par jour dans son cabinet. Comment savoir ce qu'ils sont, ce qu'ils ont ? Cinq minutes d'examen, la pince à perforer, la carte, la machine à diagnostic, l'ordonnance imprimée, la feuille S.S., le timbre payant, coups de tampon, c'est fini, allez vous rhabiller, au suivant. Il haïssait sa profession telle que lui et ses confrères étaient obligés de l'exercer. Quand l'occasion s'est présentée pour moi de venir ici, il m'a poussé dans le dos de toutes ses forces. « Vas-y ! Vas-y ! Tu auras une poignée d'hommes à soigner. Un village ! Tu pourras les connaître... »

Il est mort l'année dernière, épuisé. Son cœur l'a laissé tomber. Je n'ai pas même eu le temps d'être là. Il n'avait sans doute jamais pensé à se perforer sa petite carte personnelle et à la glisser dans la fente de son médecin électronique. Mais il avait pensé à m'apprendre certaines choses que lui avait apprises son père, médecin en Auvergne. Par exemple, à tâter le pouls, à regarder une langue et le blanc d'un œil. C'est prodigieux ce que le pouls peut apprendre sur l'intérieur d'un homme. Non seulement sur l'état momentané de sa santé, mais sur ses tendances habituelles, son tempérament, et même sur son caractère, selon qu'il est superficiel ou enfoncé, agressif ou introuvable, unique ou doublé, étalé ou pointu, soyeux ou râpeux, selon qu'il passe tout droit ou qu'il fait le dos rond. Il y a le pouls du bien portant et celui du malade, il y a aussi le pouls du sanglier et celui du lapin.

J'ai aussi, bien entendu, comme tous les médecins, un diagnostiqueur et des petites cartes. Quel médecin n'en a pas ? Je ne m'en sers que pour rassurer ceux qui ont plus confiance dans la machine que dans l'homme. Ici, heureusement, ils ne sont pas nombreux. Ici, l'homme, ça compte.

Quand Brivaux avait quitté la ferme de son père pour faire à Grenoble des études qui le passionnaient, il avait placidement bousculé les programmes et enjambé les étapes. Sorti premier de l'école d'électronique avec un an d'avance, il aurait pu transformer son diplôme d'ingénieur en un pont d'or vers n'importe quelle grande industrie du monde. Il avait choisi la Base Victor. Sans pont d'or. « Parce que, expliquait-il au Dr Simon, son ami, faire de l'électronique ici, c'est marrant... On est à deux doigts du pôle magnétique, en plein va-et-vient des particules ionisées, en plein souffle du vent solaire, et des tas de trucs encore qu'on ne connaît pas. Ça fait une salade intéressante. On peut bricoler... »

Il écartait les bras à l'horizontale et agitait les doigts, comme pour inviter les courants mystérieux de la Création à pénétrer dans son corps et à le parcourir. Simon souriait, l'imaginant, Neptune de l'électronique, debout au pôle, ses cheveux plantés dans les ténèbres du ciel, sa barbe rouge plongée aux flammes de la Terre, ses bras tendus dans le vent perpétuel des électrons, distribuant à la Nature les flux et les influx vivants de la planète mère. Mais c'était dans le « bricolage » qu'il manifestait une sorte de génie.

Ses gros doigts poilus étaient incroyablement adroits, et sa science, associée à un instinct infaillible, lui disait exactement ce qu'il fallait faire. Il *sentait* le courant comme les bêtes sentent l'eau. Et ses doigts, immédiatement, lui fabriquaient le piège efficace. Trois bouts de fil, un circuit, trois grenailles semi-conductrices, il tordait, assemblait, collait, soudait, une bulle de fumée, une odeur de résine, et ça y était, un cadran se mettait à vivre, une arabesque palpitait dans l'épaisseur de l'écran.

Le problème que lui posa Lancieux n'en était pas un pour lui. En moins d'une heure il avait trafiqué les trois sondeurs classiques, et les équipes repartaient. Ce qu'elles allaient chercher était tellement effarant qu'elles étaient persuadées de revenir bredouilles. A part Lancieux qui connaissait bien son appareil, tout le monde pensait que la petite ligne ondulée était l'effet d'un caprice du nouveau sondeur. Un « fantôme », comme disent les gens de la télévision.

Le soleil se laissait entamer par la montagne de glace quand ils revinrent. Tout était bleu, le ciel, les nuages, la glace, la buée qui sortait des narines, les visages. L'anorak rouge de Bernard avait la couleur d'une quetsche. Ils ne revenaient pas bredouilles. La ligne ondulée s'était inscrite sur leurs bandes enregistreuses. Sous la forme d'une ligne droite. Moins « détaillée », elle avait perdu sa petite frisure. Mais elle était là. Ils avaient bien trouvé ce qu'ils étaient allés chercher.

En comparant leurs relevés et celui de Lancieux, Grey avait pu localiser un point précis du sol sous-glaciaire. Il en projeta le profil sur l'écran du snodog. Cela semblait représenter un morceau d'escalier gigantesque renversé et brisé.

— Mes enfants, dit Grey d'une voix blanche, là... il y a là...

Il tenait dans sa main gauche un papier qui tremblait. Il se tut, se racla la gorge. Sa voix ne voulait plus sortir. Il frappait l'écran avec son feuillet qui se froissait.

Il avala sa salive, il éclata :

— Bon Dieu, merde ! C'est de la folie ! Mais ça existe ! Les quatre sondeurs peuvent pas déconner tous les quatre ! Non seulement il y a les ruines de je ne sais quoi, mais au milieu de cette caillasse, là, à cet endroit-là, juste là, il y a un émetteur d'ultra-sons qui fonctionne !

C'était ça, la petite ligne mystérieuse, c'était l'enregistrement du signal envoyé par cet émetteur qui fonctionnait, selon toute logique, depuis plus de 900 000 ans... C'était trop énorme à avaler, ça dépassait l'histoire et la préhistoire, ça démolissait tous les credos scientifiques, ce n'était plus à l'échelle de ce que ces hommes savaient. Le seul qui acceptât l'événement avec placidité, c'était évidemment Brivaux. Le seul qui fût né et eût été élevé à la campagne. Les autres, dans les villes, avaient grandi au milieu du provisoire, de l'éphémère, de ce qui se construit, brûle, s'écroule, change, se détruit. Lui, au voisinage des roches alpines, avait appris à compter grand et à envisager la durée.

— Ils vont tous nous prendre pour des fous, dit Grey.

Il appela la base par radio et demanda l'hélicoptère pour ramener le groupe, d'urgence.

Mais il avait oublié la rougeole. Le dernier pilote disponible venait de se coucher.

— Y a André qui va mieux, dit le radio de la base, dans trois ou quatre jours on pourra vous l'envoyer. Mais pourquoi voulez-vous rentrer ? Qu'est-ce qui se passe ? Y a le feu à la banquise ?

Grey coupa. Cette plaisanterie stupide avait un peu trop servi.

31

Dix minutes plus tard, le chef de la base, Pontailler lui-même, rappelait, très inquiet. Il voulait savoir pourquoi la mission voulait rentrer. Grey le rassura, mais refusa de lui dire quoi que ce fût.

— Il ne suffit pas que je te le dise, il faut que je te le montre, dit-il. Sans quoi, tu penseras que nous sommes tous tombés sur la tête. Envoie-nous chercher dès que tu pourras.

Et il raccrocha.

Quand l'hélicoptère arriva au point 612, cinq jours plus tard, Pontailler était dedans, et fut le premier à sauter à terre.

Les hommes de Grey avaient passé ces cinq jours-là dans une excitation et une joie croissantes. Finie la stupeur due au premier choc, ils avaient accepté les ruines, accepté l'émetteur, les avaient faits leurs. Leur mystère même et leur invraisemblance les exaltaient comme des enfants qui entrent dans une forêt où des fées existent vraiment. Ils avaient accumulé les relevés et les enregistrements. Bernard, sur les coordonnées fournies par les appareils, travaillait à une sorte de plan cavalier, plein de « manques » et de parties blanches, mais qui prenait déjà l'allure d'un paysage fantastique, minéral, désert, brisé, inconnu, mais *humain*.

Brivaux avait trafiqué un magnétophone et l'avait accouplé à l'enregistreur du nouveau sondeur. Il obtint une bande magnétique qu'il convia ses camarades à écouter. Ils n'entendirent rien, puis rien, et encore rien.

— Y a des clous, sur ton bidule ! grogna Eloi...

Brivaux sourit.

— *Tout est dans le silence*, dit-il. Vous ne pouvez pas entendre les ultra-sons. Mais ils sont là, je vous le garantis. Pour les entendre, il faudrait un réducteur de fréquence. Je n'en ai pas. Y en a pas à la base. Il faudra aller à Paris.

Il faudra aller à Paris. Ce fut également la conclusion de Pontailler quand il eut été mis au courant, qu'il eut refusé puis accepté enfin l'évidence de la découverte. On ne pouvait même pas parler de ça par radio, avec toutes les oreilles du monde qui écoutent jour et nuit les secrets et les bavardages. Il fallait porter tous les documents au siège à Paris. Le chef des Expéditions Polaires déciderait de les communiquer à qui ou qui. En attendant, chacun devait se taire. Comme disait Eloi, « ça risquait d'être quelque chose de fumant ».

Je l'ai pris, l'avion de Sydney. Avec deux semaines de retard, et le désir de revenir très vite. Je n'étais plus du tout tracassé par le désir du café crème... Vraiment plus. Il y avait là, sous la glace, quelque chose de bien plus excitant que l'odeur des petits matins sur les Parisiens mal débarbouillés.

L'avion est monté sur son souffle comme une bulle de plastique sur un jet d'eau, il a tourné un peu sur place à la recherche de son cap, puis il a poussé un hurlement et a giclé vers le nord et vers le haut, à 50 degrés de pente. Malgré les sièges basculants et rembourrés comme des nourrices, ça fait un drôle d'effet de monter à une telle inclinaison, et une telle accélération. Mais c'est un avion qui ne transporte que des endurcis, et qui ne risque pas de casser des vitres au sol, avec ses « bangs ». Alors les pilotes s'en payent.

Il m'emportait avec mes cantines et ma serviette, celle-ci contenant, outre ma brosse à dents et mon pyjama, les microfilms des relevés et du plan cavalier de Bernard, la bande magnétique, et des lettres de Grey et de Pontailler authentifiant tout cela.

J'emportais aussi, sans m'en douter, le virus de la rougeole, qui allait faire le tour de la Terre sous le nom de rougeole australienne. Les labos pharmaceutiques ont fabriqué en toute hâte un nouveau vaccin. Ils ont gagné beaucoup d'argent.

Je ne suis arrivé à Paris que le surlendemain. J'ignorais qu'il était devenu très difficile de traverser les océans.

Dans notre isolement de glace, nous avions oublié les haines misérables et stupides du monde. Elles s'étaient encore enflées et raidies pendant ces trois années. Leur monstrueuse imbécillité évoquait pour moi des chiens énormes enchaînés les uns en face des autres, chacun tirant sur sa chaîne en râlant de fureur et ne pensant qu'à la rompre pour aller égorger le chien d'en face. Sans raison. Simplement parce que c'est un autre chien. Ou, peut-être, parce qu'il en a peur...

Je lus les journaux australiens. Il y avait de petits incendies bien entretenus un peu partout dans le monde. Ils avaient grandi depuis mon départ pour l'Antarctique. Et ils s'étaient multipliés. Sur toutes les frontières, à mesure que se levaient les barrières douanières, des barrières policières les remplaçaient. Débarqué sur l'aérodrome de Sydney, je ne fus autorisé ni à en sortir, ni à en repartir. Il manquait je ne sais quel visa militaire à mon passeport. Il me fallut trente-six heures de démarches furieuses pour pouvoir prendre enfin le jet à destination de Paris. Je tremblais qu'ils ne missent le nez dans mes microfilms. Qu'est-ce qu'ils auraient imaginé ? Mais personne ne me demanda d'ouvrir ma serviette. J'aurais pu aussi bien transporter des plans de bases atomiques. Ça ne les intéressait pas. Il fallait le visa. C'était la consigne. C'était stupide. C'était le monde organisé.

Dès que Simon lui eut déballé le contenu de sa serviette, Rochefoux, le chef des Expéditions Polaires Françaises, prit les choses en main avec son énergie habituelle. Il avait près de quatre-vingts ans, ce qui ne l'empêchait pas de passer chaque année quelques semaines à proximité de l'un ou l'autre pôle. Son visage couleur brique, casqué de cheveux courts d'un blanc éclatant, ses yeux bleu ciel, son sourire optimiste le rendaient idéalement photogénique à la télévision, qui ne manquait pas une occasion de l'interviewer, de préférence en gros plan.

Ce jour-là, il les avait convoquées toutes, celles du monde entier, et toute la presse, à la fin de la réunion de la Commission de l'Unesco. Il avait décidé que le secret avait assez duré, et il avait l'intention de secouer l'Unesco comme un fox-terrier secoue un rat, pour obtenir toute l'aide nécessaire, et tout de suite.

Dans un grand bureau du 7e étage, des monteurs du Centre National de Recherches Scientifiques achevaient d'installer des appareils sous la direction d'un ingénieur. Rochefoux et Simon, debout devant la grande fenêtre, regardaient deux officiers trotter sur des chevaux acajou, dans la perspective rectangulaire de la cour de l'Ecole Militaire.

La place Fontenoy était pleine de joueurs de pétanque qui soufflaient dans leurs doigts avant de ramasser leurs boules.

Rochefoux grogna et se détourna. Il n'aimait ni les oisifs ni les militaires. L'ingénieur l'informa que tout était prêt. Les membres de la Commission commencèrent à arriver et à prendre place le long de la table, face aux instruments.

Ils étaient onze, deux Noirs, deux Jaunes, quatre Blancs, et trois allant du café au lait à l'huile d'olive. Mais leurs onze sangs mêlés dans une coupe n'eussent fait qu'un seul sang rouge. Dès que Rochefoux commença à parler, leur attention et leur émotion furent uniques.

Deux heures plus tard, ils savaient tout, ils avaient tout vu, ils avaient posé cent questions à Simon, et Rochefoux concluait, en montrant sur un écran un point de la carte qui y était projeté :

— Là, au point 612 du Continent antarctique, sur le parallèle 88, sous 980 mètres de glace, il y a les restes de quelque chose qui a été construit par une intelligence et ce quelque chose émet un signal. Depuis 900 000 ans, ce signal dit : « Je suis là, je vous appelle, venez... » Pour la première fois, les hommes viennent de l'entendre. Allons-nous hésiter ? Nous avons sauvé les temples de la vallée du Nil. Mais l'eau montante du barrage d'Assouan nous poussait au derrière. Ici, évidemment, il n'y a pas nécessité, il n'y a pas urgence ! Mais il y a quelque chose de plus grand : il y a le *devoir !* Le devoir de connaître. De savoir. On nous appelle. Il faut y aller ! Cela demande des moyens considérables. La France ne peut pas faire tout. Elle fera sa part. Elle demande aux autres nations de se joindre à elle.

Le délégué américain désirait quelques précisions. Rochefoux le pria de patienter, et continua :

— Ce signal, vous l'avez vu sous la forme d'une simple ligne inscrite sur un quadrillage. Maintenant, grâce à mes amis du C.N.R.S., qui l'ont ausculté de toutes les façons possibles, je vais vous le faire entendre...

Il fit un signe à l'ingénieur, qui mit un nouveau circuit sous tension.

Il y eut d'abord, dans l'écran de l'oscilloscope, une ligne lumineuse raide comme le mi d'un violon, tandis qu'éclatait un sifflement suraigu qui fit grimacer Simon. Le Noir le plus noir passa une langue rose sur ses lèvres crevassées. Le Blanc le plus blond mit son auriculaire droit dans son oreille et l'agita violemment. Les deux Jaunes fermaient complètement les fentes de leurs yeux. L'ingénieur du C.N.R.S. tourna lentement un bouton. Le suraigu devint aigu. Les muscles se détendirent. Les mâchoires se décrispèrent. L'aigu baissa en miaulant, le sifflement devint un trille. On commença à tousser et à se racler la gorge. Sur l'écran de l'oscilloscope, la ligne droite était maintenant ondulée.

Lentement, lentement, la main de l'ingénieur faisait descendre au signal, de l'aigu au grave, toute l'échelle des fréquences. Quand il parvint à la limite des infra-sons, ce fut comme une masse de feutre frappant toutes les quatre secondes la peau d'un tambour gigantesque. Et chaque coup faisait trembler les os, la chair, les meubles, les murs de l'Unesco jusque dans leurs racines. C'était pareil au battement d'un cœur énorme, le cœur d'une bête inimaginable, le cœur de la Terre elle-même.

Titres de la presse française : « La plus grande découverte de tous les temps », « Une civilisation congelée », « L'Unesco va faire fondre le pôle Sud ».

Titre d'un journal anglais : « Who or What ? »

Une famille française en train de dîner : les Vignont. Le père, la mère, le fils et la fille sont assis du même côté de la table en demi-lune. Le cadran TV, accroché au mur en face d'eux, diffuse le journal télévisé. Les parents sont gérants d'un magasin de vente de l'Union Européenne des Chaussures. La fille suit les cours de l'Ecole des Arts Déco. Le fils traîne entre le deuxième et le troisième baccalauréat.

L'écran diffuse l'interview d'une ethnologue russe, transmise en direct par satellite. Elle parle en russe. Traduction immédiate.

— Madame, vous avez demandé à faire partie de l'expédition chargée d'élucider ce qu'on appelle le mystère du pôle Sud. Vous espérez donc trouver des traces humaines sous 1 000 mètres de glace ?

L'anthropologue sourit.

— S'il y a une ville, elle n'a pas été construite par des pingouins...

Il n'y a pas de pingouins au Sud, il n'y a que des

manchots. Mais une ethnologue n'est pas forcée de le savoir.

Interview du secrétaire général de l'Unesco. Il annonce que les Etats-Unis, l'U.R.S.S., l'Angleterre, la Chine, le Japon, l'Union Africaine, l'Italie, l'Allemagne et d'autres nations ont fait savoir qu'ils apporteraient leur plein concours matériel à l'entreprise de déglaciation du point 612. Les préparatifs vont être accélérés. Tout sera à pied d'œuvre pour le début du prochain été polaire.

Interview des passants sur les Champs-Elysées :

— Vous savez où c'est le pôle Sud ?

— Ben... heu...

— Et vous ?

— Ben... c'est par là-bas...

— Et vous ?

— C'est au sud !

— Bravo ! Vous aimeriez y aller ?

— Ben non, alors.

— Pourquoi ?

— Ben, il y fait bien trop froid.

A la table en demi-lune, Vignont-la mère hoche la tête :

— Ce qu'ils sont bêtes de poser des questions pareilles ! dit-elle.

Elle réfléchit une seconde et ajoute :

— Sans compter qu'il doit pas y faire chaud...

Vignont-le père remarque :

— Qu'est-ce que ça va coûter encore comme argent !... Ils feraient mieux de faire des parkings...

L'écran diffuse le plan cavalier de Bernard.

— C'est quand même drôle de trouver ça à cet endroit, dit la mère.

— C'est pas nouveau, dit la fille, c'est du précolombien...

Le fils ne regarde pas. En mangeant, il lit les aventures dessinées de Billy Bid Bud. Sa sœur le secoue.

— Regarde un peu ! C'est quand même marrant, non ?

Il hausse les épaules.

— Des conneries, dit-il.

Un engin monstrueux s'enfonçait dans le flanc de la montagne de glace, projetant derrière lui un nuage de débris transparents que le soleil transperçait d'un arc-en-ciel.

La montagne était déjà creusée d'une trentaine de galeries tout autour desquelles avaient été installés, au cœur vif de la glace, les entrepôts et les émetteurs radio et TV de l'Expédition Polaire Internationale, en abrégé l'E.P.I. C'était un beau nom. La ville dans la montagne se nommait EPI 1 et celle qui était abritée sous la glace du plateau 612 se nommait EPI 2. EPI 2 comprenait toutes les autres installations, et la pile atomique qui fournissait la force, la lumière et la chaleur aux deux villes protégées et à EPI 3 la ville de surface, composée des hangars, des véhicules et de toutes les machines qui attaquaient la glace de toutes les façons que la technique avait pu imaginer. Jamais une entreprise internationale d'une telle ampleur n'avait été réalisée. Il semblait que les hommes y eussent trouvé, avec soulagement, l'occasion souhaitée d'oublier les haines, et de fraterniser dans un effort totalement désintéressé.

La France étant la puissance invitante, le français avait été choisi comme langue de travail. Mais pour rendre les relations plus faciles, le Japon avait installé à EPI 2 une Traductrice universelle à ondes courtes. Elle traduisait immédiatement les discours et dialogues qui lui étaient transmis, et émettait la traduction en 17 langues sur 17 longueurs d'ondes différentes. Chaque savant, chaque chef d'équipe et technicien important, avait reçu un récepteur adhésif, pas plus grand qu'un pois, à la longueur d'onde de sa langue maternelle, qu'il gardait en permanence dans l'oreille, et un émetteur-épingle qu'il portait agrafé sur la poitrine ou sur l'épaule. Un manipulateur de poche, plat comme une pièce de monnaie, lui permettait de s'isoler du brouhaha des mille conversations dont les 17 traductions se mélangeaient dans l'éther comme un plat de spaghetti de Babel, et de ne recevoir que le dialogue auquel il prenait part.

La pile atomique était américaine, les hélicos lourds étaient russes, les survêtements molletonnés étaient chinois, les bottes étaient finlandaises, le whisky irlandais et la cuisine française. Il y avait des machines et des appareils anglais, allemands, italiens, canadiens, de la viande d'Argentine et des fruits d'Israël. La climatisation et le confort à l'intérieur d'EPI 1 et 2 étaient américains. Et ils étaient si parfaits qu'on avait pu accepter la présence des femmes.

Le Puits.

Il s'enfonçait dans la glace translucide, à la verticale du point où avait été localisé l'émetteur du signal. Il avait onze mètres de diamètre. Une tour de fer semblable à un derrick le dominait, trépidante de moteurs, fumante de vapeurs que le vent transformait en écharpes de neige. Deux ascenseurs emportaient vers les profondeurs de la taille les hommes et le matériel qui s'enfonçaient un peu plus chaque jour vers le cœur du mystère.

A moins neuf cent dix-sept mètres, les mineurs du froid trouvèrent dans la glace un oiseau.

Il était rouge, avec le ventre blanc, les pattes corail, une aigrette de la même couleur, dépeignée, le bec jaune, trapu, entrouvert, l'œil roux et noir, brillant. Avec ses ailes à demi déployées, distordues, sa queue retroussée en éventail, ses pattes raidies en coup de frein, il avait l'air de se débattre dans une rafale de vent arrière. Il était hérissé comme une flamme.

On découpa autour de lui un cube de glace et on l'envoya vers la surface.

Le comité directeur de l'expédition décida de le laisser dans son emballage naturel. Il fut placé dans un réfrigérateur transparent, et les savants commencèrent à discuter de son sexe et de son espèce. La TV fit connaître son image au monde entier.

Quinze jours plus tard, en plumes, en peluche, en soie, en laine, en duvet, en plastique, en bois, en n'importe quoi, il inondait la mode et les magasins de jouets.

Au fond du puits, les tailleurs de glace venaient d'atteindre les ruines.

Le professeur Joao de Aguiar, délégué du Brésil, pré-sident en exercice de l'Unesco, monta à la tribune et fit face à l'assistance. Il était en habit. Dans la grande salle des conférences, il y avait ce soir non seulement des savants, des diplomates et des journalistes, mais aussi le Tout-Paris très parisien et le Tout-Paris international.

Au-dessus de la tête du professeur de Aguiar, le plus grand écran de TV du monde occupait presque tout le mur du fond. Il allait recevoir et montrer en relief holo-graphique l'émission partie du fond du Puits, émise par l'antenne d'EPI 1, et relayée par le satellite Trio.

L'écran s'alluma. Le buste gigantesque du président y apparut, en couleurs douces, un peu flattées, et en relief parfait.

Les deux présidents, le petit en chair et sa grande image, levèrent la main droite en un geste amical et parlèrent. Cela dura sept minutes. Voici la fin :

« ... Ainsi une salle a pu être taillée dans la glace, au milieu même des ruines extraordinaires que celle-ci tient encore prisonnières. Sauf les quelques héroïques pion-niers de la science humaine qui ont creusé le Puits avec leur technique et leur courage, personne au monde ne les a encore vues. Et le monde entier va, dans un instant, les découvrir. Quand j'appuierai sur ce bouton, grâce au miracle des ondes, là-bas, à l'autre bout du monde, des projecteurs s'allumeront, et l'image révélée de ce qui fut peut-être la première civilisation du monde s'envolera vers tous les foyers de la civilisation d'aujourd'hui... Ce n'est pas sans une émotion profonde... »

Dans sa petite cabine, le réalisateur surveillait sur l'écran de contrôle l'image du président. Il abaissa son pouce en même temps que lui.

Au bout du monde, la salle de glace s'alluma.

Ce que virent d'abord tous les spectateurs du globe, ce fut un cheval blanc. Il était debout, juste derrière la surface de la glace. Il paraissait mince, grand, étiré. Il semblait en train de tomber sur le côté en hennissant de frayeur, les lèvres retroussées sur ses dents. Sa crinière et sa queue flottaient, immobiles, depuis 900 000 ans.

Le tronc brisé d'un arbre gigantesque était jeté en travers, derrière lui. Dans les palmes de son feuillage, au plafond de la salle, apparaissait la gueule ouverte d'un requin. Une volée d'énormes escaliers, ou de gradins jaunes descendant de la nuit, s'enfonçait dans la nuit.

En face, une fleur flamboyante, grande comme une rosace de cathédrale, étalait de trois quarts la chair de ses pétales pourpres. Sur sa droite, se dressait un pan de mur déchiré, couleur de gazon, d'une matière inconnue, pas tout à fait opaque. Il s'y ouvrait une sorte de porte, ou de fenêtre, à travers laquelle étaient projetés, immobiles, un petit rongeur à la queue en pinceau, les pattes en l'air, et un vol d'oursins bleus. Plus bas, s'amorçait le sommet d'une large piste hélicoïdale faite d'un métal qui ressemblait à de l'acier. Elle apparaissait dans la brume laiteuse du monde glacé.

La deuxième opération commença. Une manche à air fut dirigée vers la paroi qui contenait le pan de mur. Aux yeux du monde entier, le premier fragment du passé enseveli allait être délivré de sa gangue.

48

L'air chaud jaillit et se cogna à la glace qui se mit à ruisseler. Une suceuse aspirait la buée, une autre avalait l'eau de fonte et la renvoyait à la surface.

La paroi de la glace fondit, recula, se rapprocha du mur vert et l'atteignit. Et, sur les écrans, l'image gondolée, déformée par les lentilles ruisselantes des caméras blindées, montra ce phénomène incroyable : le mur fondait en même temps que la glace...

Les oursins et le rongeur-les-pattes-en-l'air fondirent et disparurent.

L'air chaud avait envahi toute la salle. Toutes les parois ruisselaient. Du plafond, des cataractes coulaient sur les hommes en scaphandre. Les palmes de l'arbre fondirent, la gueule du requin fondit comme un chocolat glacé. Deux jambes du cheval et son côté fondirent. L'intérieur de son corps apparut, rouge et frais. La fleur pourpre coula en eau sanglante. L'air tiède atteignit le haut de la piste hélicoïdale en acier, et l'acier fondit.

Titres des journaux : « La plus grande déception du siècle », « La ville ensevelie n'était qu'un fantôme », « Des milliards engloutis pour un mirage ».

Une interview télévisée de Rochefoux mit les choses au point. Il expliqua que l'énorme pression subie pendant des millénaires avait dissocié les corps les plus durs jusqu'en leurs molécules. Mais la glace maintenait dans leur forme primitive la poussière impalpable qu'ils étaient devenus. En fondant, elle les libérait et l'eau les dissociait et les emportait.

— Nous allons adopter une nouvelle technique, ajouta Rochefoux. Nous découperons la glace avec les objets qu'elle contient. Nous ne renonçons pas à découvrir les secrets de cette civilisation qui nous vient de la nuit des temps. L'émetteur d'ultra-sons continue à émettre son signal. Nous continuons à descendre vers lui...

A 978 mètres au-dessous de la surface de la glace, le Puits atteignit le sol du continent. Le signal venait du sous-sol.

Après s'être enfoncé dans la glace, le Puits s'enfonça dans la terre, puis dans la roche. Tout de suite, celle-ci apparut très dure, vitrifiée, comme cuite et comprimée, et elle alla se durcissant de plus en plus. Bientôt, sa consistance déconcerta les géologues. Elle présentait une dureté, une compacité inconnues sur tous les autres points du globe. C'était une sorte de granit, mais les molécules qui le composaient semblaient avoir été « ordonnées » et rangées pour occuper le minimum de place et offrir une cohésion maximum. Après avoir brisé une quantité d'outils mécaniques, on vint enfin à bout de la roche, et à 107 mètres au-dessous de la glace, on déboucha dans du sable. Ce sable était une inconvenance géologique. Il n'aurait pas dû se trouver là. Rochefoux, toujours optimiste, en déduisit qu'il y avait donc été apporté. C'était la preuve qu'on était sur la bonne voie.

Le signal continuait d'appeler, toujours plus bas. Il fallait continuer la descente.

On continua.

Depuis qu'on avait atteint le sable, on était obligé de coffrer le Puits avant même de le creuser, en enfonçant une chemise métallique dans le sable, aussi sec et meuble que celui d'un sablier et qui coulait comme de l'eau.

A dix-sept mètres au-dessous de la roche, un mineur encordé se mit à faire des gestes frénétiques et à crier quelque chose que son masque antipoussière rendait incompréhensible. Ce qu'il voulait dire, c'est qu'*il sentait quelque chose de dur sous les pieds*.

La suceuse enfoncée dans le sable se mit soudain à couiner et à vibrer et son tuyau s'aplatit.

Higgins, l'ingénieur qui surveillait du haut d'une plate-forme, coupa le moteur. Il rejoignit les mineurs, et commença à faire déblayer avec précaution à la pelle, puis à la main, puis au balai.

Quand Rochefoux descendit, accompagné de Simon et de Brivaux, de la charmante anthropologue Léonova, chef de la délégation russe, et du chimiste Hoover, chef de la délégation américaine, ils trouvèrent au fond du Puits, dégagée du sable fin, une surface métallique légèrement convexe, unie, de couleur jaune.

Hoover demanda qu'on arrêtât tous les moteurs, même la ventilation, et que chacun s'abstînt de parler ou de bouger.

Il y eut alors un silence extraordinaire, protégé des bruits de la terre par cent mètres de roc et un kilomètre de glace. Hoover s'agenouilla. On entendit craquer son genou gauche. De l'index replié, il frappa la surface de métal. Il n'y eut qu'un bruit mou : celui de la chair fragile d'un homme confrontée à un obstacle massif. Hoover tira de sa trousse un marteau de cuivre et en frappa le métal, d'abord légèrement, puis à grands coups. Il n'y eut aucune résonance.

Hoover grogna et se pencha pour examiner la surface. Elle ne gardait aucune trace des coups. Il essaya d'en prélever un échantillon. Mais son ciseau d'acier au tungstène glissa sur la surface et ne parvint pas à l'entamer.

Il y versa alors différents acides qu'il examina ensuite avec un spectroscope portatif. Il se releva. Il était perplexe.

— Je ne comprends pas ce qui le rend si dur, dit-il. Il est pratiquement pur.

— « Il », quoi « il » ? Quel est ce métal ? demanda Léonova énervée.

Hoover était un géant roux ventru et débonnaire, aux mouvements lents. Léonova était mince et brune, nerveuse. C'était la plus jolie femme de l'expédition. Hoover la regarda en souriant.

— Quoi ! Vous ne l'avez pas reconnu ? Vous, une femme ?... C'est de l'or !...

Brivaux avait mis en marche son appareil enregistreur. Le papier se déroulait. La mince ligne familière s'y inscrivait sans un crochet, sans une interruption.

Le signal venait de l'intérieur de l'or.

Une plus grande surface fut dégagée. Dans toutes les directions, elle continuait à s'enfoncer dans le sable. Il semblait que le Puits eût atteint une grande sphère, non point exactement en son sommet, mais un peu de côté.

On dégagea le point haut de la sphère et on le dépassa. Ce fut juste après qu'on fit la première découverte révélatrice. Dans le métal apparaissait une série de cercles concentriques, le plus grand ayant environ trois mètres de diamètre. Ces cercles étaient composés d'une rangée de dents aiguës et trapues inclinées comme pour attaquer dans le sens d'une rotation.

— Ça a l'air de l'extrémité d'une excavatrice, dit Hoover. Pour faire un trou ! Pour sortir de là-dedans !...

— Vous croyez que c'est creux, et qu'il y a quelqu'un ? dit Léonova.

Hoover fit une grimace.

— Il y a eu...

Il ajouta :

— Avant de penser à sortir, il a fallu qu'ils entrent. Il y a une porte quelque part !...

Deux semaines après le premier contact avec l'objet d'or, les divers instruments de sondage avaient fourni assez de renseignements pour qu'on pût en tirer des conclusions provisoires :

L'objet semblait être une sphère posée sur un piédestal, le tout disposé dans une poche emplie de sable creusée dans une roche artificiellement durcie. Le rôle du sable était sans doute d'isoler l'objet des secousses sismiques et de tout mouvement de terrain.

La sphère et son piédestal semblaient être solidaires et ne former qu'un seul bloc. La sphère avait 27,42 m de diamètre. Elle était creuse. L'épaisseur de la paroi était de 2,29 m.

On entreprit d'évacuer le sable et de vider la poche rocheuse pour dégager l'objet d'or au moins jusqu'à mi-hauteur.

Voici un croquis représentant l'état des travaux au moment où l'on découvrit la porte.

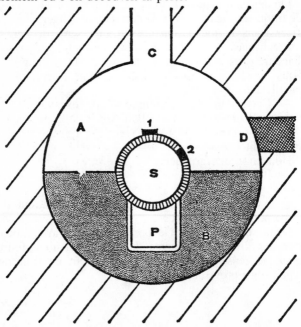

La lettre A marque la portion de la poche rocheuse débarrassée du sable.

La lettre B désigne la portion encore emplie de sable. En C débouche l'extrémité du Puits.

S désigne bien entendu la Sphère et P le piédestal. On continuait à désigner ainsi ce dernier, bien qu'il fût devenu évident qu'il ne servait aucunement de support à la Sphère. Les sondages avaient révélé qu'il était creux comme cette dernière.

Un croquis désincarne la réalité, et les chiffres sont inexpressifs. Pour matérialiser ce que représentaient les 27 mètres de diamètre de la Sphère, il faut se dire que c'est la hauteur d'une maison de 10 étages. Et, compte tenu de l'épaisseur de sa paroi, il restait encore place, à l'intérieur, pour une maison de 8 étages.

Le chiffre 1 marque l'emplacement de la tête de la foreuse.

Le chiffre 2 marque l'emplacement de la porte.

Du moins supposait-on qu'il s'agissait d'une porte. C'était un cercle d'un diamètre un peu supérieur à la taille d'un homme, dessiné dans la paroi par ce qui semblait être une soudure...

Dès qu'on avait découvert la porte, un plancher provisoire avait été posé sur le sable, pour accueillir savants et techniciens que descendait une benne guidée.

Brivaux promena un petit appareil à cadrans tout le long de la circonférence.

— C'est soudé partout, dit-il, dans toute l'épaisseur.

— Donnez-nous l'épaisseur au centre, demanda Léonova.

Il posa son appareil au centre et lut un nombre sur un cadran : 2,92 m.

C'était l'épaisseur générale de la paroi de la Sphère.

— Une fois la marmite pleine, on a soudé le couvercle, dit Hoover. Ça a plutôt l'air d'un tombeau que d'un abri.

— Et la perforatrice ? dit Léonova, c'est pour faire sortir quoi ? Le chat ?

— Il n'y avait sûrement pas de chat à cette époque, ma mignonne, dit Hoover.

Avec sa cordiale mauvaise éducation américaine qu'avaient aggravée les nombreuses années vécues à Paris, au quartier Latin et à Montparnasse, il voulut lui passer l'index sous le menton. Son index avait la taille et la couleur d'une saucisse de Toulouse, avec des taches de rousseur et des poils rouges.

Furieuse, Léonova tapa sur la main qui montait vers son visage.

— Elle me mordrait ! dit Hoover en souriant. Allez, mignonne, on remonte. Passez la première...

La benne pouvait contenir deux personnes, mais Hoover comptait pour trois. Il souleva Léonova comme un bouquet et la posa sur le siège de fer. Il cria : « Enlevez ! » La benne commença aussitôt à monter. Il y eut un fracas et des cris. Quelque chose frappa Hoover aux jarrets. Il tomba en arrière et sa tête cogna contre un obstacle dur et rugueux. Il entendit un craquement à l'intérieur de son crâne et s'évanouit.

Il se réveilla dans un lit d'infirmerie. Simon, penché vers lui, le regardait avec un sourire optimiste.

Hoover battit deux ou trois fois des paupières pour se laver d'une sorte d'inconscience et demanda brusquement :

— La petite ?

Simon hocha la tête avec une grimace rassurante.

— Qu'est-ce qui est arrivé ? demanda Hoover.

— Un éboulement... Toute la paroi au-dessus du Couloir est tombée.

— Il y a des blessés ?

— Deux morts...

Simon avait prononcé ces mots à voix basse, comme s'il avait eu honte. Les deux premiers morts de l'expédition... Un mineur réunionais, et un menuisier français, Compagnons du Devoir, qui travaillaient au coffrage. Il y avait aussi quatre blessés, dont un électricien japonais dans un état grave.

Le Couloir est désigné sur le croquis par la lettre D.

Dans la paroi de roche, il dessinait une ouverture qui avait dû être rectangulaire et que comblait un mélange chaotique de débris de roches, d'une sorte de ciment et de formes métalliques tordues et retournées à leur origine minérale. Entre cette ouverture et la porte de la Sphère, on avait trouvé, mélangés au sable, la même sorte de débris, qu'on avait soigneusement empaquetés et envoyés à la surface aux fins d'examen et d'analyse.

Le Couloir avait été nommé ainsi parce que les savants pensaient qu'il était l'aboutissement d'un passage, mais ses proportions faisaient plutôt penser au profil d'une salle d'assez grandes dimensions. Quoi qu'il en fût, c'était sans doute à partir de là que les hommes du passé — s'il s'agissait d'hommes, mais de quoi d'autre aurait-il pu s'agir ? — avaient creusé et durci la roche, apporté le sable, et construit la Sphère. C'était le cordon ombilical à partir duquel celle-ci s'était développée dans son placenta rocheux. Ce Couloir venait de Quelque Part, et pouvait y conduire. On allait le déblayer, s'y introduire et aller voir...

Mais après la Sphère ? Explorer la Sphère d'abord, avait décidé l'assemblée des savants.

— Et moi, qu'est-ce que j'ai ?

Hoover voulut se tâter le crâne, mais ses doigts ne parvinrent pas jusqu'à sa tête. Il y avait entre elle et eux l'épaisseur d'un pansement.

— Elle est fêlée ? demanda-t-il.

— Non. Le cuir ouvert, l'os contus, et un petit morceau de granit enfoncé dans l'occipital. Je vous l'ai enlevé. Il n'avait pas percé. Tout va bien.

— Brrrush, dit Hoover.

Il se détendit et se laissa aller avec satisfaction sur l'oreiller.

Le lendemain, il assistait à la réunion d'information, dans la Salle des Conférences.

Quand il monta sur le podium pour prendre place à la table du Comité directeur de l'EPI, il y eut d'abord une vague de rires. Il était sorti du lit pour venir, et avait juste endossé sa robe de chambre. Elle était de couleur framboise écrasée, avec un semis de croissants de lune bleus et verts. Son bon gros ventre en soulevait la ceinture dont une extrémité pendait jusqu'à ses bottes d'intérieur en peau d'ours blanc. Son pansement rond en forme de turban achevait de lui donner l'air d'un mamamouchi du *Bourgeois gentilhomme*, mis en scène à Greenwich Village.

Rochefoux, qui présidait, se leva et l'embrassa. Une vague d'applaudissements couvrit la vague de rires. On aimait bien Hoover, et on lui savait gré d'être drôle au milieu du drame.

La salle était pleine. Il y avait là, en plus des savants et des techniciens venus de toutes les frontières, une douzaine de journalistes représentant les plus grandes agences du monde, qui disposaient, à la Tribune de la Presse, de casques traducteurs.

Sur un grand écran, derrière le podium, apparut une vue générale de la poche rocheuse éclairée par les projecteurs.

Une trentaine d'hommes s'y activaient, en tenue orangée ou rouge, casque en tête et masque pendu au cou, prêt à être immédiatement utilisé.

La moitié supérieure de la Sphère émergeant du sable et des planchers luisait doucement, énorme et tranquille, menaçante aussi par sa masse, par son mystère, par l'inconnu qu'elle recelait.

D'une voix chantante, un peu monotone, Léonova fit le point des travaux, et la Traductrice se mit à chuchoter dans toutes les oreilles, en dix-sept langues différentes. Léonova se tut, resta un instant rêveuse, et reprit.

— Je ne sais pas ce que vous suggère la vue de cette sphère, mais moi... elle me fait penser à une graine. Au printemps, la graine devait germer. La perforatrice télescopique, c'est la tige qui devait se développer et percer son chemin jusqu'à la lumière, et le « piédestal » creux était là pour recevoir les déblais... Mais le printemps n'est pas venu... Et l'hiver dure depuis 900 000 ans... Pourtant, je ne veux pas, je ne peux pas croire que la graine soit morte !...

Elle cria presque.

— Il y a le signal !

Un journaliste se leva et demanda sur le même ton véhément.

— Alors, qu'est-ce que vous attendez pour ouvrir la Porte ?

Léonova, surprise, le regarda et répondit d'un ton redevenu glacé :

— Nous ne l'ouvrirons pas.

Un murmure de surprise courut sur l'assistance. Rochefoux se leva en souriant et mit les choses au point.

— Nous n'ouvrirons pas la Porte, dit-il, car il est possible qu'un dispositif de défense ou de destruction y soit associé. Nous allons ouvrir ici.

D'une baguette de bambou il toucha sur l'image un emplacement au sommet de la sphère.

— Mais il y a une difficulté. Nos foreuses à tête de diamant se sont cassé les dents sur ce métal. Et il ne fond pas au chalumeau oxhydrique. Ou plutôt il fond mais se referme aussitôt. Comme si on fendait une chair avec un scalpel, et que la chair se cicatrisât immédiatement derrière la lame. C'est un phénomène dont nous ne comprenons pas le mécanisme, mais qui se passe à l'échelle moléculaire. Nous devons, pour nous faire un chemin dans ce métal, l'attaquer au niveau des molécules, et les dissocier. Nous attendons un nouveau chalumeau qui utilise à la fois le laser et le plasma. Dès que nous l'aurons reçu, nous entamerons l'opération O : Ouverture...

Le Puits de glace et de roche se continue par un puits d'or. Un trou de deux mètres de diamètre s'enfonce dans l'écorce de la Sphère. Au fond du trou, dans une lumière dorée, un chevalier blanc attaque le métal avec une lance de lumière. Vêtu d'amiante, masqué de verre et d'acier, c'est l'ingénieur anglais Lister muni de son « plaser ». Une voix explique que le mot « plaser » a été formé par la conjonction des deux mots plasma et laser, et que le merveilleux chalumeau qu'on voit ici à l'œuvre est dû à la collaboration des industries anglaise et japonaise.

Sur l'écran TV l'image recule, découvrant le haut du puits d'or. Sur la plate-forme qui l'entoure, des techniciens orange et rouge tiennent des câbles, dirigent des caméras ou des projecteurs. La chaleur qui monte du trou fait ruisseler leurs visages.

L'écran est un écran pliable, accroché sous un parasol au bord d'une piscine à Miami. Un gros homme congestionné, vêtu d'un bikini minimum, allongé sur une balancelle au souffle d'un ventilateur, soupire et se passe sur la poitrine une serviette éponge. Il trouve qu'il est inhumain de montrer un tel spectacle à quelqu'un qui a déjà si chaud.

Le commentateur rappelle les difficultés auxquelles se

sont heurtés les savants de l'EPI. En particulier, les difficultés climatiques. En ce moment, voici le temps qui règne à la surface, au-dessus du chantier.

Sur l'écran, une tempête terrible balaie EPI 3. Des fantômes de véhicules déplacent d'un bâtiment à l'autre leurs silhouettes jaunes râpées par la neige que le vent emporte à l'horizontale à 240 kilomètres à l'heure. Le thermomètre marque 52 degrés au-dessous de zéro.

Le gros homme congestionné est devenu blême et s'enveloppe dans sa serviette en claquant des dents.

Dans une maison japonaise, l'écran a remplacé, sur la cloison de papier, la traditionnelle estampe. La maîtresse de maison, agenouillée, sert le thé. Le commentateur parle doucement. Il dit que le fond du Puits n'a plus que quelques centimètres d'épaisseur et qu'un trou va y être percé pour permettre d'introduire à l'intérieur une caméra TV. Dans quelques instants, les honorables spectateurs du monde entier vont pénétrer dans la Sphère avec la caméra et connaître enfin son mystère.

Léonova, en combinaison d'amiante, a rejoint Lister au fond du Puits. Hoover, trop volumineux, a dû rester en haut avec les techniciens. Il s'est couché sur son ventre au bord du trou et crie des recommandations à Léonova qui ne l'entend pas.

Elle est agenouillée à côté de Lister. Une sorte de bouclier blindé posé devant leurs cuisses les protège. La tige de flamme rose pénètre dans l'or qui bout et s'évanouit en vagues de lumière.

Tout à coup, un hurlement suraigu éclate. La flamme, les étincelles, la fumée sont violemment aspirées vers le bas. Le lourd bouclier tombe sur le sol d'or, Léonova bascule, Hoover crie et jure, Lister se cramponne au plaser. Un technicien a déjà coupé le courant. Le hurlement devient un sifflement qui passe de l'aigu au grave et s'arrête. Léonova se relève, ôte son masque et parle dans son micro. Elle annonce calmement que la Sphère est percée. Contrairement à ce qu'on aurait pu croire, il doit faire plus froid à l'intérieur qu'à l'extérieur, ce qui a provoqué un violent appel d'air. Maintenant, l'équilibre est établi. On va arrondir le trou et descendre la caméra.

Simon est sur la Sphère, à côté de Hoover et de Lanson, l'ingénieur anglais TV qui dirige la descente d'un gros câble. L'extrémité du câble est percée de deux lentilles superposées, celle d'un projecteur miniature, celle de la mini-caméra.

Au fond du Puits, Léonova saisit le câble dans ses deux mains gantées, et l'introduit dans le trou noir. Lorsqu'il a pénétré d'environ un mètre, elle lève les bras. Lanson arrête la progression du câble.

— Tout est paré, dit-il à Hoover.

— Attendez-moi, dit Léonova.

Elle remonte sur la plate-forme, pour regarder avec tous les hommes présents l'écran du récepteur de contrôle posé au bord du Puits.

— Allez-y ! dit Hoover.

Lanson se tourne vers un technicien.

— Lumière !...

Sous le plancher d'or, l'œil du projecteur s'allume, celui de la caméra regarde.

L'image monte le long du câble, traverse la tempête, jaillit du haut de l'antenne d'EPI 1 vers Trio immobile dans le vide noir de l'espace, ricoche vers les autres satellites, retombe en pluie vers tous les écrans du monde.

L'image apparaît sur l'écran de contrôle.

Il n'y a rien.

Rien qu'un lent tourbillon grisâtre que tente en vain de percer la lumière du mini-projecteur. Cela ressemble à l'effort inutile d'une lanterne de voiture dans une nappe de brouillard londonien.

— Dust ! crie Hoover. Horrid dust !...

Ce sont les remous provoqués par l'appel d'air qui ont soulevé ces tourbillons... Mais comment cette damnée poussière a-t-elle pu entrer dans cette sacrée Sphère si hermétiquement close ?

Un diffuseur lui répond. C'est Rochefoux, qui parle depuis la Salle de Conférences.

— Faites sauter en vitesse le fond de la boîte, dit-il. Et allez voir...

Le fond du Puits était ouvert. Sur la plate-forme, l'équipe de pointe était prête à descendre. Elle comprenait Higgins, Hoover, Léonova, Lanson et sa caméra sans film, l'Africain Shanga, le Chinois Lao, le Japonais Hoï-To, l'Allemand Henckel et Simon.

C'était trop, dangereusement trop de monde. Mais il avait fallu donner satisfaction aux susceptibilités des délégations.

Rochefoux, qui se sentait très fatigué, avait cédé sa place à Simon. La présence d'un médecin risquait d'ailleurs d'être utile.

Simon étant le plus jeune sollicita et obtint la faveur de descendre le premier. Il était vêtu d'une combinaison chauffante, couleur citron, botté de feutre gris et coiffé d'astrakan. Un thermomètre explorateur avait révélé à l'intérieur une température de moins 37°. Il portait une lampe frontale, un masque à oxygène en sautoir, et à la ceinture un revolver qu'il avait voulu refuser, mais que Rochefoux l'avait obligé à accepter, on ne savait pas vers quoi on allait descendre.

Une échelle métallique, qui ferait office d'antenne, était fixée au bord du puits et pendait dans l'inconnu. Simon mit son casque et s'engagea. On le vit disparaître dans la lumière d'or, puis dans le noir.

— Qu'est-ce que vous voyez ? cria Hoover.

Il y eut un silence, puis le diffuseur dit :

— J'ai pied ! Il y a un plancher...

— Qu'est-ce que vous voyez, bon Dieu ? dit Hoover.

— ... Rien... Il n'y a rien à voir...

— J'y vais ! dit Hoover.

Il s'engagea sur l'échelle métallique. Sa combinaison était rose. Il portait un bonnet de grosse laine verte tricotée, surmonté d'un pompon multicolore.

— Vous allez tout faire craquer ! dit Léonova.

— Je ne pèse rien, dit-il. Je suis un gros flocon...

Il ajusta son masque et descendit.

Lanson, en souriant, braquait sur lui sa caméra.

J'étais debout sur le plancher d'or, dans la pièce ronde et vide. Une poussière légère étirait ses voiles le long du mur d'or circulaire creusé de milliers d'alvéoles qui semblaient faits pour contenir quelque chose et ne contenaient rien.

Les autres descendaient, regardaient, et se taisaient. La poussière presque invisible estompait le faisceau des lampes frontales, et ourlait d'une auréole nos silhouettes masquées.

Puis vinrent les deux électriciens avec leurs projecteurs à batteries. La grande clarté transforma la pièce en ce qu'elle était : simplement une pièce vide. En face de moi, une portion du mur était lisse, sans alvéoles. Elle avait une forme trapézoïdale, un peu plus large en haut qu'en bas, avec un léger étranglement à mi-hauteur. Je pensai que ce pouvait être une porte, et je m'avançai vers elle.

C'est ainsi que je fis mes premiers pas vers Toi.

Il n'y avait aucun moyen visible d'ouvrir cette porte si c'en était une. Ni poignée, ni serrure. Simon leva sa main droite gantée, la posa sur la porte, près du bord, à droite, et poussa. Le bord droit de la porte se sépara du mur et s'entrouvrit. Simon ôta sa main. Sans bruit — et sans déclic — la porte reprit exactement sa place.

— Eh bien, qu'est-ce qu'on attend ? dit Hoover. On y va...

Parce qu'il était à gauche de Simon, spontanément il leva sa main gauche et la posa sur le bord gauche de la porte.

Et la porte s'ouvrit à gauche.

Sans s'attarder à admirer cette porte ambivalente, Hoover la poussa à fond. Elle resta ouverte. Simon appela d'un signe un électricien qui leva son projecteur et le braqua dans l'ouverture.

C'était celle d'un couloir long de plusieurs mètres. Le sol était d'or et les murs d'une matière de couleur verte qui semblait poreuse. Une porte bleue de la même matière fermait le fond du couloir. Deux autres étaient disposées à droite, et une à gauche.

Simon entra, suivi de Hoover et de Higgins, et des autres derrière eux. Quand il parvint à la première porte, il s'arrêta, leva la main et poussa.

71

Sa main gantée s'enfonça dans la porte et passa au travers...

Hoover grogna de surprise et fit un mouvement pour s'approcher. Sa masse énorme effleura Higgins qui, pour garder son équilibre, s'appuya contre le mur.

Higgins passa à travers le mur.

Il cria et la Traductrice cria le même cri dans les micros d'oreille. Il y eut un choc sourd quelques mètres plus bas et la voix de Higgins se tut.

Le choc avait ébranlé les murs. On les vit frémir, se plisser, s'affaisser, s'écrouler doucement en molles masses de poussière, découvrant un abîme d'obscurité percé par les projecteurs, où d'autres murs tombaient sans bruit, révélant tout un monde en train de s'évanouir, des meubles, des machines, des animaux immobiles, des silhouettes vêtues, des miroirs, des formes inconnues, qui se déformaient, glissaient le long d'elles-mêmes, tombaient en tas sur des planchers qui se gondolaient et coulaient à leur tour.

Du fond de la Sphère où se rejoignaient toutes ces chutes molles, montaient les volutes grises et épaisses de poussière. Les savants et les techniciens eurent le temps d'apercevoir Higgins les bras en croix, la poitrine traversée par un pieu d'or. Puis le nuage l'enveloppa et continua de monter.

— Masques ! cria Hoover.

A peine avaient-ils mis leurs masques que le nuage les atteignait, les enveloppait et emplissait la Sphère. Ils se figèrent sur place, n'osant plus bouger. Ils ne voyaient plus rien. Ils étaient sur une passerelle sans garde-fou, au-dessus de huit étages de vide, enveloppés par un brouillard impénétrable.

— Agenouillez-vous ! Doucement ! dit Hoover. A quatre pattes !...

C'est ainsi qu'ils regagnèrent, lentement, en tâtant les bords de leur passerelle, la salle ronde puis l'extérieur de la Sphère. Ils émergèrent un à un, apportant avec eux des lambeaux d'écharpes de poussière. Le puits d'or fumait.

Deux scaphandriers encordés descendirent chercher le corps de Higgins. Un pasteur célébra un service funèbre dans l'église sous la glace. Une croix de lumière s'ouvrait sur le ciel, taillée dans la voûte translucide. Puis Higgins mort refit à l'envers, vers Le Cap, son pays, le voyage aérien qu'avait fait Higgins vivant.

La presse se délecta : « La Sphère maudite a frappé de nouveau », « Le tombeau du pôle Sud tuera-t-il plus de savants que celui de Toutankhamon ? »

Au restaurant d'EPI 2, les journaux qui venaient d'arriver par le dernier avion passaient de main en main. Léonova regardait avec mépris un hebdomadaire anglais qui titrait : « Quel fantôme meurtrier monte la garde devant la Sphère d'or ? »

— La presse capitaliste a le délire, dit-elle.

Hoover, assis en face d'elle, répandait un quart de litre de crème sur une assiettée de maïs.

— On sait bien que les marxistes ne croient pas au surnaturel, répondit-il, mais attendez un peu que le fantôme vienne vous chatouiller les doigts de pied la nuit...

Il avala une cuillerée de maïs sans le mâcher, et poursuivit :

— Il y a bien quelque chose qui a poussé Higgins à travers le mur, non ?

— C'est votre ventre qui l'a poussé !... Vous n'avez pas honte de transporter une pareille horreur devant vous ? Elle est non seulement inutile, mais dangereuse !...

Il frappa doucement sur sa panse.

— C'est toute mon intelligence qui est là... Quand je maigris, je deviens triste et aussi bête que n'importe qui... Je suis désolé pour Higgins... Je n'aurais pas voulu mourir comme lui, sans avoir vu la suite...

On avait introduit dans la Sphère une énorme manche à air qui aspirait depuis une semaine.

L'air qu'elle rejetait à la surface était reçu dans des sacs qui le tamisaient. La poussière recueillie était expédiée vers les laboratoires qui, dans le monde entier, travaillaient pour l'Expédition.

Quand les sacs ne recueillirent plus rien, l'équipe de pointe pénétra de nouveau dans la Sphère.

Des projecteurs étaient braqués vers toutes les directions, dans l'atmosphère intérieure, redevenue transparente. Leur lumière réfléchie, brisée, diffusée de toutes parts par le même métal, inondait de reflets d'or une architecture d'or abstraite et démente.

Dans l'écroulement du monde clos, tout ce qui était composé du même alliage que la paroi externe avait subsisté. Des planchers sans mur, des escaliers sans rampes, des rampes ne menant nulle part, des portes ouvrant sur le vide, des pièces closes suspendues, reliés les uns aux autres, soutenus, étayés par des poutres ajourées ou des arcs-boutants légers comme des os d'oiseaux, composaient un squelette d'or léger, inimaginablement beau.

Presque au centre de la Sphère, une colonne la traversait verticalement de part en part. Elle était, ou contenait, vraisemblablement, la perforatrice. A son pied, appuyée contre elle, et, semblait-il, soudée à elle, se dressait une construction d'environ neuf mètres de haut, hermétiquement close, en forme d'œuf, la pointe en l'air.

— Nous avons ouvert la graine, voici le germe, murmura Léonova.

Un escalier, dont les marches d'or semblaient tenir en l'air toutes seules, partait de l'emplacement de la Porte dans la paroi de la Sphère, traversait l'air comme un rêve d'architecte, et aboutissait à l'Œuf, aux trois quarts de sa hauteur. Logiquement, à cet emplacement devait se situer l'ouverture.

De planchers en passerelles et en escaliers, par des chemins aériens, les explorateurs descendirent vers l'Œuf. Et ils trouvèrent la porte à l'endroit où ils pensaient la trouver. Elle était de forme ovoïde, plus large vers le bas. Fermée, bien entendu, et ne présentant aucun dispositif d'ouverture. Mais elle n'était pas soudée.

Elle résista à toutes les pressions. Simon, comme un gamin, tira un canif de sa poche, et essaya d'en introduire la lame dans la rainure presque invisible. La lame glissa sans pénétrer. La fermeture était d'un hermétisme total. Hoover sortit son marteau de cuivre et frappa. Comme la paroi de la Sphère, cela sonna mat.

On fit descendre Brivaux avec son enregistreur. La ligne d'ultra-sons s'inscrivit sur le papier.

Le signal venait de l'intérieur de l'Œuf.

De la Salle des Conférences, des savants et des journalistes suivaient sur les écrans le travail des équipes à l'intérieur de la Sphère. Des charpentiers du Devoir posaient des passerelles, étayaient les escaliers. Hoover et Lanson, assistés d'électriciens, s'occupaient de la porte de l'Œuf. Léonova et Simon venaient d'atteindre avec une échelle une salle d'or suspendue dans le vide.

L'atmosphère était claire. Plus personne ne portait de masque.

Avec mille précautions, Léonova poussa la porte métallique de la salle ronde. Elle s'ouvrit lentement. Léonova entra et s'effaça pour laisser passer Simon. Ils se tournèrent vers l'intérieur de la salle et regardèrent.

La salle n'était éclairée que par les reflets que laissait entrer la porte ouverte. Dans cette pénombre d'or se tenaient six êtres humains.

Deux étaient debout et les regardaient entrer. Celui de droite, dans un geste immobile, les invitait à venir s'asseoir sur une sorte de siège horizontal dont on n'apercevait pas le support. Celui de gauche ouvrait les bras comme pour une accolade de bienvenue.

Tous deux étaient vêtus d'une lourde et ample robe rouge qui tombait jusqu'au sol et leur cachait les pieds.

Un court bonnet rouge leur couvrait la tête. Des cheveux lisses, bruns pour l'un, et blonds pour l'autre, leur tombaient au ras des épaules.

Derrière eux, deux hommes presque nus assis face à face sur une fourrure blanche mêlaient les doigts de leur main gauche et levaient la droite, l'index tendu. Peut-être était-ce un jeu.

Léonova braqua son appareil photo et déclencha le double éclair du flash laser. Toute la scène fut violemment éclairée pendant un millième de seconde. Simon eut le temps de deviner deux autres personnages, mais l'image s'effaça sur sa rétine. Et la scène s'effaça en même temps. Comme si le choc de la lumière eût été trop violent pour eux, les vêtements, puis la substance des personnages se décrochèrent et glissèrent en poussière, découvrant des sortes de moteurs et de charpentes métalliques. Puis ces squelettes à leur tour s'effondrèrent doucement. En quelques secondes il ne subsista du groupe, dans la poussière qui montait, que quelques arabesques de fils d'or, soutenant par-ci par-là une plaquette, un cercle, une spirale, suspendus...

Léonova et Simon se hâtèrent de sortir et de fermer la porte de la pièce sur le nuage de poussière qui l'emplissait. Ils étaient frustrés comme lorsqu'on s'éveille au milieu d'un rêve dont on sait qu'on ne le reverra jamais.

Debout sur l'escalier devant la porte de l'Œuf, Hoover donnait des informations sur les travaux de son équipe. Dans la salle de Conférences, les journalistes regardaient sur le grand écran, et prenaient des notes.

— Nous l'avons percée ! dit Hoover. Voici le trou...

Son gros pouce se posa sur la porte près d'un orifice noir dans lequel il aurait juste pu s'enfoncer.

— Il n'y a eu de mouvement d'air ni dans un sens ni dans l'autre. L'équilibre des pressions interne et externe ne peut pas être l'effet du hasard. Il y a quelque part un dispositif qui *connaît* la pression externe et agit sur la pression interne. Où est-il ? Comment fonctionne-t-il ? Vous aimeriez bien le savoir ? Moi aussi...

Rochefoux parla dans le micro de la table du Conseil.

— Quelle est l'épaisseur de la porte ?

— Cent quatre-vingt-douze millimètres, composés de couches alternées de métal et d'une autre matière qui semble être un isolant thermique. Il y a au moins une cinquantaine de couches. C'est un vrai feuilleté !... Nous allons mesurer la température intérieure.

Un technicien introduisit dans l'orifice un long tube métallique qui se terminait, à l'extérieur, par un cadran. Hoover jeta un coup d'oeil sur ce dernier, eut l'air brusquement intéressé et ne le quitta plus des yeux.

— Eh bien, mes enfants !... Ça descend ! Ça descend !... Encore... Encore... Nous sommes à moins 80... moins 100... 120...

Il cessa d'énumérer les chiffres et se mit à siffler d'étonnement. La Traductrice siffla sur ses dix-sept écouteurs.

— Moins 180 degrés centigrades ! dit l'image de Hoover en gros plan. C'est presque la température de l'air liquide !

Louis Deville, le représentant d'Europress, qui fumait un cigare noir long et mince comme un spaghetti, dit avec son bel accent méridional :

— Mince ! C'est un frigo ! On va y trouver des petits pois surgelés...

Hoover continuait :

— Nous voulions introduire un crochet d'acier dans ce trou, et tirer dessus pour ouvrir la porte. Mais avec le froid qu'il fait là-dedans, le crochet cassera comme une allumette. Il va falloir trouver autre chose...

Autre chose, ce furent trois ventouses pneumatiques

larges comme des assiettes, appliquées sur la porte et solidaires d'un vérin-tracteur, lui-même fixé à une charpente de poutres de fer arc-boutée autour de l'Œuf. Une pompe suça l'air des ventouses presque jusqu'au vide. Elles auraient soulevé une locomotive.

Hoover commença à faire tourner le volant du vérin.

Dans la Salle des Conférences, un journaliste anglais demanda à Rochefoux :

— Vous ne craignez pas qu'il y ait un dispositif de destruction, ici ?

— Il n'y en avait pas derrière la porte de la Sphère. Nous ne l'avons su que lorsque nous avons été dedans. Il n'y a pas de raison pour qu'il y en ait ici.

Le Comité était réuni au grand complet devant l'écran, d'où l'on pouvait voir, beaucoup mieux que sur place, ce qui se passait en bas. La salle était pleine et fiévreuse. Même ceux qui avaient affaire ailleurs venaient voir rapidement où on en était et repartaient vers leur travail.

Seule, Léonova, trop impatiente pour regarder de loin, avait accompagné Hoover et ses techniciens. Simon était auprès d'eux, avec deux infirmières, prêt à intervenir en cas d'accident.

Sur l'écran, Hoover-image tourna la tête vers ses collègues du Comité.

— J'ai fait 20 tours de volant, dit-il. Ça représente 10 millimètres de traction. La porte n'a pas bougé d'un poil. Si je poursuis maintenant, elle va se déformer ou se déchirer. Je continue ?

— Les ventouses ne risquent pas de s'arracher ? demanda Ionescu, le physicien roumain.

— Elles arracheraient plutôt le pôle Sud, dit Hoover-image.

— Il faut bien ouvrir cette porte d'une façon ou d'une autre, dit Rochefoux.

Il se tourna vers les membres du Conseil.

— Qu'est-ce que vous en pensez ? On vote ?

— Il faut continuer, dit Shanga en levant la main.

Toutes les mains se levèrent.

Rochefoux parla à l'image.

— Allez-y, Joe, dit-il.

— O.K., dit Hoover.

Il reprit à deux mains le volant du vérin.

Dans la cabine TV, Lanson brancha sur l'antenne-émission. Derrière une cloison vitrée insonore, un journaliste allemand commentait.

A la tribune de la presse, Louis Deville se leva :

— Puis-je poser une question à M. Hoover ? demanda-t-il.

— Approchez-vous, dit Rochefoux.

Deville monta sur le podium et se pencha vers le micro-direct.

— Monsieur Hoover, vous m'entendez ?

La nuque de Hoover-image fit « oui ».

— Bon, dit Deville. Vous avez fait un trou dans la glace, vous avez trouvé une graine. Vous avez fait un trou dans la graine, vous avez trouvé un œuf. Aujourd'hui, qu'est-ce que vous allez trouver, à votre idée ?

Hoover fit face avec un sourire charmant sur son gros visage.

— Nuts[1] ? dit-il.

Ce que la traductrice, après un millionième de seconde d'hésitation, traduisit dans les micros français par :

— Des clous ?

Il ne faut pas trop demander à un cerveau automatique. Pour conserver l'image ronde, un cerveau d'homme aurait peut-être traduit par « des prunes ? »

Deville regagna sa place en se frottant les mains. Il avait un bon papier pour ce soir, même si...

— Attention, dit Hoover, je crois que ça y est...

1. Des noix.

Il y eut brusquement dans le diffuseur un bruit pareil à celui d'une tonne de velours qui se déchire. Dans le bas de la porte apparut une fente sombre.

— Ça s'ouvre par en bas ! dit Hoover. Décollez la 1 et la 2. Vite !

Les deux ventouses supérieures, remplies d'air, tombèrent au bout de leurs chaînes. Seule demeurait celle du bas. Hoover tournait le volant à toute vitesse. Il y eut un arpège déchirant, comme si toutes les cordes d'un piano cassaient les unes après les autres. Puis la porte ne résista plus.

En quelques minutes, les abords de la porte furent dégagés. Léonova et Simon endossèrent leurs combinaisons. C'étaient des combinaisons d'astronautes, seules capables de protéger ceux qui les portaient contre le froid qui régnait dans l'Œuf. On les avait fait venir par *jet* de Rockefeller Station, la base américaine de départ pour la Lune. On en attendait des russes et des européennes. Pour l'instant, il n'y avait que ces deux-là. Hoover avait dû renoncer à s'introduire dans l'une d'elles. Pour la première fois depuis qu'il avait dépassé cent kilos, il regrettait son volume. Ce fut lui qui ouvrit la porte. Il mit des gants d'amiante, introduisit ses mains dans la fente, au ras de la dernière marche d'escalier, et tira.

La porte se souleva comme un couvercle.

Je suis entré, et je t'ai vue.

*Et j'ai été saisi aussitôt par l'envie furieuse, mortelle,
de chasser, de détruire tous ceux qui, là, derrière moi,
derrière la porte, dans la Sphère, sur la glace, devant
leurs écrans du monde entier, attendaient de savoir et de
voir. Et qui allaient TE voir, comme je te voyais.*

*Et pourtant, je voulais aussi qu'ils te voient. Je voulais
que le monde entier sût combien tu étais, merveilleusement, incroyablement, inimaginablement belle.*

*Te montrer à l'univers, le temps d'un éclair, puis m'en-
fermer avec toi, seul, et te regarder pendant l'éternité.*

Une lumière bleue venait de l'intérieur de l'Œuf. Simon entra le premier, et à cause de cette lumière, n'alluma pas sa torche. L'escalier extérieur se poursuivait à l'intérieur et semblait s'arrêter dans le bleu. Ses dernières marches se découpaient en silhouettes noires et s'arrêtaient, à peu près à la moitié de la hauteur de l'Œuf. Au-dessous, un grand anneau métallique horizontal était suspendu dans le vide.

C'était lui qui émettait cette lumière légère, plutôt cette luminescence, suffisante pour éclairer tout autour de lui une organisation d'appareils dont les formes paraissaient étranges parce qu'elles étaient inconnues. Des tiges et des fils les reliaient entre eux, et tous étaient en quelque sorte tournés vers l'anneau, pour en recevoir quelque chose.

Le grand anneau bleu tournait. Il était suspendu en l'air, maintenu par rien, en contact avec rien. Tout le reste était strictement immobile. Lui tournait. Mais il était si lisse et son mouvement si parfaitement accompli sur lui-même, que Simon le devina plutôt qu'il ne le vit, et qu'il ne put se rendre compte si l'anneau tournait très lentement ou à une vitesse considérable.

De l'extérieur, Lanson, qui était descendu de la Salle des Conférences pour surveiller ses caméras, alluma un projecteur. Ses mille watts avalèrent la luminescence bleue, firent disparaître la mécanique fantomatique et révélèrent à sa place une dalle transparente qui, maintenant, réfléchissait la vive lumière et ne laissait plus discerner ce qu'il y avait au-dessous d'elle.

Simon était toujours debout sur l'escalier, à cinq marches au-dessus du sol transparent, et Léonova à deux marches au-dessus de lui. Ils cessèrent ensemble de regarder le sol sous leurs pieds, redressèrent la tête, et virent ce qui se trouvait devant eux.

Le sommet de l'Œuf constituait une salle en coupole. Sur le sol, en face de l'escalier, étaient dressés deux socles d'or de forme allongée. Sur chacun de ces socles reposait un bloc de matière transparente pareille à de la glace extrêmement claire. Et dans chacun de ces blocs se trouvait un être humain couché, les pieds vers la porte.

Une femme, à gauche. A droite, un homme. Il n'y avait aucun doute, car ils étaient nus. Le sexe de l'homme était érigé comme un avion qui s'envole. Son poing gauche fermé était posé sur sa poitrine. Sa main droite se soulevait en oblique, l'index tendu, dans le même geste que les joueurs de la salle ronde.

Les jambes de la femme étaient jointes. Ses mains ouvertes reposaient l'une sur l'autre, juste au-dessous de sa poitrine. Ses seins étaient l'image même de la perfection de l'espace occupé par la courbe et la chair. Les pentes de ses hanches étaient comme celles de la dune la plus aimée du vent de sable qui a mis un siècle à la construire de sa caresse. Ses cuisses étaient rondes et longues, et le soupir d'une mouche n'aurait pu trouver la place de se glisser entre elles. Le nid discret du sexe était fait de boucles dorées, courtes et frisées. De ses épaules à ses pieds pareils à des fleurs, son corps était une harmonie dont chaque note, miraculeusement juste, se trouvait en accord exact avec chacune des autres et avec toutes.

86

On ne voyait pas son visage. Comme celui de l'homme, il était surmonté, jusqu'au menton, par un casque d'or aux traits stylisés d'une beauté grave.

La matière transparente qui les enveloppait l'un et l'autre était si froide que l'air à son contact devenait liquide et coulait, frangeant les deux blocs d'une dentelle qui dansait, se détachait, tombait et s'évaporait avant de toucher le sol.

Allongés dans ces écrins de lumière mouvante, ils étaient, par leur nudité même, revêtus d'une splendeur d'innocence. Leur peau, lisse et mate comme une pierre polie, avait la couleur d'un bois chaud.

Bien qu'il fût moins parfait que celui de la femme, le corps de l'homme donnait la même impression extra-ordinaire de jeunesse encore jamais vue. Ce n'était pas la jeunesse d'un homme et d'une femme, mais celle de l'espèce. Ces deux êtres étaient neufs, conservés intacts depuis l'enfance humaine.

Simon, lentement, tendit la main en avant.

Et parmi tous les hommes qui, à ce même moment, regardaient sur leurs écrans l'image de cette femme, qui voyaient ces douces épaules pleines, ces bras ronds enser-rant en corbeille les fruits légers des seins, et la courbe de ces hanches où coulait la beauté totale de la Création, combien ne purent empêcher leur main de se tendre, pour s'y poser ?

Et parmi les femmes qui regardaient cet homme, combien furent brûlées par l'envie atrocement irréalisable de se coucher sur lui, de s'y planter, et d'y mourir ?

Il y eut dans le monde entier un instant de stupeur et de silence. Même les vieillards et les enfants se turent. Puis les images du Point 612 s'éteignirent, et la vie ordinaire recommença, un peu plus énervée, un peu plus aigre. L'humanité, par le moyen d'un peu plus de bruit, s'effor-çait d'oublier ce qu'elle venait de comprendre en regardant les deux gisants du pôle : à quel point elle était ancienne, et lasse, même dans ses plus beaux adolescents.

Léonova ferma les yeux et secoua sa tête dans son casque. Quand elle releva les paupières, elle ne regardait plus dans la direction de l'homme. Elle descendit, et poussa Simon avec son genou.

Elle sortit de sa sacoche un petit instrument à cadran, fit quelques pas, et le mit en contact avec le bloc qui contenait la femme. Il y resta collé. Elle regarda le cadran, et dit d'une voix neutre dans son micro de visière.

— Température à la surface du bloc : moins 272 degrés centigrades.

Il y eut parmi les savants réunis dans la Salle des Conférences des murmures d'étonnement. C'était presque le zéro absolu.

Louis Deville, oubliant son micro, se leva pour crier sa question.

— Pouvez-vous demander au docteur Simon, pendant qu'il les regarde, si, en tant que médecin, il estime qu'ils sont vivants ?

— Ne restez pas à proximité des blocs ! dit la voix traduite de Hoover dans les écouteurs de Simon et de Léonova. Reculez ! Encore ! Vos combinaisons ne sont pas faites pour un froid pareil !...

Ils reculèrent vers le bas de l'escalier. Simon reçut la question de Deville. Cette question-là, il se la posait lui-même depuis un moment, avec angoisse. D'abord il n'avait eu aucun doute : cette femme était vivante, elle ne pouvait être que vivante... Mais c'était un désir, non une conviction. Et il cherchait maintenant les raisons objectives d'y croire, ou d'en douter. Il les énuméra dans son micro, parlant surtout pour lui-même.

— Ils étaient vivants quand le froid les a saisis. L'état de l'homme le prouve.

Il tendit son bras matelassé en direction du sexe oblique de l'homme.

— C'est un phénomène qu'on avait déjà constaté chez certains pendus. Il trahissait une congestion brutale, et un reflux du flot sanguin vers le bas du corps. De là vint la légende de la mandragore, cette racine magique, de forme humaine, qui naissait, sous les gibets, de la terre ensemencée par le sperme des pendus. Il se peut qu'une congestion analogue se soit produite au cours d'un refroidissement rapide. Elle n'a pu se produire que dans un corps encore vivant. Mais il est possible qu'un instant plus tard la mort ait suivi. Et même si ces deux êtres étaient dans un état de vie arrêtée, mais de vie possible après leur congélation, comment pouvons-nous savoir dans quel état ils sont aujourd'hui après 900 000 ans ?

Le diffuseur de la Salle des Conférences, qui transmettait directement la voix de Simon, trahit dans ses derniers mots l'angoisse du jeune médecin, et se tut.

Le physicien japonais Hoï-To, assis à la table du Conseil, fit remarquer :

— Il faudrait savoir à quelle température ils se trouvent. Notre civilisation n'a jamais réussi à obtenir le zéro absolu. Mais il semble que ces gens disposaient d'une technique supérieure. Ils y sont peut-être parvenus... Le zéro absolu, c'est l'immobilité totale des molécules. C'est-à-dire qu'aucune modification chimique n'est possible. Aucune transformation même infinitésimale... Or, la mort est une transformation. Si au centre de ces blocs règne le froid absolu[1], cet homme et cette femme se trouvent exactement dans le même état qu'au moment où ils y ont été plongés. Et ils pourraient rester ainsi pendant l'Eternité.

1. C'est-à-dire 273,15 degrés centigrades au-dessous de zéro.

— Il y a une façon bien simple de savoir s'ils sont morts ou vivants, dit la voix de Simon dans le diffuseur. Et en tant que médecin, j'estime que c'est notre devoir : il faut essayer de les ranimer...

L'émotion dans le monde fut considérable. Les journaux criaient en énormes lettres de couleur. « Réveillez-les ! » ou bien : « Laissez-les dormir ! »

Selon les uns ou selon les autres, on avait le devoir impérieux de tenter de les rappeler à la vie, ou on n'avait absolument pas le droit de troubler la paix dans laquelle ils reposaient depuis un temps invraisemblable.

A la demande du délégué de Panama à l'O.N.U., l'Assemblée des Nations Unies fut convoquée, pour en délibérer.

De nouvelles combinaisons spatiales étaient arrivées à 612, mais aucune n'était aux dimensions de Hoover. Il s'en commanda une sur mesures. En attendant son arrivée, il assistait, impuissant et furieux, du haut de l'escalier d'or, aux travaux de ses collègues qui se déplaçaient dans l'Œuf avec maladresse, les jambes écartées et les bras raides. L'humidité de la Sphère entrait dans l'Œuf et se condensait aussitôt en un brouillard composé de flocons imperceptibles. Du givre s'était formé sur toute la surface interne du mur, et une couche de neige pulvérulente, mobile comme de la poussière, recouvrait le sol.

Malgré leurs combinaisons, les hommes qui descendaient dans l'Œuf n'y pouvaient séjourner qu'un temps très court, ce qui rendait difficile la poursuite des recherches. On avait pu analyser la matière transparente qui enveloppait les gisants. C'était de l'hélium solide, c'est-à-dire un corps que non seulement les physiciens du froid n'avaient jamais réussi à obtenir, mais dont ils pensaient même que, théoriquement, il ne pouvait pas exister.

Le brouillard glacé qui emplissait l'Œuf dérobait en partie l'homme et la femme nus au regard des équipes qui travaillaient à leurs côtés. Ils semblaient se retrancher derrière cette brume, prendre de nouveau leurs distances, s'éloigner au fond des temps, loin des hommes qui avaient voulu les rejoindre.

Mais le monde ne les oubliait pas.

Les paléontologues hurlaient. Ce qu'on avait trouvé au pôle ne POUVAIT PAS être vrai. Ou alors les laboratoires qui avaient fait les mesures de datation se trompaient.

On avait examiné les boues de fonte des ruines, les débris d'or, la poussière de la Sphère. Par toutes les méthodes connues, on avait déterminé leur ancienneté. Plus de cent labos de tous les continents avaient fait chacun plus de cent mesures, aboutissant à plus de dix mille résultats concordants qui confirmaient les 900 000 ans approximatifs d'ancienneté de la découverte sous-glaciaire.

Cette unanimité n'entamait pas la conviction des paléontologues. Ils criaient à la supercherie, à l'erreur, à la distorsion de la vérité. Pour eux, il n'y avait pas de doute : moins de 900 000 ans, c'était à peu près le début du Pléistocène. A cette époque, tout ce qui pouvait exister en guise d'homme, c'était l'Australopithèque, c'est-à-dire une espèce de primate minable auprès de qui un chimpanzé aurait fait figure de civilisé distingué.

Ces installations et ces individus qu'on avait trouvés sous la glace, ou bien c'était faux, ou bien c'était récent, ou bien ça venait d'ailleurs, ou bien ça avait été placé là par des imposteurs. Ça ne pouvait pas être vrai. C'était IMPOSSIBLE.

Réponses de passants interrogés à la sortie du métro à Saint-Germain-en-Laye :

Le reporter TV. — Vous pensez que c'est vrai ou que c'est pas vrai ?

Un monsieur bien vêtu. — Quoi qui est pas vrai ?

Le reporter TV. — Les trucs sous la glace, là-bas, au pôle...

Le monsieur. — Oh ! vous savez, moi... Faudrait voir !...

Le reporter TV. — Et vous, madame ?

Une très vieille dame émerveillée. — Ils sont si beaux ! Ils sont tellement beaux ! Ils sont sûrement vrais !

Un monsieur maigre, brun, frileux, énervé, s'empare du micro. — Moi, je dis : pourquoi les savants ils veulent toujours que nos ancêtres soient affreux ? Cro-Magnon et compagnie, genre orang-outang ? Les bisons qu'on voit sur les grottes d'Altamira ou de Lascaux, ils étaient plus beaux que la vache normande, non ? Pourquoi pas nous aussi ?

A l'O.N.U., l'Assemblée se désintéressa subitement des deux êtres dont le sort avait motivé sa convocation.

Le délégué du Pakistan venait de monter à la tribune et de faire une déclaration sensationnelle.

Les experts de son pays avaient calculé quelle devait être la quantité d'or constituée par la Sphère, son piédestal et ses installations intérieures. Ils étaient arrivés à un chiffre fantastique. Il y avait là, sous la glace, près de 200 000 tonnes d'or ! C'est-à-dire plus que la somme de l'or contenu dans toutes les réserves nationales, dans toutes les banques privées et dans tous les avoirs individuels et clandestins ! Plus que tout l'or du monde !

Pourquoi avait-on caché cette vérité à l'opinion ? Que préparaient les grandes puissances ? S'étaient-elles mises d'accord pour se partager cette richesse fabuleuse, comme elles se partageaient déjà toutes les autres ? Cette masse d'or, c'était la fin de la misère pour la moitié de l'humanité qui souffrait encore de la faim et manquait de tout. Les nations pauvres, les nations affamées, exigeaient que cet or fût découpé, partagé, et réparti entre elles au prorata du chiffre de leur population.

Les Noirs, les Jaunes, les Verts, les Gris, et quelques Blancs se dressèrent et applaudirent frénétiquement le Pakistanais. Les Nations Pauvres formaient à l'O.N.U. une très large majorité que l'habileté et le droit de veto des grandes puissances tenaient de plus en plus difficilement en échec.

Le délégué des Etats-Unis demanda la parole et l'obtint. C'était un grand homme mince qui portait d'un air las l'hérédité distinguée d'une des plus anciennes familles du Massachusetts.

D'une voix sans passion, un peu voilée, il déclara qu'il comprenait l'émotion de son collègue, que les experts des Etats-Unis venaient d'arriver aux mêmes conclusions que ceux du Pakistan, et qu'il s'apprêtait justement à faire une déclaration à ce sujet.

Mais, ajouta-t-il, d'autres experts, en examinant des échantillons de l'or du pôle, étaient parvenus à une autre conclusion : *cet or n'était pas un or naturel*, c'était un métal synthétique, fabriqué par un procédé dont on ne pouvait se faire aucune idée. Nos physiciens atomistes savaient aussi fabriquer de l'or artificiel, par transmutation des atomes. Mais difficilement, en petite quantité, et à un prix de revient prohibitif.

Le véritable trésor enfoui sous la glace, ce n'était donc pas telle ou telle quantité d'or fût-elle considérable, mais les connaissances enfermées dans le cerveau de cet homme ou de cette femme, ou peut-être des deux. C'est-à-dire non seulement les secrets de la fabrication de l'or, du zéro absolu, du moteur perpétuel, mais sans doute une quantité d'autres encore beaucoup plus importantes.

— Ce qu'on a trouvé au point 612, poursuivit l'orateur, permet en effet de supposer qu'une civilisation très avancée, se sachant menacée par un cataclysme qui risquait de la détruire entièrement, a mis à l'abri, avec un luxe de précautions qui a peut-être épuisé toutes ses richesses, un homme et une femme susceptibles de faire renaître la vie après le passage du fléau. Il n'est pas logique de penser que ce couple ait été choisi uniquement pour ses qualités physiques. L'un ou l'autre, ou les deux, doit posséder assez de science pour faire renaître une civilisation équivalente à celle dont ils sont issus. C'est cette science que le monde d'aujourd'hui doit songer à partager, avant toute autre chose. Pour cela, il faut ranimer ceux qui la possèdent et leur faire place parmi nous.

— If they are still alive[1], dit le délégué chinois.

Le délégué américain eut un geste léger de la main gauche et une esquisse de sourire, qui, ajoutés l'un à l'autre, signifiaient très poliment, mais avec le plus total mépris :

— Bien entendu...

Il regarda toute l'assemblée d'un air absent et ennuyé, et poursuivit :

— L'Université de Columbia est parfaitement équipée en savants et en appareils pour réaliser cette réanimation. Les Etats-Unis se proposent donc, avec votre accord, d'aller chercher au point 612 l'homme et la femme dans leurs blocs de froid, de les transporter avec toutes les précautions nécessaires et la plus grande célérité, jusqu'aux laboratoires de Columbia, de les tirer de leur

1. S'ils sont encore vivants.

long sommeil et de les accueillir au nom de l'humanité tout entière.

Le délégué russe se leva en souriant et dit qu'il ne doutait ni de la bonne volonté américaine ni de la compétence de ses savants. Mais l'U.R.S.S. possédait également, à Akademgorodok, les techniciens, les théoriciens et l'appareillage nécessaire. Elle pouvait, elle aussi, se charger de l'opération de réanimation. Mais il ne s'agissait pas en ce moment capital pour l'avenir de l'humanité de faire de la surenchère scientifique et de se disputer un enjeu qui appartenait à tous les peuples du monde. L'U.R.S.S. proposait donc de partager le couple, elle-même prenant en charge l'un des deux individus, et les Etats-Unis s'occupant de l'autre.

Le délégué pakistanais éclata. Le complot des grandes puissances s'étalait en pleine lumière ! Dès la première minute elles avaient décidé de s'attribuer le trésor de 612, que ce fût un trésor monétaire ou un trésor scientifique. Et, en se partageant les secrets du passé, elles se partageaient la suprématie de l'avenir, comme elles possédaient déjà celle du présent. Les nations qui s'assureraient le monopole des connaissances enfouies sous le point 612 posséderaient une maîtrise du monde totale et inébranlable. Aucun autre pays ne pourrait plus jamais espérer se soustraire à leur hégémonie. Les nations pauvres devaient s'opposer de toutes leurs forces à la réalisation de cet abominable dessein, dussent les deux êtres venus du passé rester pour toujours dans leur carapace d'hélium !

Le délégué français, qui était allé téléphoner à son gouvernement, demanda à son tour la parole. Il fit paisiblement remarquer que le point 612 se trouvait à l'intérieur de la tranche du continent antarctique qui avait été attribué à la France. C'est-à-dire en territoire français. Et, de ce fait, tout ce qu'on pouvait y découvrir était propriété française...

Ce fut un beau chahut. Délégués des grandes et petites nations se trouvèrent cette fois d'accord pour protester, ricaner, ou simplement faire une moue amusée, selon leur degré de civilisation.

Le Français sourit et fit un geste d'apaisement. Quand le calme fut revenu, il déclara que la France, devant l'intérêt universel de la découverte, renonçait à ses droits nationaux et même à ses droits d'« inventeur », et déposait tout ce qui avait été trouvé ou pourrait être encore trouvé au point 612 sur l'autel des Nations unies.

Maintenant, c'étaient des applaudissements polis que son geste s'efforçait de faire cesser.

Mais..., mais..., sans partager les craintes du Pakistan, la France pensait qu'il fallait tout faire pour les empêcher d'être justifiées, si peu que ce fût. Il n'y avait pas que Columbia et Akademgorodok qui fussent équipées pour la réanimation. On pouvait trouver des spécialistes éminents en Yougoslavie, en Hollande, aux Indes, sans parler de l'Université arabe, et de la très compétente équipe du docteur Lebeau, de l'hôpital de Vaugirard, à Paris.

La France n'écartait pas pour autant les équipes russe et américaine. Elle demandait seulement que le choix fût fait par l'Assemblée tout entière, et sanctionné par un vote...

Le délégué américain se rallia aussitôt à cette proposition. Pour laisser aux candidatures compétentes le temps de se manifester, il demandait le renvoi du débat au lendemain. Ce qui fut décidé.

Les tractations secrètes et les marchandages allaient immédiatement commencer.

Pour une fois, la TV fonctionnait en sens inverse. Trio, du haut de l'éther, renvoyait vers l'antenne d'EPI 1 des images de l'O.N.U. Dans la Salle des Conférences, les savants qui n'étaient pas occupés à des tâches plus urgentes avaient suivi les débats en compagnie des journalistes. Quand ce fut terminé, Hoover, d'un geste du pouce, éteignit le grand écran, et regarda ses collègues avec une petite grimace.

— Je crois, dit-il, que nous aussi nous avons à délibérer.

Il pria les journalistes de bien vouloir se retirer, et lança sur les diffuseurs un appel général à tous les savants, techniciens, ouvriers et manœuvres de l'Expédition, pour une réunion immédiate.

Le lendemain, au moment où s'ouvrait la séance de l'Assemblée de l'O.N.U., un communiqué en provenance du point 612 fut remis au président. Il était, en même temps, diffusé par tous les moyens d'information internationaux. Son texte était le suivant.

« Les membres de l'Expédition Polaire Internationale ont décidé à l'unanimité ce qui suit :

1. Ils dénient à toute nation, qu'elle soit riche ou pauvre, le droit de revendiquer pour un usage lucratif le moindre fragment de l'or de la Sphère et de ses accessoires.

2. Ils suggèrent, si cela peut être utile à l'humanité, qu'une monnaie internationale soit créée et gagée sur cet or, à condition qu'il reste où il est, considérant qu'il ne sera pas plus utile ni « gelé » sous un kilomètre de glace que dans les caves des Banques nationales.

3. Ils ne reconnaissent pas la compétence de l'O.N.U., organisme politique, en ce qui concerne la décision — d'ordre médical et scientifique — à prendre au sujet du couple en hibernation.

4. Ils ne confieront ce couple à aucune nation en particulier.

5. Ils mettront à la disposition de l'humanité tout entière l'ensemble des informations scientifiques ou de tous ordres qui pourront être recueillies par l'Expédition.

Ils invitent Forster, de Columbia, Moïssov, d'Akadem-gorodok, Zabrec, de Belgrade, Van Houcke, de La Haye, Haman, de Beyrouth, et Lebeau, de Paris, à les rejoindre d'urgence au point 612, avec tout le matériel nécessaire pour procéder à la réanimation. »

Ce fut comme si on avait donné un coup de pied dans la ruche de l'O.N.U. Les vitres du palais de verre trem-blaient jusqu'au dernier étage. Le délégué du Pakistan stigmatisa, au nom des enfants qui mouraient de faim, l'orgueil des savants qui voulaient se placer au-dessus de l'humanité et ne faisaient que s'en exclure. Il parla de « dictature des cerveaux », déclara que c'était inadmis-sible, et demanda des sanctions.

Après un débat passionné, l'Assemblée vota l'envoi immédiat d'une force de Casques bleus au point 612 pour prendre possession, au nom des Nations Unies, de tout ce qui s'y trouvait.

Deux heures plus tard, l'antenne d'EPI 1 demandait et obtenait un couloir international. Tous les postes, privés ou nationaux, interrompirent leurs émissions pour donner les images venues du pôle. Ce fut le visage de Hoover qui apparut. Le visage d'un homme gros prête toujours à sourire, quelle que soit l'émotion qu'il tente d'exprimer. Mais la gravité de son regard était telle qu'elle fit oublier ses joues roses et rondes et ses cheveux roux peignés avec les doigts. Il dit :

— Nous sommes bouleversés. Bouleversés mais décidés.

Il se tourna vers la droite et vers la gauche et fit un signe. La caméra recula pour permettre à ceux qui s'approchaient de prendre place dans l'image. C'était Léonova, Rochefoux, Shanga, Lao Tchang. Ils vinrent se placer aux côtés de Hoover, lui donnant la caution de leur présence. Et derrière eux la lumière des projecteurs révé-lait les visages des savants de toutes disciplines et toutes nationalités qui depuis des mois se battaient contre la glace pour lui arracher ses secrets. Hoover reprit :

— Vous voyez, nous sommes tous là. Et tous décidés. Nous ne permettrons jamais aux convoitises particulières, nationales ou internationales, de mettre la main sur des biens dont dépend peut-être le bonheur des hommes d'aujourd'hui et de demain. De tous les hommes, et pas seulement de quelques-uns ou de telle ou telle catégorie.

« Nous n'avons pas confiance dans l'O.N.U. Nous n'avons pas confiance dans les Casques bleus. S'ils débarquent à 612, nous laissons tomber la pile atomique dans le Puits, et nous la faisons sauter...

Il resta un moment immobile, silencieux, pour laisser le temps à ses auditeurs de digérer l'énormité de la décision prise. Puis il s'effaça et donna la parole à Léonova.

Son menton tremblait. Elle ouvrit la bouche et ne put parler. La grosse main de Hoover se posa sur son épaule. Léonova ferma les yeux, respira à fond, retrouva un peu de calme.

— Nous voulons travailler ici pour tous les hommes, dit-elle. Il est facile de nous en empêcher. Nous ne disposons pas d'une vis ou d'une miette de pain qui ne nous soit envoyée par telle ou telle nation. Il suffit de nous couper les vivres. Ou simplement d'y mettre de la mauvaise volonté. Notre réussite, jusqu'à maintenant, a été le résultat d'un effort concerté et désintéressé des nations. Il faut que cet effort continue avec la même intensité. Vous pouvez l'obtenir, vous qui nous écoutez. Ce n'est pas aux gouvernements, aux politiciens que je m'adresse. C'est aux hommes, aux femmes, aux peuples, à tous les peuples. Ecrivez à vos gouvernants, aux chefs d'Etat, aux ministres, aux soviets. Ecrivez immédiatement, écrivez tous ! Vous pouvez encore tout sauver !

Elle transpirait. La caméra la cadra de plus près. On voyait la sueur perler sur son visage.

100

Une main entra dans l'image, lui tendant un mouchoir de papier couleur bouton d'or. Elle le prit et se tamponna le front et les ailes du nez. Elle poursuivit :

— Si nous devons renoncer, nous n'abandonnerons pas, à nous ne savons qui, des possibilités de connaissances qui, mal employées, pourraient accabler le monde sous un malheur irréparable. Si on nous oblige à partir, nous ne laisserons rien derrière nous.

Elle se détourna en portant le mouchoir à ses yeux. Elle pleurait.

Presque partout où la télévision était un monopole d'Etat, la transmission de l'appel des savants avait été coupée avant la fin. Mais pendant douze heures, l'antenne d'EPI 1 continua de bombarder Trio avec les images enregistrées de Hoover et de Léonova. Et Trio, objet scientifique parfaitement dénué d'opinion, les retransmit pendant douze heures à ses jumeaux et ses cousins qui ceinturaient le globe. A peu près les deux tiers d'entre eux émettaient avec assez de puissance pour être captés directement par les récepteurs particuliers. Chaque fois que les images recommençaient, la Traductrice traduisait les paroles en une langue différente. Et à la fin apparaissaient les deux êtres du passé, dans leur beauté et leur attente immobile, tels que les écrans les avaient montrés la première fois.

L'émission se superposait aux programmes prévus, brouillait tout et finissait par passer par bribes, et par être comprise par ceux qui voulaient la comprendre.

Dans la demi-journée qui suivit, tous les services de postes furent brutalement embouteillés. Dans les moindres villages d'Auvergne ou du Béloutchistan, les boîtes aux lettres débordaient. Dès les premiers centres de rassemblement des sacs postaux, les salles de réception étaient pleines jusqu'au plafond. A l'échelon au-dessus, c'était la submersion totale. Les pouvoirs publics et les compagnies privées renoncèrent à transporter ce courrier plus loin. Il n'était pas nécessaire de le lire. Son abondance était sa signification. Pour la première fois, les peuples manifestaient, par-dessus leurs langues, leurs frontières, leurs différences et leurs divisions, une volonté commune. Aucun gouvernement ne pouvait aller contre un sentiment d'une telle ampleur. Des instructions nouvelles furent données aux délégués de l'O.N.U.

Une motion fut votée dans l'enthousiasme et à l'unanimité, annulant l'envoi des Casques bleus et exprimant la confiance des nations dans les savants de l'EPI pour mener à bien..., etc., pour le plus grand bien..., etc., fraternité des peuples... etc., du présent et du passé, point final.

Les réanimateurs auxquels le communiqué des savants avait fait appel étaient arrivés avec leurs équipes et leur matériel.

Sur les indications de Lebeau, les charpentiers du Devoir construisirent la salle de réanimation à l'intérieur même de la Sphère, au-dessus de l'Œuf.

Un grave problème se posait aux responsables : par qui commencer ? par l'homme ou par la femme ?

Avec le premier qu'ils traiteraient, ils allaient forcément prendre des risques. En quelque sorte « se faire la main ». Le second, au contraire, bénéficierait de leur expérience. Il fallait donc commencer par le moins précieux. Mais lequel était-ce ?

Pour l'Arabe, il n'y avait pas de doute : le seul qui comptait, c'était l'homme. Pour l'Américain, c'était à l'égard de la femme qu'on devait prendre le plus de respectueuses précautions, quitte à risquer pour elle la vie de l'homme. Le Hollandais n'avait pas d'opinion, le Yougoslave et le Français, bien qu'ils s'en défendissent, penchaient vers la prépondérance masculine.

— Mes chers collègues, dit Lebeau au cours d'une réunion, vous le savez comme moi, les cerveaux masculins sont supérieurs en volume et en poids aux cerveaux féminins. Si c'est un cerveau qui nous intéresse, il me semble donc que c'est l'homme que nous devons réserver pour la seconde intervention.

« Mais personnellement, ajouta-t-il en souriant, après avoir vu la femme, j'aurais facilement tendance à penser qu'une telle beauté a plus d'importance que le savoir, si grand soit-il.

— Il n'y a pas de raison, dit Moïssov, pour que nous traitions l'un avant l'autre. Leurs droits sont égaux. Je propose que nous formions deux équipes et que nous opérions en même temps sur les deux.

C'était généreux, mais impossible. Pas de place, pas assez de matériel. Et les connaissances des six savants ne seraient pas de trop, en s'ajoutant, pour faire la lumière dans les moments difficiles.

Quant au raisonnement de Lebeau, il était valable pour des cerveaux d'aujourd'hui. Mais qui pouvait affirmer qu'à l'époque d'où venaient ces deux êtres la différence de poids et de volume existât ? Et si elle existait, qu'elle ne fût pas, à ce moment-là, en faveur, au contraire, des cerveaux féminins ? Les masques d'or qui cachaient les deux têtes ne permettaient même pas de faire une comparaison approximative de leur volume, et, par déduction, de leurs contenus...

Le Hollandais Van Houcke était un spécialiste remarquable de l'hibernation des otaries. Il en maintenait une en congélation depuis douze ans. Il la réchauffait et la réveillait à chaque printemps, la régalait de quelques harengs, et dès qu'elle avait digéré, la recongelait.

Mais, en dehors de sa spécialité, c'était un homme très naïf. Il confia aux journalistes les incertitudes de ses collègues et leur demanda conseil.

Par Trio, les journalistes ravis exposèrent la situation à l'opinion mondiale et lui posèrent la question : « Par qui doit-on commencer ? Par l'homme ou par la femme ? »

Hoover avait enfin reçu sa combinaison. Il la mit, et descendit dans l'Œuf. Il disparut dans le brouillard. Quand il remonta, il demanda au Conseil de se réunir avec les réanimateurs. — Il faut se décider, dit-il. Les blocs d'hélium diminuent... Le mécanisme qui fabriquait le froid continue de fonctionner, mais notre intrusion dans l'Œuf lui a ôté une partie de son efficacité. Si vous le permettez, je vais vous donner mon avis. Je viens de les regarder de près, l'homme et la femme... Mon Dieu, qu'elle est belle !... Mais là n'est pas la question. Elle m'a surtout semblé être en meilleur état que lui. Lui présente sur la poitrine et en différents endroits du corps, de légères altérations de la couleur de la peau, qui sont peut-être les signes de lésions épidermiques superficielles. Ou peut-être rien du tout, je ne sais pas. Mais je crois — franchement je dis : je crois, c'est une impression, non une conviction — qu'elle est plus solide que lui, plus capable d'encaisser vos petites erreurs, si vous en faites. Vous êtes médecins, regardez-les de nouveau, examinez l'homme en pensant à ce que je viens de vous dire, et décidez-vous. A mon avis, c'est par la femme qu'il faut commencer.

Ils ne descendirent même pas dans l'Œuf. Il fallait bien commencer par quelqu'un. Ils se rallièrent à l'avis de Hoover.

Ainsi, pendant que l'opinion se passionnait, que la moitié mâle et la moitié femelle de l'humanité se dressaient l'une contre l'autre, que des disputes éclataient dans toutes les familles, entre tous les couples, que les lycéens et les lycéennes se livraient des batailles rangées, les six réanimateurs décidèrent de commencer par la femme.

Comment auraient-ils pu savoir qu'ils commettaient une erreur tragique, que s'ils avaient choisi, au contraire, de commencer par l'homme tout aurait été différent ?

La manche à air fut dirigée vers le bloc de gauche et commença par déverser de l'air à la température de la surface, qui était de moins 32 degrés. Le bloc d'hélium se résorba en quelques instants. Il passa directement de l'état solide à l'état gazeux et disparut, laissant la femme intacte sur son socle. Les quatre hommes en combinaison qui la regardaient frissonnèrent. Il leur semblait que maintenant, toute nue sur le socle de métal, enveloppée des tourbillons de la brume glacée, elle devait avoir mortellement froid. Alors qu'elle s'était, au contraire, déjà sensiblement réchauffée.

Simon était parmi les quatre. Lebeau lui avait demandé, en raison de ses connaissances des problèmes polaires, et de tout ce qu'il savait déjà de la Sphère, de l'Œuf et du couple, de bien vouloir se joindre à l'équipe de réanimation.

Il fit le tour du socle. Il tenait maladroitement, dans ses gants d'astronaute, une grande paire de pinces coupantes. Sur un signe de Lebeau, il les prit à deux mains, se pencha, et coupa un tuyau métallique qui reliait le masque d'or à l'arrière du socle. Lebeau, avec une infinie douceur, essaya de soulever le masque. Il ne bougea pas. Il semblait être solidaire de la tête de la femme, bien qu'il en fût visiblement séparé par un espace d'au moins un centimètre.

Lebeau se redressa, fit un signe de renoncement, et se dirigea vers l'escalier d'or. Les autres le suivirent.

Ils ne pouvaient pas rester là plus longtemps. Le froid gagnait l'intérieur de leurs vêtements protecteurs. Ils ne pouvaient pas emporter la femme. A la température où elle était encore, ils risquaient de la casser comme du verre.

La manche à air, téléguidée depuis la salle de réanimation, continua à se promener lentement au-dessus d'elle, la baignant d'un flot d'air qu'on réchauffa jusqu'à moins 20 degrés.

106

Quelques heures plus tard, les quatre redescendirent. En synchronisant leurs mouvements, ils glissèrent leurs mains gantées sous la femme glacée et la séparèrent du socle. Lebeau avait craint qu'elle ne restât collée au métal par le gel, mais cela ne se produisit pas et les huit mains la soulevèrent, raide comme une statue, et la portèrent à hauteur des épaules. Puis les quatre hommes se mirent en marche lentement, avec la crainte énorme d'un faux pas. La neige pulvérulente leur battait les mollets et s'écartait devant leurs pas comme de l'eau. Monstrueux et grotesques dans leurs combinaisons casquées, à demi effacés par la brume, ils avaient l'air de personnages de cauchemar emportant dans un autre monde la femme qui les rêvait. Ils montèrent l'escalier d'or et sortirent par le trou lumineux de la porte.

La manche à air fut retirée. Le bloc transparent qui contenait l'homme, et qui avait beaucoup diminué au cours de l'opération, cessa de se réduire.

Les quatre entrèrent dans la salle opératoire et déposèrent la femme sur la table de réanimation dans laquelle elle s'encastra.

Rien ne pouvait plus désormais arrêter le déroulement fatal des événements.

A la surface, l'entrée du Puits avait été entourée d'un bâtiment construit d'énormes blocs de glace que leur propre poids soudait les uns aux autres. Une lourde porte sur rails en fermait l'accès. A l'intérieur se trouvaient les installations de soufflerie, les relais de la TV, du téléphone, de la Traductrice, du courant force et lumière, les moteurs des ascenseurs et des monte-charges, et leur station de départ, et les batteries d'accumulateurs de secours, à électrolyse sèche.

Devant les portes des ascenseurs, Rochefoux faisait face à la meute des journalistes. Il avait fermé les portes à clé et mis les clés dans sa poche. Les journalistes protestaient violemment, dans toutes les langues. Ils voulaient voir la femme, assister à son réveil. Rochefoux, en souriant, leur déclara que ce n'était pas possible. A part le personnel médical, personne, pas même lui, n'était admis dans la salle opératoire.

Il réussit à les calmer en leur promettant qu'ils verraient tout par la TV intérieure, sur le grand écran de la Salle des Conférences.

Simon et les six réanimateurs, vêtus de blouses vert d'eau, coiffés de calottes de chirurgien, le bas du visage masqué, bottés de coton et de toile blanche, gantés de lastex rose, entouraient la table de réanimation. Une couverture chauffante enveloppait la femme jusqu'au ras du menton. Le masque d'or recouvrait toujours son visage. Par des fentes de la couverture sortaient des fils multicolores qui reliaient à des appareils de mesure les sangles, les électrodes, les ventouses, les palpeurs appliqués à différents endroits de son corps glacé.

Neuf techniciens, vêtus de blouses jaunes, et masqués comme les chirurgiens, ne quittaient pas des yeux les cadrans des appareils. Quatre infirmiers et trois infirmières bleus se tenaient chacun à proximité d'un médecin, prêts à obéir promptement.

Lebeau, reconnaissable à ses énormes sourcils gris, se pencha vers la table, et, une fois de plus, essaya de soulever le masque. Celui-ci bougea, mais il semblait fixé par une sorte d'axe central.

— Température ? demanda Lebeau.

Un homme jaune répondit :

— Plus cinq.

— Souffleur...

Une femme bleue tendit l'extrémité d'un tube souple. Lebeau l'introduisit entre le masque et le menton.

— Pression cent grammes, température plus quinze.

Un homme jaune tourna deux petits volants et répéta les chiffres.

— Envoyez, dit Lebeau.

Un faible chuintement se fit entendre. De l'air à 15 degrés coulait entre le masque et le visage de la femme. Lebeau se redressa et regarda ses confrères. Son regard était grave, à la limite de l'anxiété. La femme bleue, avec une compresse de gaze, lui essuya les tempes où la sueur perlait.

— Essayez ! dit Forster.

— Quelques minutes, dit Lebeau. Attention au top... Top !

Ce furent des minutes interminables. Les vingt-trois hommes et femmes présents dans la salle attendaient, debout. Ils entendaient leur cœur cogner dans sa cage d'os, et sentaient le poids de leur corps durcir leurs mollets comme de la pierre. La caméra 1 braquée vers le masque d'or en envoyait l'image gigantesque sur le grand écran. Un silence total régnait dans la Salle des Conférences, encore une fois pleine à craquer. Le diffuseur faisait entendre les respirations trop rapides derrière les masques de toile, et le long souffle de l'air sous le masque d'or.

— Combien ? dit la voix de Lebeau.

— Trois minutes dix-sept secondes, dit un homme jaune.

— J'essaie, dit Lebeau.

Il se pencha de nouveau vers la femme, introduisit le bout de ses doigts sous le masque, et appuya doucement sur la pointe du menton.

Le menton, lentement, céda. La bouche, qu'on ne pouvait voir, devait être ouverte. Lebeau prit le masque à deux mains et, de nouveau, très lentement, essaya de le soulever. Il n'y eut plus de résistance...

Lebeau soupira, et sous ses gros sourcils ses yeux sourirent. Du même mouvement, sans hâte, il continua de soulever le masque.

— C'était bien ce que nous pensions, dit-il : masque à air ou à oxygène. Elle avait un embout dans la bouche...

Il souleva totalement le masque et le retourna. Effectivement, à l'emplacement de la bouche se trouvait une excroissance creuse, ourlée d'un rebord, en matière translucide qui semblait élastique.

— Vous voyez ! dit-il à ses collègues en leur montrant l'intérieur du masque.

Mais aucun ne regarda. Tous regardaient LE VISAGE.

J'ai vu d'abord ta bouche ouverte. Le trou sombre de ta bouche ouverte, et le feston presque transparent des dents délicates qui apparaissait en haut et en bas, dépassant à peine le bord de tes lèvres pâles. Je commençais à trembler. J'en ai trop vu à l'hôpital de ces bouches ouvertes, les bouches des corps dont l'autorité de la vie vient d'abandonner d'un seul coup toutes les cellules et qui ne sont plus, brusquement, que de la viande vide, en proie à la pesanteur.

Mais Moïssov a placé sa main en coupe sous ton menton, doucement a refermé ta bouche, a attendu une seconde, a retiré sa main.

Et ta bouche est restée fermée...

Sa bouche fermée — nacrée par le froid et le sang retiré — était comme l'ourlet d'un coquillage fragile. Ses paupières étaient deux longues feuilles lasses dont les lignes des cils et des sourcils dessinaient le contour d'un trait d'ombre dorée. Son nez était mince, droit, ses narines légèrement bombées et bien ouvertes. Ses cheveux d'un brun chaud semblaient frottés d'une lumière d'or. Ils entouraient sa tête de courtes ondulations aux reflets de soleil qui cachaient en partie le front et les joues et ne laissaient apparaître des oreilles que le lobe de celle de gauche, comme un pétale au creux d'une boucle.

Il y eut un grand soupir d'homme, qu'un micro transmit, et dont la Traductrice ne sut que faire. Haman se pencha, écarta les cheveux et commença à placer les électrodes de l'encéphalographe.

La cave de l'International Hotel de Londres — à l'épreuve de la bombe A, mais pas de la H ; des retombées, mais pas d'un coup direct — suffisamment solide pour donner satisfaction à une clientèle riche qui exigeait la sécurité en même temps que le confort — suffisamment, visiblement blindée pour inspirer confiance, mais pas pour assurer la protection — personne, rien ne pouvait rien protéger ni personne — la cave de l'International de Londres, par son architecture, son calfeutrage et son bétonnage, réunissait les conditions idéales de volume, d'insonorisation et de laideur pour devenir un « shaker ».

C'était ainsi qu'on nommait les salles de plus en plus vastes où se réunissaient les jeunes gens et les jeunes filles de tous les degrés de classes, de richesse, et d'esprit, pour s'y livrer en commun à des danses frénétiques.

Ils et elles, poussés par leur instinct vers une nouvelle naissance, s'enfermaient, avant l'expulsion, dans des matrices chaudes et demi-obscures où, secoués par des pulsations sonores, ils perdaient les derniers fragments de préjugés et de conventions qui leur collaient encore par-ci par-là aux articulations, au sexe ou à la cervelle.

La cave de l'International de Londres était le plus vaste shaker d'Europe. Et un des plus « chauds ».

Six mille garçons et filles. Un seul orchestre, mais douze haut-parleurs ioniques sans membrane qui faisaient vibrer en bloc l'air de la cave comme l'intérieur d'un saxo-ténor. Et Yuni le patron, le meneur, le coq de Londres, 16 ans, cheveux ras, lunettes épaisses comme des sucres, un œil de travers, l'autre exorbité, Yuni qui avait décidé le conseil d'administration de l'hôtel et loué la cave. Pas une note ne parvenait jusqu'à la clientèle qui se nourrissait ou dormait dans les étages. Mais elle descendait parfois se faire secouer la tripe et remontait émerveillée — et épouvantée — par le spectacle de cette jeunesse à l'état de matière première en bouillante gestation. Yuni debout devant le clavier de la sono, dans la chaire d'aluminium accrochée au mur au-dessus de l'orchestre, une oreille cachée par un énorme écouteur en chou-fleur, écoutait tous les orchestres de l'éther, et, quand il en trouvait un qui brûlait, le branchait sur les haut-parleurs à la place de l'orchestre. Les yeux fermés, il écoutait. D'une oreille le bruit énorme de la cave, de l'autre trois mesures, vingt mesures, deux mesures cueillies dans l'insaisissable. De temps en temps, sans ouvrir l'œil, il poussait un cri aigu et long, qui grésillait sur le bruit de fond comme du vinaigre dans la poêle à frire. Tout à coup il écarquilla les yeux, coupa la sono, cria :

— Listen ! Listen[1] !

L'orchestre se tut. Six mille corps suants se retrouvèrent soudain dans le silence et l'immobilité. Tandis que derrière la stupeur la conscience commençait à leur renaître, Yuni continuait :

— News of the frozen girl[2] !

Sifflets, injures. La ferme ! On s'en fout ! Va te la chauffer ! Qu'elle crève !

1. Écoutez ! Écoutez !
2. Des nouvelles de la fille gelée.

118

Yuni cria :

— Bande de rats ! Ecoutez !

Il brancha la B.B.C. Dans les douze haut-parleurs, voix du speaker de service. Elle emplit l'air de la cave d'une énorme vibration bien élevée :

— Nous diffusons pour la deuxième fois le document qui nous est parvenu du point 612. Cela constitue certainement la plus importante nouvelle de la journée...

Crachotis. Silence. Le ciel entra dans la cave avec l'incroyablement lointain frottement de la multitude qui marche pieds nus sur la nuit : le bruit des étoiles...

Puis la voix de Hoover. Comme essoufflée. Peut-être de l'asthme. Ou le cœur enveloppé de trop de graisse et d'émotion.

— Ici EPI, au point 612. Hoover speaking. Je suis heureux... très heureux... de vous lire le communiqué suivant en provenance de la salle d'opération :

« Le processus de réanimation du sujet féminin se poursuit normalement. Aujourd'hui 17 novembre, à 14 h 52 temps local, le cœur de la jeune femme a recommencé de battre... »

La cave explosa en un hurlement. Yuni, dans la sono, hurla plus fort :

— Taisez-vous ! Vous n'êtes que du boudin ! Où sont vos âmes ? Ecoutez !

Ils obéirent. Ils obéissaient à la voix comme à la musique. Pourvu que ce fût fort. Silence. Voix de Hoover :

— ... premiers battements du cœur de cette femme ont été enregistrés. Il n'avait plus battu depuis 900 000 ans. Ecoutez-le...

Cette fois-ci, vraiment, les six mille se turent. Yuni ferma les yeux, le visage illuminé. Il entendait la même chose dans les deux oreilles. Il entendait :

Silence.

Un coup sourd : Voum...
Un seul.
Silence... Silence... Silence...
Voum...
Silence... Silence...
Voum...
... ...
Voum... Voum...
... ...
Voum... Voum... Voum, voum, voum...

Le batteur de l'orchestre répondit, doucement, en contrepoint, du pied, avec sa caisse. Puis il y ajouta le bout des doigts. Yuni superposa l'orchestre et les ondes. La contrebasse s'ajouta à la batterie et au cœur. La clarinette cria une loooongue note, puis s'écroula en une improvisation joyeuse. Les six guitares électriques et les douze violons d'acier se déchaînèrent. Le batteur frappa à tour de bras sur toutes ses peaux. Yuni cria comme d'un minaret :

— She's awaaake[1] !...

Voum ! voum ! voum !

Les six mille chantaient :

— She's awake !... She's awake !...

Les six mille chantaient, dansaient, au rythme du cœur qui venait de renaître.

Ainsi naquit le 'wake, la danse de l'éveil. Que ceux qui veulent danser dansent. Que ceux qui peuvent s'éveiller s'éveillent.

1. Elle est réveillée !

Non, elle n'était pas réveillée. Ses longues paupières étaient encore baissées sur le sommeil interminable. Mais son cœur battait avec une puissance tranquille, ses poumons respiraient calmement, sa température montait peu à peu vers celle de la vie.

— Attention ! dit Lebeau, penché sur l'encéphalographe. Pulsations irrégulières... Elle rêve !

Elle rêvait ! Un rêve l'avait accompagnée, recroquevillé, gelé quelque part dans sa tête, et maintenant, réchauffé, il venait de fleurir. Fleurir en quelles stupéfiantes images ? Roses ou noires ? Rêve ou cauchemar ? Les pulsations du cœur montèrent brusquement de 30 à 45, la pression sanguine piqua une pointe, la respiration s'accéléra et devint irrégulière, la température grimpa à 36°.

— Attention ! dit Lebeau. Pulsations de pré-réveil. Elle va s'éveiller ! Elle s'éveille ! Otez l'oxygène !

Simon souleva l'inhalateur et le tendit à une infirmière. Les paupières de la femme frémirent. Une mince fente d'ombre apparut au bas des paupières.

— Nous allons lui faire peur ! dit Simon.

Il arracha le masque de chirurgien qui lui cachait le bas du visage. Tous les médecins l'imitèrent.

Lentement, les paupières se soulevèrent. Les yeux apparurent, incroyablement grands. Le blanc était très clair, très pur. L'iris large, un peu éclipsé par la paupière supérieure, était du bleu d'un ciel de nuit d'été, semé de paillettes d'or.

Les yeux restaient fixes, regardaient le plafond qu'ils ne voyaient sans doute pas. Puis il y eut une sorte de déclic, les sourcils se froncèrent, les yeux bougèrent, regardèrent, et virent. Ils virent d'abord Simon, puis Moïssov, Lebeau, les infirmières, tout le monde. Une expression de stupeur envahit le visage de la femme. Elle essaya de parler, entrouvrit la bouche, mais ne parvint pas à commander aux muscles de sa langue et de sa gorge. Elle émit une sorte de râle. Elle fit un effort énorme pour soulever un peu la tête, et regarda tout. Elle ne comprenait pas où elle était, elle avait peur, et personne ne pouvait rien lui dire pour la rassurer. Moïssov lui sourit. Simon tremblait d'émoi. Lebeau commença à parler très douce- ment. Il récitait deux vers de Racine, les mots les plus harmonieux qu'aucune langue eût jamais assemblés : « Ariane, ma sœur, de quel amour blessée... »

C'était la chanson du verbe, parfaite et apaisante. Mais la femme n'écoutait pas. On voyait l'horreur la sub- merger. Elle essaya encore de parler, sans y parvenir. Son menton se mit à trembler. Elle referma les paupières et sa tête roula en arrière.

— Oxygène ! ordonna Lebeau. Le cœur ?

— Régulier. Cinquante-deux... dit un homme jaune.

— Evanouie... dit Van Houcke. Nous lui avons fait une grosse peur... Qu'est-ce qu'elle s'attendait donc à trouver ?

— Si on endormait votre fille et qu'elle se réveille au milieu d'une bande de sorciers papous ? dit Forster.

Les médecins décidèrent de profiter de son évanouisse- ment pour la transporter à la surface, où une salle plus confortable l'attendait à l'infirmerie. Elle fut introduite dans une sorte de cocon en plastique transparent à double paroi isolante, alimenté en air par une pompe. Et quatre hommes l'emportèrent jusqu'à l'ascenseur.

Tous les photographes de presse quittèrent la salle du Conseil pour se précipiter à sa rencontre. Les journalistes étaient déjà dans les cabines-radio en train de téléphoner au monde ce qu'ils avaient vu et ce qu'ils n'avaient pas vu. Le grand écran montrait les hommes jaunes quitter leurs masques de toile, débrancher leurs appareils. Lanson effaça l'image de la salle de travail, et la remplaça par celle qu'envoyait la caméra de surveillance de l'intérieur de l'Œuf.

Léonova se leva brusquement :

— Regardez ! dit-elle en pointant son doigt vers l'écran. Monsieur Lanson, centrez sur le socle gauche.

L'image du socle vide pivota, grossit et se précisa derrière le léger voile de brume. On vit alors qu'un de ses côtés manquait. Toute une paroi verticale s'était enfoncée dans le sol, découvrant des sortes d'étagères métalliques sur lesquelles étaient posés des objets de forme inconnue.

Dans la salle opératoire, la femme n'était plus là, mais les objets trouvés dans le socle la remplaçaient sur la table de réanimation. Ils avaient repris une température normale. Ils constituaient, en quelque sorte, les « bagages » de la voyageuse endormie.

Ce n'étaient plus des médecins qui entouraient la table, mais les savants les plus susceptibles, par leur spécialité, de comprendre l'usage et le fonctionnement de ces objets.

Léonova prit avec précaution quelque chose qui semblait être un vêtement plié, et le déplia. C'était un rectangle de quelque chose qui n'était ni du papier ni de l'étoffe, de couleur orangée, avec des motifs jaunes et rouges. Le froid absolu l'avait gardé dans un état de conservation parfaite. C'était souple, léger, « tombant », cela semblait solide. Il y en avait plusieurs, de couleurs, de formes et de dimensions différentes. Sans aucune manche, ni ouverture d'aucune sorte, ni boutons, ni agrafes, ni attaches, absolument aucun moyen de les « mettre » ou de les faire tenir.

On les pesa, on les mesura, on les numérota, on les photographia, on en prit des échantillons microscopiques à des fins d'analyses, et on passa à l'objet suivant.

C'était un cube aux coins arrondis, de 22 cm d'arête. Il

comportait, accolé à une de ses faces, un tube creux disposé selon une diagonale. Le tout était compact, fait d'une matière solide et légère, d'un gris très clair. Hoï-To le physicien le prit en main, le regarda longuement, regarda les autres objets.

Il y avait une boîte sans couvercle qui contenait des baguettes octogonales de différentes couleurs. Il en prit une et l'introduisit dans le tube creux accolé au cube. Aussitôt, une lumière naquit dans l'objet et l'illumina doucement.

Et l'objet soupira...

Hoï-To eut un petit sourire mince. Ses mains délicates posèrent le cube sur la table blanche.

Maintenant, l'objet parlait. Une voix féminine parlait à voix basse dans une langue inconnue. Une musique naquit, pareille au souffle d'un vent léger dans une forêt peuplée d'oiseaux et tendue de harpes. Et sur la face supérieure du cube, comme projetée de l'intérieur, une image apparut : le visage de la femme qui parlait. Elle ressemblait à celle qu'on avait trouvée dans l'Œuf, mais ce n'était pas elle. Elle sourit et s'effaça, remplacée par une fleur étrange, qui se fondit à son tour en une couleur mouvante. La voix de la femme continuait. Ce n'était pas une chanson, ce n'était pas un récit, c'était à la fois l'un et l'autre, c'était simple et naturel comme le bruit d'un ruisseau ou de la pluie. Et toutes les faces du cube s'illuminaient tour à tour ou ensemble, montrant une main, une fleur, un sexe, un oiseau, un sein, un visage, un objet qui changeait de forme et de couleur, une forme sans objet, une couleur sans forme.

Tous regardaient, écoutaient, saisis. C'était inconnu, inattendu, et en même temps cela les touchait profondément et personnellement comme si cet ensemble d'images et de sons avait été composé spécialement pour chacun, selon ses inspirations secrètes et profondes, à travers toutes les conventions et les barrières.

126

Hoover se secoua, se racla la gorge, toussa.

— Drôle de transistor, dit-il. Arrêtez ce machin.

Hoï-To retira la baguette du tube. Le cube s'éteignit et se tut.

Dans la chambre de l'infirmerie, chauffée à 30 degrés, la femme nue.

La femme de nouveau nue était étendue sur un lit étroit.

Des électrodes, des plaques, des bracelets fixés à ses poignets, à ses tempes, à ses pieds, à ses bras, la reliaient par des spirales et des zigzags de fils aux appareils de surveillance.

Deux masseuses massaient les muscles de ses cuisses. Un masseur massait les muscles de ses mâchoires. Une infirmière promenait sur son cou un émetteur d'infra-rouges. Van Houcke lui palpait doucement la paroi du ventre. Les médecins, les infirmières, les techniciens, transpirant dans l'atmosphère surchauffée, énervés par cet évanouissement qui se prolongeait, regardaient, atten-daient, donnaient à voix basse leur avis. Simon regardait la femme, regardait ceux qui l'entouraient, qui la tou-chaient. Il serrait les poings et les mâchoires.

— Les muscles répondent, dit Van Houcke. On dirait qu'elle est consciente...

Moïssov vint à la tête du lit, se pencha vers la femme, souleva une paupière, l'autre...

— Elle est consciente ! dit-il. Elle ferme les yeux volontairement... Elle n'est plus évanouie ni endormie...

— Pourquoi ferme-t-elle les yeux ? demanda Forster.

Simon éclata :

— Parce qu'elle a peur ! Si on veut qu'elle cesse d'avoir peur, il faut cesser de la traiter comme un animal de laboratoire !

Il fit un geste de balai vers les cinq personnes réunies autour du lit.

— Otez-vous de là. Laissez-la tranquille ! dit-il.

Van Houcke protesta. Lebeau dit :

— Il a peut-être raison... Il a fait deux ans de psycho-thérapie avec Périer... Il est peut-être plus qualifié que nous, maintenant... Allez ! Enlevez tout ça...

Déjà, Moïssov ôtait les électrodes de l'encéphalo-graphe. Les infirmiers débarrassèrent le corps étendu de tous les autres fils qui partaient de lui comme d'une proie dans une toile d'araignée. Simon saisit le drap rabattu au pied du lit et le ramena délicatement jusqu'aux épaules de la femme en laissant les bras dehors. Elle portait au majeur droit une grosse bague d'or dont le chaton avait la forme d'une pyramide tronquée. Simon prit l'autre main dans les siennes, la main gauche, la main nue, et la tint comme on tient un oiseau perdu qu'on cherche à rassurer.

Lebeau, sans bruit, fit sortir les infirmiers, les masseurs et les techniciens. Il glissa une chaise près de Simon, recula jusqu'au mur et fit signe aux autres médecins de l'imiter. Van Houcke haussa les épaules et sortit.

Simon s'assit, reposa sur le lit ses mains qui tenaient toujours celle de la femme, et commença à parler. Très doucement, presque chuchoté. Très doucement, très chaude-ment, très calmement, comme à une enfant malade qu'il faut rejoindre à travers les épouvantes de la souf-france et de la fièvre.

— Nous sommes des amis... dit-il. Vous ne comprenez pas ce que je vous dis, mais vous comprenez que je vous parle comme un ami... Nous sommes des amis... Vous pouvez ouvrir vos yeux... Vous pouvez regarder nos visages... Nous ne voulons que votre bien... Tout va bien... Vous allez bien... Vous pouvez vous réveiller... Nous sommes vos amis... Nous voulons vous rendre heureuse... Nous vous aimons...

Elle ouvrit les yeux et le regarda.

En bas, on avait examiné, pesé, mesuré, photographié

divers objets dont on avait compris ou non l'usage. C'était maintenant le tour d'une sorte de gant-mitaine à trois doigts, le pouce, l'index, et un plus large pour le majeur, l'annulaire et l'auriculaire ensemble. Hoover souleva l'objet.

— Gant pour la main gauche, dit-il, en le présentant à l'objectif de la caméra enregistreuse.

Il chercha des yeux celui de la main droite. Il n'y en avait pas.

— Rectification, dit-il. Gant pour manchot !...

Il poussa sa main gauche à l'intérieur du gant, voulut replier les doigts. L'index resta raide, le pouce pivota, les trois autres doigts solidaires se replièrent vers la paume. Il y eut un choc étouffé, lumineux et sonore, et un hurlement. Le Roumain Ionescu, qui travaillait en face de Hoover, volait en l'air, les bras écartés, les jambes tordues, comme projeté par une force énorme, et allait s'écraser contre des appareils qu'il fracassa.

Hoover, stupéfait, leva sa main pour la regarder. Dans un fracas déchirant, le haut du mur d'en face et la moitié du plafond furent pulvérisés.

Il eut — juste ! — le bon réflexe, juste avant de faire sauter le reste du plafond et sa propre tête : — il déplia les doigts...

L'air cessa d'être rouge.

— Well now !... dit Hoover. Il tenait à bout de bras, comme un objet étranger et horrible, sa main gauche gantée.

Elle tremblait.

— A weapon... dit-il.

La Traductrice traduisit en dix-sept langues :

— Une arme...

Elle avait refermé les yeux, mais ce n'était plus pour se cacher, c'était par lassitude. Elle paraissait accablée par une fatigue infinie.

— Il faudrait la nourrir, dit Lebeau. Mais comment savoir ce qu'ils mangeaient ?

— Vous l'avez tous assez vue pour savoir qu'elle est mammifère ! dit Simon furieux. DU LAIT !

Il se tut soudain. Tous se firent attentifs : elle parlait. Ses lèvres bougeaient. Elle parlait d'une voix très faible. Elle s'arrêtait. Elle recommençait. On devinait qu'elle répétait la même phrase. Elle ouvrit ses yeux bleus et le ciel sembla emplir la chambre. Elle regarda Simon et répéta sa phrase. Devant l'évidence qu'elle n'avait aucune possibilité de se faire comprendre, elle referma les yeux et se tut.

Une infirmière apporta un bol de lait tiède. Simon le prit, et toucha doucement avec sa tiédeur le dos de la main qui reposait sur le drap.

Elle regarda. L'infirmière lui souleva le buste et la soutint. Elle voulut prendre le bol, mais les muscles délicats de ses mains n'avaient pas encore retrouvé leur force. Simon souleva le bol vers elle. Quand l'odeur du lait parvint à ses narines elle eut un sursaut, une grimace de dégoût, et se recula. Elle regarda autour d'elle et répéta sa même phrase. Elle cherchait visiblement à désigner quelque chose...

— C'est de l'eau ! Elle veut de l'eau ! dit Simon, soudain saisi par l'évidence.

C'était bien cela qu'elle voulait. Elle en but un verre, et la moitié d'un autre.

Quand elle fut de nouveau allongée, Simon posa sa main sur sa propre poitrine et dit doucement son nom :

— Simon...

Il répéta deux fois le mot et le geste. Elle comprit. En regardant Simon, elle souleva la main gauche, la posa sur son propre front et dit :

— Eléa.

Sans cesser de le regarder, elle recommença son geste et dit de nouveau :

— Eléa...

Les hommes qui avaient enlevé le corps de Ionescu pour l'emporter avaient eu l'impression de ramasser une enveloppe de caoutchouc emplie de sable et de cailloux. Il avait juste un peu de sang aux narines et aux coins de la bouche, mais tous ses os étaient brisés, et l'intérieur de son corps réduit en bouillie.

Il y avait plusieurs jours de cela, mais Hoover se surprenait encore à regarder furtivement sa main gauche, et à ramener trois doigts vers la paume, l'index et le pouce tendus. S'il se trouvait alors à proximité d'une bouteille de bourbon, ou à la rigueur de scotch, ou même d'un quelconque brandy, il se hâtait d'y puiser un réconfort dont il avait grand besoin. Il lui fallait tout son volumineux optimisme pour supporter la fatalité qui avait fait deux fois de lui, en quelques semaines, un meurtrier. Il n'avait, bien entendu, jusque-là jamais tué personne, mais il n'avait non plus jamais tué rien, ni un lapin à la chasse, ni un goujon à la pêche, ni une mouche, ni une puce.

L'arme et les objets non encore examinés avaient été replacés, prudemment, dans le socle où on les avait trouvés. Les Compagnons reconstruisaient la salle de réanimation et les techniciens réparaient ce qui pouvait l'être, mais plusieurs appareils étaient entièrement détruits, et il faudrait attendre qu'ils fussent remplacés pour commencer les opérations sur le deuxième occupant de l'Œuf.

La femme — Eléa, puisque cela semblait être son nom — refusait toutes les nourritures. On essaya de lui introduire une bouillie dans l'estomac au moyen d'une sonde. Elle se débattit si violemment qu'on dut la ligoter. Mais on ne parvint pas à lui faire ouvrir les mâchoires. Il fallut faire pénétrer la sonde par une narine. A peine la bouillie fut-elle dans son estomac qu'elle la vomit.

Simon avait d'abord protesté contre ces violences, puis s'y était résigné. Le résultat le convainquit qu'il avait eu raison et que ce n'était pas la bonne méthode. Tandis que ses confrères parvenaient à la conclusion que le système digestif de la femme du passé n'était pas fait pour digérer les nourritures du présent, et analysaient la bouillie rejetée dans l'espoir d'y trouver des renseignements sur son suc gastrique, lui se répétait la seule question qui, à son avis, comptait :

— Comment, comment, comment *communiquer* ?

Communiquer, lui parler, l'écouter, la comprendre, savoir ce dont elle avait besoin. Comment, comment faire ?

Serrée dans une camisole, les bras et les cuisses maintenus par des courroies, elle ne réagissait plus. Immobile, les paupières de nouveau closes sur l'immense ciel de ses yeux, elle semblait parvenue au bout de la peur et de la résignation. Une aiguille creuse enfoncée dans la saignée de son bras droit laissait couler lentement dans ses veines le sérum nourrissant contenu dans une ampoule suspendue à la potence du lit. Simon regarda avec haine cet attirail barbare, atroce, qui était pourtant le seul moyen de retarder le moment où elle allait mourir de faim. Il n'en pouvait plus. Il fallait...

Il sortit brusquement de la chambre, puis de l'infirmerie.

Taillée à l'intérieur de la glace, une voie de onze mètres de large et de trois cents mètres de long servait de colonne vertébrale à EPI 2. On lui avait donné le nom d'avenue Amundsen, en hommage au premier homme qui eût atteint le pôle Sud. Le premier — du moins jusqu'ici, croyait-on. De courtes rues et les portes du bâtiment s'ouvraient à gauche et à droite. Quelques petites plates-formes électriques basses, à gros pneus jaunes, servaient à transporter le matériel, selon nécessité. Simon sauta sur l'une d'elles, abandonnée près de la porte de l'infirmerie, et appuya sur la manette. Le véhicule s'ébranla en ronron-nant comme un gros chat plein de souris. Mais il ne dépassait pas le quinze à l'heure. Simon sauta sur la glace rapeuse et se mit à courir. La Traductrice était presque à l'extrémité de l'avenue. La Pile atomique venait ensuite, après un virage à cent vingt degrés.

Il entra dans le complexe de la Traductrice, ouvrit six portes avant de trouver la bonne, répondant d'un geste énervé aux « Vous désirez ? » et s'arrêta enfin dans une pièce étroite dont le mur du fond, le mur de banquise, était matelassé de mousse et de plastique et tendu de laine. Un autre mur était de verre et un autre de métal. Devant celui-ci courait une console mosaïquée de cadrans, de boutons, de manettes, de voyants, de micros, de poussoirs, de tirettes. Devant la console, un siège à roulettes, et, sur le siège, Lukos, le philologue turc.

C'était une intelligence de génie dans un corps de docker. Il donnait, même assis, l'impression d'une force prodigieuse. Le siège disparaissait sous la masse des muscles de ses fesses. Il paraissait capable de porter sur son dos un cheval ou un bœuf, ou les deux à la fois.

C'est lui qui avait conçu le cerveau de la Traductrice. Les Américains n'y avaient pas cru, les Européens n'avaient pas pu, les Russes s'étaient méfiés, les Japonais l'avaient pris et lui avaient donné tous les moyens.

L'exemplaire d'EPI 2 était le douzième mis en service depuis trois ans, et le plus perfectionné. Il traduisait dix-sept langues, mais Lukos en connaissait, lui, dix fois, ou peut-être vingt fois plus. Il avait le génie du langage comme Mozart avait eu celui de la musique. Devant une langue nouvelle, il lui suffisait d'un document, d'une référence permettant une comparaison, et de quelques heures, pour en soupçonner, et tout à coup en comprendre l'architecture, et considérer le vocabulaire comme familier. Et pourtant il « séchait » devant celle d'Eléa.

Il disposait de deux éléments de travail qui étaient là, posés devant lui : le cube chantant, et un autre objet, pas plus grand qu'un livre de poche. Sur un des côtés plats se déroulait une bande lumineuse couverte de lignes régulières. Chaque ligne était composée d'une suite de signes qui semblaient bien constituer une écriture. Des images, visibles en trois dimensions, représentant des personnes en action, achevaient de faire de cet objet l'analogue d'un livre illustré.

— Alors ? demanda Simon.

Lukos haussa les épaules. Depuis deux jours, il dessinait sur l'écran enregistreur de la Traductrice des groupes de signes qui semblaient n'avoir aucun rapport les uns avec les autres. Cette langue étrange semblait composée de mots tous différents et qui ne se répétaient jamais.

— Il y a quelque chose qui m'échappe, grogna-t-il. Et à elle aussi.

Il tapota de sa lourde main le métal de la console, puis glissa une baguette dans l'étui du cube musical. Cette fois, ce fut une voix d'homme qui se mit à parler-chanter, et le visage qui apparut était un visage d'homme, imberbe, avec de grands yeux bleu clair, et des cheveux noirs, tombant jusqu'aux épaules.

— La solution est peut-être là, dit Lukos. La machine a enregistré toutes les baguettes. Il y en a 47. Chacune comporte des milliers de sons. L'écriture a plus de dix mille mots différents. Si ce sont des mots !... Quand j'aurai fini de les lui faire avaler, il faudra qu'elle les compare, un à un, et par groupes, à chaque son et chaque groupe de sons, jusqu'à ce qu'elle trouve une idée générale, une règle, un chemin, quelque chose à suivre. Je l'aiderai, bien sûr, en examinant ses hypothèses et en lui en proposant. Et les images nous aideront tous les deux...

— Dans combien de temps pensez-vous aboutir ? demanda Simon avec anxiété.

— Peut-être quelques jours... Quelques semaines si nous bafouillons.

— Elle sera morte ! cria Simon. Ou devenue folle ! Il faut réussir tout de suite ! Aujourd'hui, demain, dans quelques heures ! Secouez votre machine ! Mobilisez toute la base ! Il y a assez de techniciens, ici !

Lukos le regarda comme Menuhin eût regardé quelqu'un lui demandant de « secouer » son Stradivarius pour lui faire jouer « plus vite » un « prestissimo » de Paganini.

— Ma machine fait ce qu'elle sait faire, dit-il. Ce n'est pas de techniciens qu'elle aurait besoin. Elle en a assez. Il lui faudrait des cerveaux...

— Des cerveaux ? Il n'y a pas un endroit au monde où vous en trouverez réunis de meilleurs qu'ici ! Je vais demander une réunion immédiate du Conseil. Vous exposerez vos problèmes...

— Ce sont de petits cerveaux, monsieur le docteur, de tout petits cerveaux d'hommes. Il leur faudrait des siècles de discussion avant de se mettre d'accord sur le sens d'une virgule... Quand je dis cerveau, c'est au sien que je pense.

Il caressa de nouveau le bord de la console, et ajouta :

— Et à ses semblables.

Un nouvel S.O.S. partit de l'antenne d'EPI 1. Il demandait la collaboration immédiate des plus grands cerveaux électroniques du monde.

Les réponses arrivèrent aussitôt de partout. Tous les ordinateurs disponibles furent mis à la disposition de Lukos et de son équipe. Mais ceux qui étaient disponibles n'étaient évidemment ni les plus grands ni les meilleurs. Pour ceux-ci on obtint des promesses. Dès qu'ils auraient un instant de libre, entre deux programmes, on ne demandait pas mieux, on ferait l'impossible, etc.

Simon fit entrer trois caméras dans la chambre d'Eléa. Il fit braquer l'une sur la saignée du bras où s'enfonçait l'aiguille dispensatrice du sérum de la dernière ressource, l'autre sur le visage aux yeux fermés, aux joues devenues creuses, la troisième sur le corps de nouveau dénudé, et tragiquement amaigri.

Il fit envoyer ces images sur l'antenne d'EPI 1, vers les yeux et les oreilles des hommes. Et il parla :

— Elle va mourir, dit-il. Elle va mourir parce que nous ne la comprenons pas. Elle meurt de faim, et nous la laissons mourir parce que nous ne la comprenons pas quand elle nous dit avec quoi nous pourrions la nourrir. Elle va mourir parce que ceux qui pourraient nous aider à la comprendre ne veulent pas distraire une minute du temps de leurs précieux ordinateurs, occupés à comparer le prix de revient d'un boulon à tête octogonale à celui d'un boulon à tête hexagonale, ou à calculer la meilleure répartition des points de vente des mouchoirs en papier selon le sexe, l'âge et la couleur des habitants !

« Regardez-la, regardez-la bien, vous ne la verrez plus, elle va mourir... Nous, les hommes d'aujourd'hui, nous avons mobilisé une puissance énorme, et les plus grandes intelligences de notre temps, pour aller la chercher dans son sommeil au fond de la glace, et pour la tuer. Honte à nous !

Il se tut un instant, et répéta doucement, d'une voix accablée :

— Honte à nous...

John Gartner, P.-D.G. de la Mécanique et Electronique Intercontinentale, vit l'émission de son *jet* particulier. Il allait de Detroit à Bruxelles. Il donnait ses instructions aux collaborateurs qui l'accompagnaient et à ceux qui recevaient, au loin, leur conversation codée. Il passait à 30 000 mètres au-dessus des Açores. Il prenait son petit déjeuner. Il venait d'aspirer avec un chalumeau le jaune d'un œuf à la coque cuit dans une enveloppe stérilisée transparente. Il en était au jus d'orange et au whisky. Il dit :

— This boy is right[1]. Honte à nous si nous ne faisons rien.

Il donna l'ordre de mettre immédiatement à la disposition de l'EPI tous les grands calculateurs du Trust. Il y en avait sept en Amérique, neuf en Europe, trois en Asie et un en Afrique.

Ses collaborateurs affolés lui exposèrent quelles perturbations épouvantables cela allait causer dans tous les

1. Ce type a raison.

138

domaines de l'activité de la firme. Il leur faudrait des mois pour s'en remettre. Et il y aurait des dégâts qu'on ne pourrait pas réparer.

— Ça ne fait rien, dit-il. Honte à nous si nous ne faisons rien.

C'était un homme, et vraiment il avait honte. C'était aussi un homme efficace, et un homme d'affaires. Il donna des instructions pour que sa décision fût portée à la connaissance de tout le monde, par tous les moyens, et tout de suite. Les résultats en furent les suivants :

Dans le domaine de l'efficacité, la décision du P.-D.G. de la Mécanique et Électronique Intercontinentale fit que les affaires augmentèrent de 17 %.

Dans le domaine des affaires, la popularité et les ventes de M.E.I. allumèrent une réaction en chaîne. Tous les grands trusts mondiaux, les centres de recherches, les universités, les ministères, le Pentagone lui-même et le Bureau Russe de Balistique firent savoir à Lukos, dans les heures qui suivirent, que leurs cerveaux électroniques étaient à sa disposition. Qu'il veuille bien, seulement, si cela était possible, se hâter.

C'était une recommandation dérisoire. Tous, à 612, savaient qu'ils luttaient contre la mort. Eléa s'affaiblissait d'heure en heure. Elle avait accepté d'essayer d'autres nourritures, mais son estomac, lui, ne les acceptait pas. Et elle répétait toujours la même suite de sons qui semblaient composer deux mots, peut-être trois. Comprendre ces trois mots, la totalité de la plus subtile technique de toutes les nations travaillait pour cela.

Du bout de la Terre, Lukos tenta et réussit la plus fantastique association. Sur ses indications, tous les grands calculateurs furent reliés les uns aux autres, par fil, sans fil, ondes-images et ondes-sons, avec relais de tous les satellites stationnaires. Pendant quelques heures, les grands cerveaux serviteurs de firmes concurrentes, d'états-majors ennemis, d'idéologies opposées, de races haineuses, furent unis en une seule immense intelligence qui entourait la terre entière et le ciel autour d'elle du réseau de ses communications nerveuses, et qui travaillait de toute sa capacité inimaginable dans le but minuscule et totalement désintéressé de comprendre trois mots...

Pour comprendre ces trois mots, il fallait comprendre la langue inconnue tout entière. Exténués, sales, les yeux rougis de sommeil, les techniciens de la Traductrice et ceux des émetteurs et récepteurs d'EPI 1 se battaient contre les secondes et contre l'impossible. Sans arrêt, ils injectaient dans les circuits du Cerveau Total des fournées nouvelles de données et de problèmes, tous ceux que la Traductrice avait déjà examinés, et les nouvelles hypothèses de Lukos. Le cerveau génial de ce dernier semblait s'être dilaté à la mesure de son immense homologue électronique. Il communiquait avec lui à une vitesse invraisemblable, freinée seulement par les contraintes des émetteurs et des relais contre lesquels il prenait des colères furieuses. Il lui semblait qu'il aurait pu se passer d'eux, s'entendre directement avec l'Autre. Ces deux intelligences extraordinaires, celle qui vivait et celle qui semblait vivre, faisaient mieux que communiquer. Elles étaient sur le même plan, au-dessus du reste. Elles se comprenaient.

Simon allait de l'infirmerie à la Traductrice, de la Traductrice à l'infirmerie, impatient, houspillant les techniciens exténués qui l'envoyaient promener, et Lukos qui ne lui répondait même plus.

Enfin, il y eut le moment où, brusquement, tout devint clair. Parmi des milliards de combinaisons, le cerveau en trouva une logique, en tira des conclusions à la vitesse de la lumière, les combina et les éprouva, et, en moins de dix-sept secondes, livra à la Traductrice tous les secrets de la langue inconnue.

Puis il se défit. Les relais se désamorcèrent, les liaisons tombèrent, le réseau nerveux tissé autour du monde se rompit et se résorba. Du Grand Cerveau, il ne demeura plus que ses ganglions indépendants, redevenus ce qu'ils étaient auparavant, socialistes ou capitalistes, marchands ou militaires, au service des intérêts et des méfiances.

Entre les quatre murs d'aluminium de la grande salle de la Traductrice régnait le silence le plus absolu. Les deux techniciens de service aux armoires enregistreuses regardaient Lukos qui posait sur la platine réceptrice la petite bobine où étaient enregistrés les trois mots d'Eléa. Un micro les avait recueillis dans sa chambre, tels qu'elle les prononçait, de moins en moins fort, de moins en moins souvent...

Il y eut le petit claquement sec de la mise en place. Simon, les deux mains appuyées au dossier du siège de Lukos s'impatienta une fois de plus.

— Alors !...

Lukos abaissa le commutateur de démarrage. La bobine sembla faire un quart de tour, mais elle était déjà vide et l'imprimante cliquetait. Lukos tendit la main et détacha la feuille sur laquelle la Traductrice venait de livrer, en une micro-seconde, la traduction du mystère.

Il y jeta un coup d'œil tandis que Simon la lui arrachait des mains.

Simon lut la traduction française. Consterné, il regarda Lukos qui hocha la tête. Il avait eu, lui, le temps de lire l'albanais, l'anglais, l'allemand et l'arabe...

Il reprit la feuille et lut la suite. C'était la même chose. La même absurdité en 17 langues. Ça n'avait pas plus de sens en espagnol qu'en russe ou en chinois. En français, cela donnait :

DE MANGE MACHINE

Simon n'avait plus la force de parler à voix haute.

— Vos cerveaux... dit-il — sa voix était presque un murmure — vos grands cerveaux... de la merde...

La tête basse, le dos rond, il traîna ses pieds vers le mur le plus proche, s'agenouilla, s'allongea, tourna le dos à la lumière et s'endormit, le nez dans l'encoignure d'aluminium.

Il dormit neuf minutes. Il s'éveilla brusquement et se leva en criant :

— Lukos !...

Lukos était là, en train d'injecter dans la Traductrice des morceaux du texte trouvé dans l'objet-à-lire, et d'en déchiffrer les traductions livrées par l'imprimante.

C'étaient des morceaux d'une histoire au style surprenant, se déroulant dans un monde si étranger qu'il paraissait fantastique.

— Lukos ! dit Simon, est-ce que nous avons fait tout ça pour rien ?

— Non, dit Lukos, regardez...

Il lui tendit les feuilles imprimées.

— C'est du texte, ce n'est pas du galimatias ! Le Cerveau n'était pas idiot, ni moi non plus. Il a bien compris la langue, et ma Traductrice l'a bien assimilée. Vous voyez, elle traduit... Fidèlement... exactement... de mange machine.

— De mange machine...

— Ça veut dire quelque chose !... Elle a traduit des mots qui signifiaient quelque chose !... Nous ne comprenons pas parce que c'est nous qui sommes idiots !

— Je crois... je crois... dit Simon. Ecoute...

Il se mit tout à coup, dans l'espoir qui renaissait, à le tutoyer comme un frère...

— Tu peux brancher cette langue sur une de tes longueurs d'onde ?

— Je n'en ai pas de libre...

— Libères-en une ! Supprime une langue !

— Laquelle ?

— N'importe ! Le coréen, le tchèque, le soudanais, le français !

— Ils seront furieux !

— Tant pis, tant pis, TANT PIS pour leur fureur ! Tu crois que c'est le moment de s'en faire pour une fureur nationale ?

— Ionescu !

— Quoi ?

— Ionescu !... Il est mort... Il était le seul à parler roumain ! Je supprime le roumain et je prends sa longueur d'onde.

Lukos se leva, son siège d'acier gémit de bonheur.

— Allô !

Le géant turc criait dans un interphone, à mi-cloison :

— Allô Haka !... Tu dors, nom de Dieu !

Il rugit et se mit à l'insulter en turc.

Une voix ensommeillée répondit. Lukos lui donna des instructions en anglais, puis se tourna vers Simon.

— Dans deux minutes c'est fait...

Simon se précipitait vers la porte.

— Attends ! dit Lukos.

Il ouvrit un placard, prit dans un casier un micro-émetteur et un écouteur d'oreille aux couleurs roumaines et les tendit à Simon.

— Tiens, pour elle...

Simon prit les deux instruments minuscules.

— Fais attention, dit-il, que ta sacrée machine ne se mette pas à lui hurler dans le tympan !

— Je te promets, dit Lukos. Je surveillerai... Une douceur... rien qu'une douceur...

Il prit dans ses mains dures comme des briques articulées les deux mains de celui qui était devenu son ami pendant ces heures communes de monstrueux effort, et les serra doucement.

— Je te promets... Vas-y.

Quelques minutes plus tard, Simon entrait dans la chambre d'Eléa, après avoir alerté Lebeau, qui alertait à son tour Hoover et Léonova.

L'infirmière assise au chevet d'Eléa lisait un roman d'une collection sentimentale. Elle se leva en voyant la porte s'ouvrir et fit signe à Simon d'entrer en silence. Elle prit un air professionnellement soucieux pour regarder le visage d'Eléa. En réalité, elle s'en moquait, elle était encore dans son livre, la confession déchirante d'une femme abandonnée pour la troisième fois, elle saignait avec elle et maudissait les hommes, y compris celui qui venait d'arriver.

Simon se pencha vers Eléa dont le visage creusé par la dénutrition avait gardé sa couleur chaude. Les ailes du nez étaient devenues translucides. Les yeux étaient clos. La respiration soulevait à peine la poitrine. Il l'appela doucement par son nom.

— Eléa... Eléa...

Les paupières frémirent légèrement. Elle était consciente, elle l'entendait.

Léonova entra, suivie de Lebeau et de Hoover, qui tenait une liasse d'agrandissements photographiques. Il les montra de loin à Simon. Celui-ci fit de la tête un geste d'acquiescement, et rassembla de nouveau toute son attention sur Eléa. Il posa le micro-émetteur sur le drap bleu tout près du visage émacié, souleva une boucle de cheveux soyeux, découvrant l'oreille gauche pareille à une fleur pâle, et introduisit délicatement l'écouteur dans l'ombre rose du conduit auditif.

Eléa eut le commencement d'un réflexe pour secouer la tête et rejeter ce qui était peut-être l'amorce d'une nouvelle torture. Mais elle y renonça, épuisée.

Simon parla aussitôt, pour la rassurer, tout de suite. Il dit très bas, en français :

144

— Vous me comprenez... maintenant vous me comprenez !...

Et dans l'oreille d'Eléa une voix masculine lui chuchota dans sa langue :

« ... maintenant vous me comprenez... vous me comprenez et je peux vous comprendre... »

Ceux qui la regardaient virent sa respiration s'arrêter, puis repartir. Léonova, pleine de compassion, s'approcha du lit, prit une main d'Eléa et commença à lui parler en russe avec toute la chaleur de son cœur.

Simon releva la tête, la regarda avec des yeux féroces, et lui fit signe de s'écarter. Elle obéit, un peu interdite. Simon tendit la main vers les photos. Hoover les lui donna.

Il y eut dans l'oreille gauche d'Eléa un ruisseau de compassion débité à toute vitesse par une voix féminine qu'elle comprenait, et dans son oreille droite un torrent rocailleux qu'elle ne comprenait pas. Puis un silence. Puis la voix masculine reprit :

— Pouvez-vous ouvrir les yeux ?... Pouvez-vous ouvrir les yeux ?... Essayez...

Il se tut. Ils la regardèrent. Ses paupières tremblaient.

— Essayez... Encore... Nous sommes vos amis... Courage...

Et les yeux s'ouvrirent.

On ne s'y habituait pas. On ne pouvait pas s'y habituer. On n'avait jamais vu d'yeux aussi grands, d'un bleu aussi profond. Ils avaient un peu pâli, ils n'étaient plus du bleu de fond de la nuit, mais du bleu d'après le crépuscule, du côté d'où la nuit vient, après la tempête, quand le grand vent a lavé le ciel avec les vagues. Et des poissons d'or y sont restés accrochés.

— Regardez !... Regardez !... disait la voix. Où est mange-machine ?

Devant ses yeux, deux mains tenaient une image, la

remplaçaient par une autre, une autre... C'étaient des images représentant des objets qui lui étaient familiers.

— Mange-machine ?... Où est mange-machine ?

Manger ? Vivre ? Pourquoi ? A quoi bon ?

— Regardez !... Regardez !... Où est mange-machine ?... Où est mange-machine ?

Dormir... Oublier... Mourir...

— Non ! Ne fermez pas les yeux ! Regardez !... Regardez encore... Ce sont les objets qu'on a trouvés avec vous... L'un d'eux doit être mange-machine. Regardez !... Je vais les montrer encore... Si vous voyez mange-machine, fermez les yeux, et rouvrez-les...

A la sixième photo, elle ferma les yeux, et les rouvrit.

— Vite ! dit Simon.

Il tendit la photo à Hoover qui se précipita dehors avec le poids et la vitesse d'un cyclone.

C'était un des objets non encore examinés, qu'on avait replacés dans le socle, à côté de l'arme.

Il est bon d'expliquer rapidement ce qui rendit si difficile le déchiffrage et la compréhension de la langue d'Eléa. C'est qu'en réalité, ce n'est pas une langue, mais deux : la langue féminine et la langue masculine, totalement différentes l'une de l'autre dans leur syntaxe comme dans leur vocabulaire. Bien entendu, les hommes et les femmes comprennent l'une et l'autre, mais les hommes parlent la langue masculine, qui a son masculin et son féminin, et les femmes parlent la langue féminine, qui a son féminin et son masculin. Et dans l'écriture, c'est parfois la langue masculine, parfois la langue féminine qui sont employées, selon l'heure ou la saison où se passe l'action, selon la couleur, la température, l'agitation ou le calme, selon la montagne ou la mer, etc. Et parfois les deux langues sont mêlées.

Il est difficile de donner un exemple de la différence

entre la langue-lui et la langue-elle, puisque deux termes équivalents ne peuvent être traduits que par le même mot. L'homme dirait : « qu'il faudra sans épines », la femme dirait : « pétales du soleil couchant », et l'un et l'autre comprendraient qu'il s'agit de la rose. C'est un exemple approximatif : au temps d'Eléa les hommes n'avaient pas encore inventé la rose.

« De mange-machine ». C'était bien trois mots, mais, selon la logique de la langue d'Eléa, c'était aussi un seul mot, ce que les grammairiens français auraient appelé un « nom », et qui servait à désigner « ce-qui-est-le-produit-de-la-mange-machine. » La mange-machine, c'était la-machine-qui-produit-ce-qu'on-mange.

Elle était posée sur le lit, devant Eléa, que l'on avait assise et que des oreillers soutenaient. On lui avait donné les « vêtements » trouvés dans le socle, mais elle n'avait pas eu la force de les mettre. Une infirmière avait voulu lui passer un pull-over, elle avait eu alors un réflexe de recul avec sur le visage une telle expression de répulsion qu'on n'avait pas insisté. On l'avait laissée nue. Son buste amaigri, ses seins légers tournés vers le ciel étaient d'une beauté presque spirituelle, surnaturelle. Pour qu'elle ne prenne pas froid, Simon avait fait pousser la température de la chambre. Hoover transpirait comme un glaçon sur le gril. Il avait déjà mouillé sa veste, mais les chemises de tous les autres étaient à tordre. Une infirmière distribua des serviettes blanches pour essuyer les visages. Les caméras étaient là. L'une d'elles diffusa un gros plan de la mange-machine. C'était une sorte de demi-sphère verte, tachetée d'un grand nombre de touches de couleur disposées en spirale de son sommet jusqu'à sa base, et qui reproduisaient, en plusieurs centaines de nuances différentes, toutes les couleurs du spectre. Au sommet se trouvait un bouton blanc. La base reposait sur un socle en forme de court cylindre. Le tout avait le volume et le poids d'une moitié de pastèque. Eléa essaya de soulever sa main gauche. Elle n'y parvint pas. Une infirmière voulut l'aider. Simon l'écarta et prit la main d'Eléa dans la sienne.

Gros plan de la main de Simon soutenant la main d'Eléa et la conduisant vers la sphère mange-machine.

Gros plan du visage d'Eléa. De ses yeux. Lanson ne pouvait s'en détacher. Toujours l'une ou l'autre de ses caméras, obéissant à ses impulsions à demi inconscientes, revenait se fixer sur l'insondable nuit de ces yeux d'outre-temps. Il ne les envoyait pas à l'antenne. Il les gardait sur un écran de contrôle. Pour lui.

La main d'Eléa se posa au sommet de la sphère. Simon la guidait comme un oiseau. Elle avait de la volonté, mais pas de force. Il sentait où elle voulait aller, ce qu'elle voulait faire. Elle le guidait, il la portait. Le long doigt du milieu se posa sur le bouton blanc, puis effleura des touches de couleur, de-ci, de-là, en haut, en bas, au milieu...

Hoover notait les couleurs sur une enveloppe humide tirée de sa poche. Mais il n'avait aucun nom pour différencier les trois nuances de jaune qu'elle toucha l'une après l'autre. Il renonça.

Elle revint sur le bouton blanc, s'y posa, voulut appuyer, ne put pas. Simon appuya. Le bouton s'enfonça à peine, il y eut un léger bourdonnement, le socle s'ouvrit et par l'ouverture un petit plateau d'or rectangulaire sortit. Il contenait cinq sphérules de matière translucide, vaguement rose, et une minuscule fourchette en or, à deux becs.

Simon prit la fourchette et piqua une des petites

150

sphères. Elle opposa une légère résistance, puis se laissa percer comme une cerise. Il la porta vers les lèvres d'Eléa...

Elle ouvrit la bouche avec effort. Elle eut de la peine à la refermer sur la nourriture. Elle ne fit aucun mouvement de mastication. On devina que la sphère fondait dans sa bouche. Puis le larynx monta et descendit, visible dans la gorge amaigrie.

Simon s'épongea le visage, et lui tendit la deuxième sphérule...

Quelques minutes plus tard, elle utilisa sans aide la mange-machine, effleura des touches différentes, obtint des sphères bleues, les absorba rapidement, se reposa quelques minutes, puis actionna de nouveau la machine.

Elle reprenait des forces à une vitesse incroyable. Il semblait qu'elle demandât à la machine plus que la nourriture : ce qu'il fallait pour la tirer immédiatement hors de l'état d'épuisement dans lequel elle se trouvait. Elle effleurait chaque fois des touches différentes, obtenait chaque fois un nombre différent de sphères de couleur différente. Elle les absorbait, buvait de l'eau, respirait profondément, se reposait quelques minutes, recommençait.

Tous ceux qui étaient dans la chambre, et tous ceux qui suivaient la scène sur l'écran de la Salle des Conférences voyaient littéralement la vie la regonfler, son buste s'épanouir, ses joues se remplir, ses yeux reprendre leur couleur foncée.

Mange-machine : c'était une machine à manger. C'était peut-être aussi une machine à guérir.

Les savants de toutes catégories bouillaient d'impatience. Les deux échantillons de la civilisation ancienne qu'ils avaient vus se manifester : l'arme et la mange-machine excitaient follement leur imagination. Ils brûlaient d'interroger Eléa et d'ouvrir cette machine, qui, elle au moins, n'était pas dangereuse.

Quant aux journalistes, après la mort de Ionescu qui leur avait fourni de la sensation pour toutes les ondes et tous les imprimés, ils voyaient avec ravissement, dans la mange-machine et ses effets sur Eléa, une nouvelle source d'information non moins extraordinaire, mais cette fois optimiste. Toujours de l'inattendu, du blanc après du noir ; cette Expédition était décidément une bonne affaire journalistique.

Eléa, enfin, repoussa la machine, et regarda tous ceux qui l'entouraient. Elle fit un effort pour parler. Ce fut à peine audible. Elle recommença, et chacun entendit dans sa langue :

— Vous me comprenez ?

— Oui, Yes, Da...

Ils hochaient la tête, oui, oui, oui, ils comprenaient...

— Qui êtes-vous ?

— Des amis, dit Simon.

Mais Léonova n'y tint plus. Elle pensait à une distribution générale de mange-machines aux peuples pauvres, aux enfants affamés. Elle demanda vivement :

— Comment ça fonctionne, ça ? Qu'est-ce que vous mettez dedans ?

Eléa sembla ne pas comprendre, ou considérer ces questions comme du bruit fait par un enfant. Elle suivit sa propre idée. Elle demanda :

— Nous devions être deux dans l'Abri. Étais-je seule ?

— Non, dit Simon, vous étiez deux, vous et un homme.

— Où est-il ? Il est mort ?

— Non. Il n'a pas encore été ranimé. Nous avons commencé par vous.

Eléa se tut un instant. Il semblait que la nouvelle, au lieu de la réjouir, eût ravivé en elle quelque sombre souci.

Elle respira profondément et dit :

— Lui, c'est Coban. Moi, c'est Eléa.

Et elle demanda de nouveau :

— Vous... Qui êtes-vous ?

Et Simon ne trouva rien d'autre à répondre :

— Nous sommes des amis.

— D'où venez-vous ?

— Du monde entier...

Cela sembla la surprendre.

— Du monde entier ? Je ne comprends pas. Etes-vous de Gondawa ?

— Non.

— D'Enisoraï ?

— Non.

— De qui êtes-vous ?

— Je suis de France, elle de Russie, lui d'Amérique, lui de France, lui de Hollande, lui...

— Je ne comprends pas... Est-ce que, maintenant, c'est la Paix ?

— Hum, fit Hoover.

— Non ! dit Léonova, les impérialistes...

— Taisez-vous ! ordonna Simon.

— Nous sommes bien obligés, dit Hoover de nous défendre contre...

— Sortez ! dit Simon. Sortez ! Laissez-nous seuls ici, nous les médecins !...

Hoover s'excusa.

— Nous sommes stupides... Excusez-moi... Mais je reste...

Simon se tourna vers Eléa.

— Ce qu'ils ont dit ne veut rien dire, dit-il. Oui, maintenant, c'est la Paix... Nous sommes en Paix. Vous êtes en Paix. Vous n'avez rien à craindre...

Eléa eut un profond soupir de soulagement. Mais ce fut avec une appréhension visible qu'elle posa la question suivante :

— Avez-vous des nouvelles... des nouvelles des Grands Abris ? Est-ce qu'ils ont tenu ?

Simon répondit :

— Nous ne savons pas. Nous n'avons pas de nouvelles.

Elle le regarda avec attention, pour être sûre qu'il ne mentait pas. Et Simon comprit qu'il ne pourrait jamais lui dire autre chose que la vérité.

Elle commença une syllabe, puis s'arrêta. Elle avait une question à poser qu'elle n'osait pas poser, parce qu'elle avait peur de la réponse.

Elle regarda tout le monde, puis de nouveau Simon seul. Elle lui demanda, très doucement :

— Païkan ?

Il y eut un court silence, puis un déclic dans les oreilles, et la voix neutre de la Traductrice — celle qui n'était ni une voix d'homme ni une voix de femme — parla en dix-sept langues dans les dix-sept canaux :

— Le mot Païkan ne figure pas dans le vocabulaire qui m'a été injecté, et ne correspond à aucune possibilité logique de néologisme. Je me permets de supposer qu'il s'agit d'un nom.

Eléa l'entendit aussi, dans sa langue.

— Bien sûr, c'est un nom, dit-elle. Où est-il ? Avez-vous de ses nouvelles ?

Simon la regarda gravement.

— Nous n'avons pas de ses nouvelles... Combien de temps croyez-vous avoir dormi ?

Elle le regarda avec inquiétude.

— Quelques jours ? dit-elle.

De nouveau, le regard d'Eléa fit le tour du décor et des personnages qui l'entouraient. Elle retrouva le dépaysement de son premier réveil, tout l'insolite, tout le cauchemar. Mais elle ne pouvait pas accepter l'explication invraisemblable. Il devait y en avoir une autre. Elle essaya de se raccrocher à l'impossible.

— J'ai dormi combien ?... Des semaines ?... Des mois ?...

154

La voix neutre de la Traductrice intervint de nouveau :

— Je traduis ici approximativement. A part le jour et l'année, les mesures de temps qui m'ont été injectées sont totalement différentes des nôtres. Elles sont également différentes pour les hommes et pour les femmes, différentes pour le calcul et pour la vie courante, différentes selon les saisons, et différentes selon la veille et le sommeil.

— Plus... dit Simon. Beaucoup plus... Vous avez dormi pendant...

— Attention, Simon ! cria Lebeau.

Simon s'arrêta et réfléchit quelques secondes, soucieux, en regardant Eléa. Puis il se tourna vers Lebeau.

— Vous croyez ?

— J'ai peur... dit Lebeau.

Eléa, anxieuse, répéta sa question :

— J'ai dormi pendant combien de temps ?... Est-ce que vous comprenez ma question ?... Je désire savoir pendant combien de temps j'ai dormi... Je désire savoir...

— Nous vous comprenons, dit Simon.

Elle se tut.

— Vous avez dormi...

Lebeau l'interrompit de nouveau :

— Je ne suis pas d'accord !

Il mit la main sur son micro pour que ses paroles ne parviennent pas à la Traductrice, ni leur traduction aux oreilles d'Eléa.

— Vous allez lui donner un choc terrible. Il vaut mieux lui dire peu à peu...

Simon était sombre. Il fronçait les sourcils d'un air têtu.

— Je ne suis pas contre les chocs, dit-il en enfermant lui aussi son micro sous sa main. En psychothérapie on préfère le choc qui nettoie au mensonge qui empoisonne. Et je crois que maintenant elle est forte...

— Je désire savoir... recommença Eléa.

Simon se tourna vers elle. Il lui dit brutalement :

— Vous avez dormi pendant 900 000 ans.

Elle le regarda avec stupéfaction. Simon ne lui laissa pas le temps de réfléchir.

— Cela peut vous paraître extraordinaire. A nous aussi. C'est pourtant la vérité. L'infirmière vous lira le rapport de notre Expédition, qui vous a trouvée au fond d'un continent gelé, et ceux des laboratoires, qui ont mesuré avec diverses méthodes le temps que vous y avez passé...

Il lui parlait d'un ton indifférent, scolaire, militaire, et la voix de la Traductrice se calquait sur la sienne, calme, indifférente au fond de l'oreille gauche d'Eléa.

— Cette quantité de temps est sans mesure commune avec la durée de la vie d'un homme, et même d'une civilisation. Il ne reste rien du monde où vous avez vécu. Même pas son souvenir. C'est comme si vous aviez été transportée à l'autre bout de l'Univers. Vous devez accepter cette idée, accepter les faits, accepter le monde où vous vous réveillez, et où vous n'avez que des amis...

Mais elle n'entendait plus. Elle s'était séparée. Séparée de la voix dans son oreille, de ce visage qui lui parlait, de ces visages qui la regardaient, de ce monde qui l'accueillait. Tout cela s'écartait, s'effaçait, disparaissait. Il ne restait que l'abominable certitude — car elle savait qu'on ne lui avait pas menti —, la certitude du gouffre à travers lequel elle avait été projetée, loin de TOUT ce qui était sa propre vie. Loin de...

— PAIKAN !...

En hurlant le nom, elle se dressa sur son lit, nue, sauvage, superbe et tendue comme une bête chassée à mort.

Les infirmières et Simon essayèrent de la retenir. Elle leur échappa, sauta du lit en hurlant :

— PAIKAN !...

courut vers la porte à travers les médecins. Zabrec, qui essaya de la ceinturer, reçut son coude dans la figure et la lâcha en crachant le sang ; Hoover fut projeté contre la cloison ; Forster reçut, sur son bras tendu vers elle, un coup de poignet si dur qu'il crut avoir un os brisé. Elle ouvrit la porte et sortit.

Les journalistes qui suivaient la scène sur l'écran de la Salle des Conférences se ruèrent dans l'avenue Amundsen. Ils virent la porte de l'infirmerie s'ouvrir brusquement et Eléa courir comme une folle, comme une antilope que va rattraper le lion, droit devant elle, droit vers eux. Ils firent barrage. Elle arriva sans les voir. Elle criait un mot qu'ils ne comprenaient pas. Les éclairs doubles des flashes au laser jaillirent de toute la ligne des photographes. Elle passa au travers, renversant trois hommes avec leurs appareils. Elle courait vers la sortie. Elle y parvint avant qu'on l'eût rejointe, au moment où la porte à glissière s'ouvrait pour laisser entrer une chenille de ravitaillement conduite par un chauffeur emmitouflé des pieds aux cheveux.

Dehors, c'était une tempête blanche, un blizzard à 200 à l'heure. Folle de détresse, aveugle, nue, elle s'enfonça dans les rasoirs du vent. Le vent s'enfonça dans sa chair en hurlant de joie, la souleva, et l'emporta dans ses bras vers la mort. Elle se débattit, reprit pied, frappa le vent de ses poings et de sa tête, le défonça de sa poitrine en hurlant plus fort que lui. La tempête lui entra dans la bouche et lui tordit son cri dans la gorge.

Elle tomba.

Ils la ramassèrent une seconde après et l'emportèrent.

— Je vous l'avais bien dit, dit Lebeau à Simon, avec une sévérité que tempérait la satisfaction d'avoir eu raison.

Simon, sombre, regardait les infirmières bouchonner, frictionner Eléa inconsciente. Il murmura.

— Païkan...

— Elle doit être amoureuse, dit Léonova.

Hoover ricana.

— D'un homme qu'elle a quitté il y a 900 000 ans !...

— Elle l'a quitté hier..., dit Simon. Le sommeil n'a pas de durée... Et pendant la courte nuit, l'éternité s'est dressée entre eux.

— Malheureuse... murmura Léonova.

— Je ne pouvais pas savoir, dit Simon à voix basse.

— Mon petit, dit Lebeau, en médecine, ce qu'on ne peut pas savoir, on doit le supposer...

Je le savais.

Je regardais tes lèvres. Je les ai vues trembler d'amour au passage de son nom.

Alors j'ai voulu te séparer de lui, tout de suite, brutalement, que tu saches que c'était fini, depuis le fond des temps, qu'il ne restait rien de lui, pas même un grain de poussière quelque part mille fois emporté par les marées et les vents, plus rien de lui et plus rien du reste, plus rien de rien... Que tes souvenirs étaient tirés du vide. Du néant. Que derrière toi il n'y avait plus que le noir, et que la lumière, l'espoir, la vie étaient ici dans notre présent, avec nous.

J'ai tranché derrière toi avec une hache.

Je t'ai fait mal.

Mais toi, la première, en prononçant son nom, tu m'avais broyé le cœur.

Les médecins s'attendaient pour le moins à une pneumonie et à des gelures. Elle n'eut rien. Pas de toux, pas de fièvre, pas la moindre rougeur sur la peau.

Quand elle reprit connaissance, on vit qu'elle avait encaissé le choc et surmonté toutes ses émotions. Il n'y avait plus sur son visage que l'expression pétrifiée d'une indifférence totale, pareille à celle du condamné à perpétuité, au moment où il entre dans la cellule dont il sait qu'il ne sortira jamais. Elle savait qu'on lui avait dit la vérité. Elle voulut pourtant avoir les preuves. Elle demanda à entendre le rapport de l'Expédition. Mais quand l'infirmière commença à le lire, elle fit un geste de la main pour l'écarter et dit :

— Simon...

Simon n'était pas dans la chambre.

Après sa brutale intervention qui avait failli se terminer si mal, il avait été jugé dangereux par les réanimateurs qui lui avaient interdit de s'occuper désormais d'Eléa.

— Simon... Simon... répétait celle-ci.

Elle le cherchait du regard partout dans la pièce. Depuis qu'elle avait ouvert les yeux, elle l'avait toujours vu auprès d'elle, elle était habituée à son visage, à sa voix, aux précautions de ses gestes. Et c'était lui qui lui avait dit la vérité. Dans ce monde inconnu, au bout de ce voyage effrayant, il était un élément déjà un peu familier, un appui pour sa main sur le rivage.

— Simon...

— Je crois qu'il vaudrait mieux aller le chercher, dit Moïssov.

Il vint, et il commença à lire. Puis il rejeta le papier et raconta. Quand il en arriva à la découverte du couple en hibernation, elle leva une main pour qu'il se tût, et elle dit :

— Moi c'est Eléa, lui c'est Coban. Il est le plus grand savant de Gondawa. Il sait tout. Gondawa, c'est notre pays.

Elle se tut un instant, puis ajouta d'une voix très basse, que la Traductrice eut de la peine à entendre :

— J'aurais voulu mourir en Gondawa...

Pendant l'évanouissement d'Eléa, Hoover, sans le moindre scrupule, avait manipulé la mange-machine. Il était lui aussi, comme tous ceux qui l'avaient vue fonctionner sur l'écran, anxieux de savoir à partir de quelles matières premières elle fabriquait ces différentes sortes d'aliments qui, en quelques quarts d'heure, avaient donné à Eléa à demi morte la force de bousculer une douzaine d'hommes pour se précipiter vers la tempête.

Sur la surface lisse de la sphère et du cylindre, il n'y avait qu'une prise possible, qu'un seul point de commande et de manipulation : le bouton blanc du sommet.

Sous les yeux horrifiés de Léonova, Hoover l'avait poussé, tourné à gauche, tourné à droite, tiré vers le haut, tourné à droite, tourné à gauche...

... Et ce qu'il espérait s'était produit : la calotte de la demi-sphère s'était soulevée avec le bouton, comme une cloche à fromage, découvrant l'intérieur de la machine.

Celle-ci, posée sur une petite table sanitaire, dévoila ses mystères aux yeux de tous, et devint, de ce fait, encore plus mystérieuse. Car tout l'intérieur de la demi-sphère était occupé par un mécanisme incompréhensible qui ne ressemblait à aucun montage mécanique ou électronique, mais faisait plutôt penser à une maquette en métal de système nerveux. *Et il n'y avait de place nulle part pour la moindre matière première*, qu'elle fût en morceaux, en grains, en poussière ou liquide. Hoover souleva la machine, la secoua, la regarda sous tous les angles, fit jouer la lumière à travers l'enchevêtrement immobile de ses réseaux d'or et d'acier, la passa à Léonova et à Rochefoux qui la regardèrent à leur tour de toutes les façons dont il est possible de regarder un objet matériel ouvert comme un réveil sans son boîtier. Il n'y avait nulle part nulle place pour, et nulle trace de sels minéraux, sucre, poivre, chair ou poisson. Visiblement, logiquement, absurdement et évidemment, cette machine fabriquait des éléments à partir de rien...

Car elle continuait d'en fabriquer :

Hoover ayant remis en place la calotte hémisphérique, fit les mêmes gestes qu'il avait vu faire à Eléa, et obtint le même résultat : le petit tiroir s'ouvrit, et offrit des sphérules comestibles. Elles étaient, cette fois-ci, vert pâle. Hoover hésita un instant, puis il prit la fourchette d'or, piqua une sphère, et la mit dans sa bouche. Il s'attendait à une surprise extraordinaire. Il fut déçu. Cela n'avait pas grand goût. Ce n'était même pas particulièrement agréable : cela faisait penser à du lait caillé dans lequel on aurait fait tremper de la limaille de fer. Il en offrit à Léonova qui refusa.

— Vous feriez mieux, dit-elle, de les donner à analyser.

C'était le bon sens scientifique qui parlait par sa bouche. Enveloppées dans une feuille de plastique, les sphérules partirent vers le labo d'analyse.

Il y eut un premier résultat, qui n'apprit rien que de banal. Il y avait des protéines, des corps gras, des glucoses, un éventail de sels minéraux, de vitamines et d'oligo-éléments, enrobés dans des molécules qui ressemblaient à celles de l'amidon.

Puis il y eut une rectification. Une analyse plus poussée avait permis de trouver quelques molécules énormes, presque semblables à des cellules.

Puis une deuxième rectification : ces molécules *se reproduisaient* !

Donc, à partir de rien, la mange-machine fabriquait non seulement de la matière nutritive, mais de la matière analogue à de la matière vivante !

C'était incroyable, c'était difficile à admettre.

Dès qu'Eléa accepta de répondre aux questions, ils se bousculèrent pour savoir le quoi et le comment.

— Comment fonctionne la mange-machine ?

— Vous l'avez vu.

— Mais à l'intérieur ?

— A l'intérieur elle fabrique la nourriture.

— Mais elle la fabrique avec quoi ?

— Avec le Tout.

— Le Tout ? Qu'est-ce que c'est, le Tout ?

— Vous le savez bien... C'est ce qui vous a fabriqués vous aussi...

— Le Tout... le Tout... Il n'y a pas un autre nom pour le Tout ?

Eléa prononça trois mots.

Voix impersonnelle de la Traductrice :

« Les mots qui viennent d'être prononcés sur le canal onze ne figurent pas dans le vocabulaire qui m'a été injecté. Cependant, par analogie, je crois pouvoir proposer la traduction approximative suivante : *l'énergie universelle*. Ou peut-être : *l'essence universelle*. Ou : *la vie universelle*. Mais ces deux dernières propositions me paraissent un peu abstraites. La première est sans doute la plus proche du sens original. Il faudrait, pour être juste, y inclure les deux autres. »

L'énergie !... La machine fabriquait de la matière à partir de l'énergie ! Ce n'était pas impossible à admettre, ni même à réaliser dans l'état actuel des connaissances scientifiques et de la technique. Mais il fallait mobiliser une quantité fabuleuse d'électricité pour obtenir quoi ? Une particule invisible, insaisissable et qui disparaissait aussitôt apparue.

Alors que cette espèce de demi-melon, qui avait l'air d'un jouet d'enfant un peu ridicule, tirait avec la plus parfaite simplicité la nourriture du néant, autant qu'on lui en demandait.

Lebeau dut calmer l'impatience des savants, dont les questions se chevauchaient dans le cerveau de la Traductrice.

— Connaissez-vous le mécanisme de son fonctionnement ?

— Non. Coban sait.

— En connaissez-vous au moins le principe ?

— Son fonctionnement est basé sur l'équation universelle de Zoran...

Elle cherchait des yeux quelque chose pour mieux expliquer ce qu'elle voulait dire. Elle vit Hoover qui prenait des notes sur les marges d'un journal. Elle tendit la main. Hoover lui donna le journal et le bic. Léonova, vivement, remplaça le journal par un bloc de papier vierge.

De la main gauche, Eléa essaya d'écrire, de dessiner, de tracer quelque chose. Elle n'y parvenait pas. Elle s'énervait. Elle jeta le bic, demanda à l'infirmière :

— Donnez-moi votre... votre...

Elle imitait le geste qu'elle lui avait vu faire plusieurs fois, de se passer un bâton de rouge sur les lèvres. Etonnée l'infirmière le lui donna.

Alors, d'un trait gras, aisé, Eléa dessina sur le papier un

élément de spirale, que coupait une droite verticale et qui contenait deux traits brefs. Elle tendit le papier à Hoover.

— Ceci est l'équation de Zoran. Elle se lit de deux façons. Elle se lit avec les mots de tout le monde et elle se lit en termes de mathématiques universelles.

— Pouvez-vous la lire ? demanda Léonova.

— Je peux la lire dans les mots de tout le monde. Elle se lit ainsi : « Ce qui n'existe pas existe. »

— Et de l'autre façon ?

— Je ne sais pas. Coban sait.

Comme ils en avaient pris l'engagement, les savants de l'EPI avaient communiqué, à tout ce qui dans toutes les nations du monde était capable de savoir et de comprendre, tout ce qu'ils savaient eux-mêmes et tout ce qu'ils espéraient savoir. La langue gonda était déjà à l'étude dans de nombreuses universités, et l'humanité entière savait qu'elle était à la veille d'un bouleversement extraordinaire. Un homme endormi et qu'on allait réveiller allait expliquer l'équation de Zoran qui permettrait de puiser au sein de l'énergie universelle de quoi vêtir ceux qui étaient nus et nourrir ceux qui avaient faim. Plus de conflits atroces pour les matières premières, plus de guerre du pétrole, plus de bataille pour les plaines fertiles. Le Tout allait donner tout grâce à l'équation de Zoran. Un homme qui dormait allait s'éveiller et indiquer ce qu'il fallait faire pour que la misère et la faim, et la peine des hommes disparaissent à tout jamais.

C'était pour demain. La salle opératoire était reconstituée, les derniers appareils venaient d'arriver, en remplacement de ceux qui avaient été détruits. L'équipe des techniciens s'affairait à les mettre en place et à les connecter. La deuxième opération allait pouvoir commencer.

La tempête s'était apaisée. Le vent soufflait encore, mais à ces latitudes il souffle toujours, et quand il ne dépasse pas 150 km heure, c'est une brise amicale. C'était le milieu de la nuit, le ciel était sans nuages, couleur bleu ardoise. Le soleil rouge rampait sur l'horizon. D'énormes étoiles, aiguisées par le vent, piquaient le ciel.

Deux hommes qui avaient travaillé tard dans la Sphère sortirent de l'ascenseur. C'était Brivaux et son assistant. Ils étaient exténués. Ils avaient hâte d'aller s'étendre et dormir. Ils étaient les derniers à remonter. Il n'y avait plus personne en bas.

Brivaux ferma la porte de l'ascenseur à clé. Ils sortirent du bâtiment aux murs de neige et s'enfoncèrent dans le vent en jurant.

Dans le bâtiment vide et noir, une tache ronde de lumière s'alluma. Derrière la pile de caisses d'où l'on avait sorti les derniers appareils arrivés, un homme accroupi se redressa en claquant des dents. Dans sa main la torche électrique tremblait. Il se tenait là depuis plus d'une heure, guettant la remontée des derniers techniciens, et, malgré sa tenue polaire, il était mordu par le froid jusqu'aux os.

Il vint à l'ascenseur, sortit d'une poche un trousseau de clés plates et commença à les essayer une à une. Ça n'allait pas, il tremblait trop. Il ôta ses gants, souffla sur ses doigts gourds, se battit le torse avec les bras, fit quelques sauts sur place. Le sang recommençait à circuler. Il reprit ses essais. Ce fut enfin la bonne clé. Il entra dans l'ascenseur et appuya sur le bouton de descente.

A l'infirmerie, Simon regardait Eléa dormir. Il ne la quittait plus. Dès qu'il s'éloignait, elle le réclamait. A l'indifférence glaciale dans laquelle elle s'était installée, s'ajoutait, lorsqu'il n'était pas là, une anxiété physique dont elle réclamait d'être immédiatement délivrée.

Il était là, elle pouvait dormir. L'infirmière de garde dormait aussi, sur un des deux lits pliants. D'une lampe bleue, au-dessus de la porte, venait une lumière très douce. Dans cette presque nuit à peine lumineuse, Simon regardait Eléa dormir. Ses bras reposaient, détendus, sur la couverture. Elle avait fini par accepter de revêtir un pyjama de flanelle, très laid mais confortable. Sa respiration était calme et lente, son visage grave. Simon se pencha, approcha ses lèvres de la longue main aux longs doigts, presque à la toucher, n'alla pas plus loin, se redressa.

Puis il gagna le lit vacant, s'y étendit, tira sur lui une couverture, soupira de bonheur, et s'endormit.

L'homme était entré dans la salle de réanimation. Il alla droit vers un petit placard métallique et l'ouvrit. Sur une étagère se trouvaient des dossiers. Il les feuilleta, détachant au passage quelques pages qu'il photographia avec un appareil qu'il portait à l'épaule, et remit en place. Puis il se dirigea vers le récepteur de la TV de surveillance. Son écran montrait en permanence l'intérieur de l'Œuf. La nouvelle caméra, sensible aux infrarouges, éliminait la brume. Il vit très clairement l'homme dans son bloc d'hélium presque intact, et le socle qui avait soutenu Eléa. Le côté du socle était toujours ouvert, et sur les étagères reposaient encore quelques objets qu'Eléa n'avait pas réclamés.

L'homme actionna les boutons de télécommande de la caméra. Il obtint le socle ouvert en plein cadre, actionna le zoom et reconnut enfin, en gros plan, ce qu'il cherchait : l'arme.

Il sourit de satisfaction, et se disposa à descendre dans l'Œuf. Il savait qu'il y régnait un froid dangereux. Il n'avait pas pu se procurer de combinaison astronautique, il devrait faire très vite. Il sortit de la salle opératoire.

Autour de lui, l'intérieur de la Sphère, faiblement éclairé par quelques ampoules, ressemblait au squelette d'un oiseau géant surréaliste, à demi noyé dans la nuit de l'inconscient. Pour chasser l'envoûtement du silence total, l'homme, volontairement, toussa. Le bruit de sa toux emplit la Sphère comme un flash, se déchira aux festons des poutres et des arcs-boutants, se heurta à la coque, et revint vers lui en milliers de morceaux de bruits brisés, aigus, agressifs.

Il enfonça brusquement son bonnet sur ses oreilles, s'enveloppa le cou dans une grosse écharpe, et mit ses gants fourrés en descendant l'escalier d'or. Un dispositif électrique permettait de soulever la porte de l'Œuf. Il pressa sur le bouton. La porte se leva comme une coquille. Il se glissa à l'intérieur. La porte, déjà, se fermait sur lui.

Il fut surpris par la brume que la caméra infrarouge ne lui avait pas montrée. Elle était teintée d'un bleu irréel par la lumière qui montait du moteur immobile à travers le sol transparent et la couche de neige pulvérulente et bleue. Torche au poing, précédé par un cercle de lumière blanche opaque, il descendit avec précaution l'escalier. Il sentit, à mesure qu'il descendait, le froid atroce lui mordre les chevilles, les mollets, les genoux, les cuisses, le ventre, la poitrine, la gorge, le crâne...

Il fallait faire vite, vite. Son pied droit atteignit le sol, sous la neige. Puis l'autre. Il fit un pas vers la gauche et inspira pour la première fois. Ses poumons gelèrent en bloc, transformés en pierre. Il voulut crier, ouvrit la bouche. Sa langue gela, ses dents éclatèrent. L'intérieur de ses yeux se dilata et devint solide, poussant les iris au-dehors comme des champignons. Il eut encore le temps, avant de mourir, de sentir le poing du froid lui broyer les testicules, et sa cervelle geler. Sa torche s'éteignit. Tout redevint silence. Il tomba en avant, dans la

172

neige bleue. En touchant le sol, son nez se brisa. La poussière de neige, un instant soulevée en un léger nuage lumineux, retomba et le recouvrit.

Au matin, le cameraman qui s'approchait en bâillant du récepteur de la Salle opératoire, s'étonna de trouver sur l'écran, au lieu du plan général de l'Œuf, un gros plan de l'arme.

— Y a un enfant de salaud qui a trafiqué mon moulin ! dit-il. C'est encore ces électriciens ! Je vais leur chanter Marceau, quand ils descendront, les vaches !

Tout en grommelant, il manipulait les commandes pour ramener l'image au plan général. C'est ainsi qu'il vit entrer, par le bas de l'écran, une main gantée qui sortait de la neige, les doigts écartés.

Quand les hommes casqués, revêtus de la combinaison spatiale, tirèrent le cadavre hors de son linceul de neige fine, malgré leurs précautions son bras droit, dressé avec sa main ouverte au bout comme un signal, cassa. Avec les vêtements qui l'enveloppaient, il tomba comme une branche morte, et se cassa encore en quatre morceaux.

— Je suis désolé, dit Rochefoux aux journalistes et photographes réunis dans la Salle des Conférences, d'avoir à vous faire part de la mort tragique de votre camarade Juan Fernandez, photographe de *la Nación*, de Buenos Aires. Il s'est introduit clandestinement dans l'Œuf, sans doute pour prendre des clichés de Coban, et le froid l'a tué avant qu'il ait eu le temps de faire trois pas. C'est une mort atroce. Je ne saurais trop vous recommander d'être prudents. Nous ne vous cachons rien. Notre désir le plus grand est au contraire que vous sachiez tout et que vous le diffusiez partout. Je vous en prie, ne prenez plus de telles initiatives qui non seulement sont très dangereuses pour vous, mais risquent de compromettre gravement la réussite des opérations délicates dont le succès peut transformer entièrement le sort de l'humanité.

Mais un télégramme de *la Nación* transmis par Trio fit savoir que ce journal ignorait tout de Juan Fernandez, et qu'il n'avait jamais fait partie de son personnel.

Alors on se souvint du témoignage du cameraman, qui avait vu en gros plan l'image de l'arme. On fouilla la chambre de Fernandez. On y trouva trois appareils photo, un américain, un tchèque et un japonais, un émetteur radio allemand, un revolver italien.

Les responsables de l'EPI et les réanimateurs se réunirent, hors de la curiosité des journalistes. Ils étaient consternés.

— C'est un de ces crétins des services secrets, dit Moïssov. De quel service secret ? Je n'en sais rien, vous non plus. Nous ne le saurons sans doute jamais. Ils ont en commun la stupidité et l'inefficacité. Ils dépensent une ingéniosité prodigieuse pour des résultats qui ne dépassent pas le volume d'un caca de mouche. La seule chose qu'ils réussissent, c'est la catastrophe. Il faut nous protéger contre ces rats.

— Hon, hon... Ils sont de la merde, dit Hoover en français.

— Ça n'est pas le même mot en russe, dit Moïssov, mais c'est la même matière. Malheureusement, je vais être obligé d'utiliser des mots moins expressifs, et plus vagues, et que je n'aime guère, parce qu'ils sont prétentieux. Mais il faut bien parler avec les mots qu'on a...

— Allez-y, allez-y, dit Hoover, pas tant d'histoires. Ce petit macchabée nous emmerde tous de la même façon...

— Je suis médecin, dit Moïssov. Vous, vous êtes... vous êtes quoi ?

— La chimie et l'électronique... Qu'est-ce que ça peut foutre ? Il y a de tout, ici.

— Oui, dit Moïssov. Pourtant nous sommes tous pareils... Nous avons quelque chose en commun qui est plus fort que nos différences : c'est le besoin de

174

connaître. Les littérateurs appellent ça l'amour de la science. Moi, j'appelle ça la curiosité. Quand elle est servie par l'intelligence, c'est la plus grande qualité de l'homme. Nous appartenons à toutes les disciplines scientifiques, à toutes les nations, à toutes les idéologies. Vous n'aimez pas que je sois un Russe communiste. Je n'aime pas que vous soyez de petits capitalistes impérialistes lamentables et stupides, empêtrés dans la glu d'un passé social en train de pourrir. Mais je sais, et vous savez que tout ça est dépassé par notre curiosité. Vous et moi, nous voulons *savoir*. Nous voulons connaître l'Univers dans tous ses secrets, les plus grands et les plus petits. Et nous savons déjà au moins une chose, c'est que l'homme est merveilleux, et que les hommes sont pitoyables, et que chacun de notre côté, dans notre morceau de connaissance et dans notre nationalisme misérable, c'est pour les hommes que nous travaillons. Ce qu'il y a à connaître ici est fantastique. Et ce que nous pouvons en tirer pour le bien des hommes est inimaginable. Mais si nous laissons intervenir nos nations, avec leur idiotie séculaire, leurs généraux, leurs ministres et leurs espions, tout est foutu !

— On voit bien, dit Hoover, que vous suivez les cours du soir marxistes... Vous avez toujours un discours sous la langue. Mais bien sûr, vous avez raison. Vous êtes mon frère. Tu es ma petite sœur, dit-il en donnant une tape sur les fesses de Léonova.

— Vous êtes un gros porc ignoble, dit-elle.

— Permettez à l'Europe, dit Rochefoux en souriant, de faire entendre sa voix. Nous avons de l'or. Celui que nous avons découpé en perçant la coque de la Sphère. Près de 20 tonnes. Avec ça nous pouvons acheter des armes et des mercenaires.

Shanga l'Africain se leva vivement.

— Je suis contre les mercenaires ! dit-il.

— Moi aussi, dit l'Allemand Henckel. Pas pour les

mêmes raisons. Je pense seulement qu'ils seront pourris de salauds d'espions. Nous devons organiser nous-mêmes notre police et notre défense. Je veux dire la défense de ce qui est dans la Sphère. L'arme, et surtout Coban. Tant qu'il est dans le froid, il ne risque rien. Mais les opérations de réanimation vont commencer. La tentation sera grande de le kidnapper avant que nous ayons pu communiquer ses connaissances à tous. Il n'y a pas une nation qui ne fera l'impossible pour s'assurer l'exclusivité de ce que contient cette tête. Les États-Unis, par exemple...

— Bien sûr, bien sûr, dit Hoover.

— L'U.R.S.S...

Léonova bondit :

— L'U.R.S.S. ! Toujours l'U.R.S.S. ! Pourquoi l'U.R.S.S. ? La Chine aussi ! L'Allemagne ! L'Angleterre ! La France !...

— Ça !... dit Rochefoux souriant. Même la Suisse...

— Des mitraillettes, des revolvers, des mines, dit Lukos, je peux en trouver.

— Moi aussi, dit Henckel.

Ils partirent le jour même pour l'Europe. On leur adjoignit Shanga et Garrett, l'assistant de Hoover. Il était entendu qu'ils ne se quitteraient jamais. Ainsi la loyauté de chacun d'eux — dont personne ne doutait — serait garantie par la présence des autres.

Avec les quelques revolvers et fusils de chasse qui se trouvaient déjà à la base, on organisa un tour de garde de jour et de nuit près de l'ascenseur et de la chambre d'Eléa. Deux hommes, techniciens ou savants, prenaient la garde à la fois. Un « occidental » et un « oriental ». Ces mesures furent décidées à l'unanimité, sans discussion. Devant l'énormité de l'enjeu, personne, bien que ne doutant de personne, n'osait faire confiance à personne — pas même à soi.

L'Œuf.

Deux projecteurs illuminent la brume.

La manche à air est dirigée vers le bloc de Coban.

Il se creuse, se déforme, se résorbe, disparaît comme un halo qui s'efface.

Dans la salle de travail, les réanimateurs traversent un à un le sas de stérilisation, enfilent leurs blouses et leurs gants aseptiques, et nouent leurs bottes de coton.

Simon n'est pas avec eux. Il est auprès d'Eléa, dans la Salle des Conférences. Il est assis seul avec elle sur le podium. Devant lui, sur la table, le revolver qu'on lui a confié. Son regard surveille sans arrêt l'assistance. Il est prêt à défendre Eléa contre n'importe qui.

Devant elle sont étalés divers objets du socle, qu'elle a demandés.

Elle est calme, immobile. Les boucles de ses cheveux bruns aux reflets d'or sont comme une mer apaisée. Elle a mis les « vêtements » trouvés dans le socle. Elle a posé sur ses hanches quatre rectangles mordorés de cette matière soyeuse qui ressemble à de l'étoffe fine, fluide et lourde. Ils retombent jusqu'à ses genoux, et quand elle marche, ils se recouvrent et se découvrent, découvrent la peau et la recouvrent, comme des ailes, comme de l'eau mouvante au soleil. Elle a enroulé autour de son buste une longue bande de la même couleur, qui moule sa taille et ses épaules et laisse deviner sous l'étoffe les seins libres comme des oiseaux.

Tout cela tient par un nœud, une boucle, un passage en dessus dessous, par un miracle. C'est à la fois très compliqué et simple, et si naturel qu'on pourrait penser qu'elle a dû naître avec, et que tous ceux et celles qui l'ont vue entrer et s'asseoir ont eu l'affreuse impression d'être vêtus avec des sacs de farine.

Elle a accepté de répondre à toutes les questions. C'est la première des séances de travail destinées à renseigner les hommes d'aujourd'hui sur les hommes d'avant-hier.

Le visage d'Eléa est glacé, ses yeux semblent des portes ouvertes sur la nuit. Elle se tait. Son silence a gagné toute l'assistance et se prolonge.

Hoover fait un bruit énorme avec sa gorge.

— Brrreuff dit-il... Eh bien, si on commençait ?... Le mieux serait de commencer par le commencement !... Si vous nous disiez d'abord qui vous êtes ? Votre âge, votre métier, situation de famille, etc. En quelques mots...

Mille mètres plus bas, l'homme nu a perdu sa carapace transparente et atteint une température qui permet de le transporter. Dans la brume brillante, quatre hommes boudinés de rouge, bottés, casqués de sphères de plastique, quatre hommes lents s'approchent de lui et se placent de part et d'autre de son socle. A la porte de l'Œuf, deux hommes veillent, mitraillette en main. Les quatre hommes dans la brume se baissent, glissent sous l'homme nu leurs mains gantées de fourrure, de cuir et d'amiante, et attendent.

Devant l'écran du poste de la salle de travail, Forster, attentif, regarde leur image. Ils sont prêts. Il commande :

— Be careful ! Softly !... One, two, three... Up !

En quatre langues différentes, l'ordre arrive en même temps dans les quatre casques sphériques. Les quatre hommes se redressent lentement.

Une lueur bleue fulgurante, mille fois plus puissante que celle des projecteurs, éclate sous leurs pieds, leur brûle les yeux, emplit l'Œuf comme une explosion, jaillit par la porte ouverte, envahit la sphère, monte dans le Puits comme un geyser...

Puis s'éteint.

Il n'y a eu aucun bruit. Ce n'était qu'une lumière. Sur le sol de l'Œuf, la neige n'est plus bleue. Le moteur qui depuis l'éternité fabriquait du froid pour maintenir intacts les deux êtres vivants qu'on lui avait confiés, à la seconde même où on lui a ôté sa dernière raison d'être, s'est arrêté, ou s'est détruit.

— Je suis Eléa, dit Eléa. Mon numéro est 3-19-07-91. Et voici ma clé...

Elle montre sa main droite, les doigts repliés, le majeur dégagé et courbé, pour faire ressortir le chaton de sa bague, en forme de pyramide tronquée.

Elle semble hésiter, puis demande :

— Vous n'avez pas de clé ?

— Bien sûr que si !... dit Simon. Mais je crains que ce ne soit pas la même chose...

Il sort son trousseau de sa poche, l'agite et le pose devant Eléa.

Elle le regarde sans y toucher, avec une sorte d'inquiétude mêlée d'incompréhension, puis fait un geste qui, aux yeux de tous, signifie : « après tout, peu importe », et elle passe à la suite :

— Je suis née dans l'abri de Cinquième Profondeur, deux ans après la troisième guerre.

— Quoi ? dit Léonova.

— Quelle guerre ?

— Entre qui et qui ?

— Où était votre pays ?

— Qui était l'ennemi ?

Les questions fusent de tous les points de la salle. Simon se dresse, furieux. Eléa met ses mains sur ses oreilles, grimace de douleur, et arrache l'écouteur.

— C'est parfait ! C'est très bien ! Vous avez réussi ! dit Simon.

Il tend sa main ouverte vers Eléa. Elle y pose l'écouteur.

Il fait signe à Léonova :

— Venez, dit-il.

Léonova monte sur le podium. Elle prend un grand globe terrestre posé sur le parquet et le pose sur la table.

— Vous savez bien qu'Eléa ne sait pas manipuler l'isolateur, dit Simon aux savants. Elle reçoit toutes vos questions à la fois ! Vous le savez ! Nous l'avions prévu ! Si vous ne pouvez pas respecter un peu de discipline, je serai obligé, en tant que médecin responsable, d'interdire ces séances !... Je vous demande de laisser Mme Léonova parler pour vous tous, et poser les premières questions. Puis un autre prendra sa place, et ainsi de suite. D'accord ?

— Tu as raison, garçon, dit Hoover. Vas-y, vas-y, qu'elle parle pour nous, la chère colombe...

Simon se retourne vers Eléa et, dans sa main ouverte, lui tend l'écouteur. Eléa reste un instant immobile, puis elle prend l'écouteur et le glisse dans son oreille.

L'homme est étendu sur la table opératoire. Il est encore nu. Les médecins, les techniciens masqués s'affairent autour de lui, fixent sur lui les électrodes, les bracelets, les brassards, les jambières, tous les contacts qui le relient aux appareils. Des coussins sont placés sous

180

le bras droit à demi soulevé encore raide comme du fer et dont le majeur porte la même bague qu'Eléa. Van Houcke, avec des précautions de nourrice, enveloppe dans des paquets de coton le précieux sexe dressé en oblique. Malgré ses soins, il a brisé une mèche de poils frisés. Il jure en hollandais. La Traductrice se tait.

— Ça ne fait rien, dit Zabrec, ça, ça repoussera. Tandis que le reste...

— Regardez ! dit tout à coup Moïssov.

Il désigne un point de la paroi abdominale.

— Et là !...

La poitrine...

— Et là !...

Le biceps gauche...

— Merde ! dit Lebeau.

Eléa regarde le globe, et le fait tourner avec perplexité. On dirait qu'elle ne le reconnaît pas. Sans doute les conventions géographiques de son temps n'étaient-elles pas les mêmes que les nôtres. Les océans bleus, peut-être ne comprend-elle pas ce qu'ils représentent, si, sur les cartes de son époque, ils figuraient par exemple en rouge ou en blanc... Peut-être le Nord était-il en bas au lieu d'être en haut, ou bien à gauche, ou à droite ?

Eléa hésite, réfléchit, tend le bras, fait tourner le globe, et sur son visage on devine qu'elle le reconnaît enfin, et qu'elle voit aussi la *différence*...

Elle saisit le globe par le pied et le fait basculer.

— Comme ça, dit-elle. Il était comme ça...

Malgré leur promesse, les savants ne peuvent retenir des exclamations étouffées. Lanson a dirigé le canon d'une caméra vers le globe, et son image s'inscrit maintenant sur le grand écran. Le globe déséquilibré par Eléa a toujours son Nord en haut et son Sud en bas, mais ils sont décalés de près de 40 degrés !

Olofsen, le géographe danois, exulte. Il avait toujours soutenu la théorie si controversée d'un basculement du globe terrestre. Il en avait apporté des preuves multiples, qu'on lui réfutait une à une. Il le plaçait plus tôt dans l'histoire de la Terre, et il le supposait moins important. Mais ce sont là des détails. Il a raison ! Plus besoin de preuves discutables : *il a un témoin !*

Un doigt d'Eléa se pose sur le continent Antarctique et sa voix dit :

— Gondawa !...

Sur le globe que Léonova maintient dans la position qu'Eléa lui a donnée, Gondawa occupe une place à mi-chemin du pôle et de l'équateur, en pleine zone tempérée chaude, presque tropicale !

Voilà qui explique cette flore exubérante, ces oiseaux de feu trouvés dans la glace. Un cataclysme brutal a fait tourner la Terre sur un axe équatorial, bousculant les climats en quelques heures, peut-être en quelques minutes, brûlant ce qui était froid, glaçant ce qui était chaud, et submergeant les continents de masses énormes d'eaux océanes arrachées à leur inertie.

— Enisoraï... Enisoraï... dit Eléa.

Elle cherche sur le globe quelque chose qu'elle ne trouve pas...

— Enisoraï... Enisoraï...

Elle fait tourner le globe entre les mains de Léonova. La grande image du globe tourne sur l'écran.

— Enisoraï, c'est l'Ennemi !...

Toute la salle regarde sur le grand écran tourner l'image où Eléa cherche et ne trouve pas.

— Enisoraï... Enisoraï... Ah !...

L'image s'arrête. Les deux Amériques occupent l'écran. Mais le basculement du globe les a mises dans une position étrange. Elles se sont inclinées, celle du nord vers le bas, celle du sud vers le haut.

— Là ! dit Eléa... Là il manque...

Sa main apparaît dans l'image tenant un traceur que lui a donné Simon. Le feutre du traceur se pose à l'extrémité du Canada, passe par Terre-Neuve, laissant derrière lui un large trait rouge qui s'avance jusqu'au milieu de l'Atlantique et va rejoindre, par un dessin accidenté, l'Amérique du Sud à la pointe la plus avancée du Brésil. Puis Eléa couvre de hachures rouges tout l'espace compris entre son trait et les côtes. Comblant l'immense golfe qui sépare les deux Amériques, elle fait de ces dernières un seul continent massif dont le ventre emplit la moitié de l'Atlantique Nord. Elle laisse tomber le traceur, pose sa main sur la Grande Amérique qu'elle vient de créer, et elle dit :

— Enisoraï...

Léonova a posé le globe. Une houle d'excitation remue de nouveau la salle. Comment une telle brèche a-t-elle pu s'ouvrir dans ce continent ? Est-ce le même cataclysme qui a provoqué l'effondrement de l'Esinoraï central et le basculement de la Terre ?

A toutes ces questions, Eléa répond :

— Je ne sais pas... Coban sait... Coban craignait... C'est pourquoi il a fait construire l'Abri où vous nous avez trouvés...

— Coban craignait quoi ?

— Je ne sais pas... Coban sait... Mais je peux vous montrer...

Elle tend la main vers les objets posés devant elle. Elle choisit un cercle d'or, le prend à deux mains, l'élève au-dessus de sa tête et le coiffe. Deux petites plaques s'appliquent à ses tempes. Une autre recouvre son front au-dessus de ses yeux. Elle prend un deuxième cercle.

— Simon... dit-elle.

Il se tourne vers elle. Elle le coiffe du second cercle, et, d'un geste du pouce, abaisse la plaque frontale, qui vient masquer les yeux du jeune médecin.

— Calme, dit-elle.

Elle pose ses coudes sur la table et met sa tête entre ses mains. Sa plaque frontale est restée relevée. Elle ferme lentement ses paupières sur ses yeux de nuit.

Tous les regards, toutes les caméras sont braqués sur Eléa et Simon assis côte à côte, elle accoudée à sa table, lui droit sur sa chaise, le dos appuyé au dossier, les yeux bouchés par la plaque d'or.

Le silence est tel qu'on entendrait tomber un flocon de neige.

Et tout à coup Simon a un haut-le-corps. On le voit porter ses mains ouvertes devant lui, comme s'il voulait s'assurer de la réalité de quelque chose. Il se dresse lentement, il chuchote quelques mots que la Traductrice répète en chuchotant :

— Je vois !... J'entends...

Il crie :

— JE VOIS !... C'est l'Apocalypse !... Une plaine immense... brûlée vive !... vitrifiée !... Des armées tombent du ciel !... Des armes crachent la mort et les détruisent... Il en tombe encore !... Comme mille nuages de criquets... Ils fouillent le sol !... Ils s'enfoncent !... La plaine s'ouvre ! s'ouvre en deux... d'un bout à l'autre de l'horizon... Le sol se soulève et retombe !... Les armées sont broyées ! Quelque chose sort de terre... quel... quel... quelque chose d'immense !... Une machine... une machine monstrueuse, une plaine de verre et d'acier... elle se sépare de la terre, s'élève, s'envole, se développe... s'épanouit..., elle emplit le ciel !... Ah !... Un visage... un visage me cache le ciel... Il est tout près de moi ! Il se penche sur moi, il me regarde ! C'est un visage d'homme... Ses yeux sont pleins de désespoir...

— Païkan ! gémit Eléa.

Sa tête glisse dans ses mains, son torse s'abat sur la table. La vision disparaît dans le cerveau de Simon.

Coban sait.

Il sait le meilleur et le pire.

Il sait quelle est cette monstrueuse machine de guerre qui emplissait le ciel.

Il sait comment tirer du néant tout ce qui manque aux hommes.

Coban sait. Mais pourra-t-il dire ce qu'il sait ?

Les médecins ont trouvé des lésions sur presque toute la surface de son torse et de ses bras, beaucoup moins sur le bas du corps. Ils ont pensé se trouver en présence de gelures, l'homme ayant moins bien supporté que la femme le refroidissement. Mais quand ils ont ôté son masque, ils ont découvert une tête tragique dont tous les cheveux, cils et sourcils avaient été brûlés jusqu'au ras de la peau. Ce n'étaient donc pas des traces de gelures qui couvraient son épiderme et son visage, mais de brûlures. Ou peut-être les deux.

Ils ont demandé à Eléa si elle savait comment il avait été brûlé. Elle ne savait pas. Quand elle s'était endormie, Coban était près elle, bien portant et intact...

Les médecins l'ont enveloppé des pieds à la tête dans des pansements antinécrosants, qui doivent empêcher la peau de se détruire lorsqu'elle reprendra sa température normale, et l'aider à se reconstituer.

Coban sait. Il n'est encore qu'une momie froide enve-loppée de bandelettes jaunes. Deux tubes souples transpa-rents glissés dans ses narines sortent des pansements. Des fils de toutes couleurs surgissent des spires jaunes à toutes les hauteurs de son corps et le relient aux instruments. Lentement, lentement, les médecins continuent de le réchauffer.

La garde à l'ascenseur a été doublée par un dispositif de piégeage à la trappe d'entrée de la Sphère. Lukos y a disposé deux des mines électroniques qu'il a rapportées de sa mission, et qu'il a perfectionnées. Nul ne peut s'en approcher sans les faire sauter. Pour entrer dans la Sphère, il faut, en arrivant en bas du Puits, se présenter aux hommes qui sont de garde à la sortie de l'ascenseur. Ils téléphonent à l'intérieur où trois médecins et plusieurs infirmiers et techniciens veillent en permanence sur Coban. L'un d'eux abaisse un interrupteur. La lumière rouge clignotante qui signale le piège s'éteint, les mines deviennent inertes comme du plomb. On peut descendre dans la Sphère.

— Coban sait... Pensez-vous que cet homme repré-sente un danger pour l'humanité, ou pensez-vous au contraire qu'il va lui apporter la possibilité de faire de la Terre un nouvel Eden ?

— Moi, l'Eden, hein... on n'y a pas été !... On sait pas si c'était tellement formidable !...

— Et vous, monsieur ?

— Moi, ce type, vous savez, c'est difficile à savoir...

— Et vous, madame ?

— Moi, je trouve que c'est passionnant ! Cet homme et cette femme qui viennent de si loin et qui s'aiment !

— Vous croyez qu'ils s'aiment ?

— Ben, bien sûr !... Elle dit tout le temps son nom !... Balkan ! Balkan !...

— Je crois que vous faites quelques petites confusions,

186

mais en tout cas vous avez raison, c'est très passionnant tout ça !... Et vous, monsieur, est-ce que vous trouvez aussi que c'est passionnant ?

— Moi je peux rien dire, monsieur, je suis étranger...

M. et Mme Vignont, leur fils et leur fille mangent des frites à la confiture à la table en demi-lune devant l'écran. C'est une recette de la cuisine nutritionnelle.

— C'est idiot, des questions comme ça, dit la mère. Quoique, si on y pense...

— Ce type, dit la fille, moi, je le refoutrais au frigo. On se débrouille bien sans lui...

— Oh ! quand même !... dit la mère. On peut pas faire ça.

Sa voix est un peu rauque. Elle pense à un certain détail. Et à son mari qui n'est plus tellement... Des souvenirs lui émeuvent le ventre. Une grande détresse lui fait venir les larmes aux yeux. Elle se mouche.

— J'ai encore attrapé la grippe, je crois...

La fille est en paix, de ce côté-là. Elle a des copains aux Arts Déco qui sont peut-être moins bien balancés que le type, mais sur un certain détail ils le valent presque. Enfin, pas tout à fait... Mais eux, ils sont pas gelés !...

— On peut pas le remettre à la glacière, dit le père, après tout l'argent qu'on a dépensé. Ça représente un investissement.

— Il peut crever ! grogne le fils.

Il n'en dit pas plus. Il pense à Eléa toute nue. Il en rêve la nuit, et quand il ne dort pas, c'est pire.

Eléa, avec indifférence, avait accepté que les savants examinent les deux cercles d'or. Brivaux avait essayé d'y trouver un circuit, des connexions, quelque chose. Rien. Les deux cercles avec leurs plaques temporales fixes et la plaque frontale mobile étaient faits d'un métal plein, sans aucune espèce d'appareillage intérieur ou extérieur.

— Faut pas s'y tromper, dit Brivaux, c'est de l'électronique moléculaire. Ce truc-là est aussi compliqué qu'un émetteur et un récepteur TV. Tout est dans les molécules ! C'est formidable ! A mon idée, comment ça fonctionne ? Comme ça : quand tu te mets le bidule autour de la tête, il reçoit les ondes cérébrales de ton cerveau. Il les transforme en ondes électromagnétiques, qu'il émet. Moi, je coiffe l'autre machin. La plaque baissée, il fonctionne en sens inverse. Il reçoit les ondes électromagnétiques que tu m'as envoyées, il les transforme en ondes cérébrales, et il me les injecte dans le cerveau... Tu comprends ? Moi, à mon avis, on devrait pouvoir brancher ça sur la TV...

— Quoi ?

— C'est pas sorcier... Piéger les ondes au moment où elles sont électromagnétiques, les amplifier, les injecter dans un récepteur TV. Ça donnera sûrement quelque chose. Quoi ? Peut-être de la bouillie... Peut-être une surprise... On va essayer. C'est possible ou pas possible. De toute façon, c'est pas difficile.

Brivaux et son équipe travaillèrent à peine la moitié d'un jour. Puis Goncelin, son assistant, coiffa le casque émetteur. Ce fut à mi-chemin entre la surprise et la bouillie. Des images, mais sans suite ni cohésion, parfois sans formes précises, une construction mentale aussi instable que du sable sec dans des mains d'enfant.

— Il ne faut pas essayer de « penser », dit Eléa. Penser c'est très difficile. Les pensées se font et se défont. Qui les fait, qui les défait ? Pas celui qui pense... Il faut se souvenir. Mémoire. La mémoire seulement. Le cerveau enregistre tout, même si les sens n'y font pas attention. Il faut se souvenir. Rappeler une image précise à un instant précis. Et puis laisser faire, le reste suit...

— On va bien voir ! dit Brivaux. Mets ça sur ta petite tête ! dit-il à Odile, la secrétaire du bureau technique, qui sténotypait les péripéties des essais. Ferme les yeux, et souviens-toi de ton premier baiser.

— Oh ! monsieur Brivaux !

— Eh bien quoi, fais pas l'enfant !

Elle avait quarante-cinq ans et ressemblait à un garde mobile à la veille de la retraite. On l'avait choisie parmi d'autres parce qu'elle avait fait des randonnées. Elle était encore cheftaine. Elle n'avait pas peur du mauvais temps.

— Alors, tu y es ?

— Oui ! monsieur Brivaux !

— Allez ! Ferme les yeux ! Souviens-toi !

Il y eut sur l'écran témoin une explosion rouge. Puis plus rien.

— Court-circuit ! dit Goncelin.

— Trop d'émotion, dit Eléa. Il faut rappeler l'image, mais *s'oublier*... Essayez encore.

Ils essayèrent. Et ils réussirent.

Pour la seconde séance de travail, en plus de Léonova et de Hoover, Brivaux et son assistant Goncelin avaient pris place aux côtés d'Eléa et de Simon.

Brivaux était assis près d'Eléa. Il manipulait un montage compliqué, pas plus grand qu'un cube de margarine et que surmontait un bouquet d'antennes hautes comme le petit doigt et aussi complexes que des antennes d'insectes. Le montage était relié à un pupitre de contrôle placé devant Goncelin. Un câble partait du pupitre vers la cabine de Lanson.

— La troisième guerre a duré une heure, dit Eléa. Puis Enisoraï a eu peur. Nous aussi sans doute. On s'est arrêté. Il y avait 800 millions de morts. Surtout à Enisoraï. La population de Gondawa était moins nombreuse, et bien protégée dans les abris. Mais à la surface de notre continent il ne restait plus rien, et les survivants ne pouvaient pas remonter, à cause des radiations mortelles.

— Des radiations ? Quelles armes avait-on utilisées ?

— Les bombes terrestres.

— Connaissez-vous leur fonctionnement ?

— Non. Coban sait.

— Connaissez-vous leur principe ?

— On les fabriquait avec un métal tiré de la terre et

191

qui brûlait, brisait, et empoisonnait longtemps après le temps de l'explosion.

Voix impersonnelle de la Traductrice :

« J'ai traduit exactement les mots gonda, et cela donne bien "bombe terrestre". Cependant, désormais, je remplacerai ce terme par son équivalent "bombe atomique". »

— Je suis née, dit Eléa, dans la 5ᵉ Profondeur. Je suis montée à la Surface pour la première fois lorsque j'avais sept ans, au lendemain de ma Désignation. Je ne pouvais pas y monter tant que je n'avais pas reçu ma clé.

Hoover :

« Mais enfin, qu'est-ce que cette sacrée clé ? A quoi vous sert-elle ? »

Voix impersonnelle de la Traductrice :

« Je ne peux pas traduire "sacrée clé". Le mot "sacré" pris dans ce sens particulier n'a pas d'équivalent dans le vocabulaire qui m'a été injecté.

— Cette machine est un vrai pion ! dit Hoover.

La main droite d'Eléa reposait sur la table, les doigts allongés. Lanson braqua la caméra 2 sur la main, zoom tiré à fond, et agrandit encore l'image au pupitre. La petite pyramide apparut sur le grand écran, et l'emplit. Elle était en or, et, à cette échelle, on pouvait voir que sa surface était striée et entaillée de sillons minuscules et de creux de formes irrégulières et parfois étranges.

— La clé est la clé de tout, dit Eléa. Elle est établie à la naissance de chacun. Toutes les clés ont la même forme, mais elles sont aussi différentes que les individus. L'agencement intérieur de leurs...

Voix impersonnelle de la Traductrice :

« Le dernier mot prononcé ne figure pas dans le vocabulaire qui m'a été injecté. Mais j'y trouve la même consonne que...

— Foutez-nous la paix ! dit Hoover. Dites ce que vous savez, et, pour le reste, ne nous faites plus...

192

Il se tut, avant de sortir la grossièreté qui lui montait aux lèvres, et termina plus calmement :

— Ne nous faites plus transpirer !

— Je suis une Traductrice, dit la Traductrice, je ne suis pas un hammam.

Toute la salle s'esclaffa. Hoover sourit et se tourna vers Lukos.

— Je vous félicite, votre fille a de l'esprit, mais elle est un peu casse-machins, non ?

— Elle est méticuleuse, c'est son devoir...

Eléa écoutait, sans chercher à comprendre ces plaisanteries de sauvages qui jouent avec les mots comme les enfants avec les cailloux des plages souterraines. Qu'ils rient, qu'ils pleurent, qu'ils s'irritent, tout cela lui était égal. Il lui était égal aussi de continuer quand on l'en pria. Elle expliqua que la clé portait, inscrits dans sa substance, tout le bagage héréditaire de l'individu et ses caractéristiques physiques et mentales. Elle était envoyée à l'ordinateur central qui la classait, et la modifiait tous les six mois, après un nouvel examen de l'enfant. A sept ans, l'individu était définitif, la clé aussi. Alors avait lieu la Désignation.

— La désignation, qu'est-ce que c'est ? demanda Léonova.

— L'ordinateur central possède toutes les clés, de tous les vivants de Gondawa, et aussi des morts qui ont fait les vivants. Celles que nous portons ne sont que des copies. Chaque jour, l'ordinateur compare entre elles les clés de sept ans. Il connaît tout de tous. Il sait ce que je suis, et aussi ce que je serai. Il trouve parmi les garçons ceux qui sont et qui seront ce qu'il me faut, ce qui me manque, ce dont j'ai besoin et ce que je désire. Et parmi ces garçons il trouve celui pour qui je suis et je serai ce qu'il lui faut, ce qui lui manque, ce dont il a besoin et ce qu'il désire. Alors, il nous désigne l'un à l'autre.

« Le garçon et moi, moi et le garçon, nous sommes comme un caillou qui avait été cassé en deux et dispersé parmi tous les cailloux cassés du monde. L'ordinateur a retrouvé les deux moitiés et les rassemble.

— C'est rationnel, dit Léonova.

— Petit commentaire de la petite fourmi, dit Hoover.

— Laissez-la donc continuer !... Qu'est-ce qu'on en fait, de ces deux gosses ?

Eléa, indifférente, recommença de parler sans regarder personne.

— Ils sont élevés ensemble. Dans la famille de l'un, puis de l'autre, puis dans l'une, puis dans l'autre. Ils prennent ensemble les mêmes goûts, les mêmes habitudes. Ils apprennent ensemble à avoir les mêmes joies. Ils connaissent ensemble comment est le monde, comment est la fille, comment est le garçon. Quand vient le moment où les sexes fleurissent, ils les unissent, et le caillou rassemblé se ressoude et ne fait plus qu'un.

— Superbe ! dit Hoover. Et ça réussit tout le temps ? Votre ordinateur ne se trompe jamais ?

— L'ordinateur ne peut pas se tromper. Parfois un garçon ou une fille change, ou se développe de façon imprévue. Alors les deux morceaux du caillou ne sont plus des moitiés, et ils tombent l'un de l'autre.

— Ils se séparent ?

— Oui.

— Et ceux qui restent ensemble sont très heureux ?

— Tout le monde n'est pas capable d'être heureux. Il y a des couples qui, simplement, ne sont pas malheureux. Il y a ceux qui sont heureux et ceux qui sont très heureux. Et il y en a quelques-uns dont la Désignation a été une réussite absolue, et dont l'union semble avoir commencé au commencement de la vie du monde. Pour ceux-là, le mot bonheur ne suffit pas. Ils sont...

La voix impersonnelle de la Traductrice déclara dans toutes les langues qu'elle connaissait :

194

— Il n'y a pas de mot dans votre langue pour traduire le mot qui vient d'être prononcé.

— Vous-même, demanda Hoover, étiez-vous : pas malheureuse, heureuse, très heureuse, ou bien... plus que... machin... inexprimable ?

La voix d'Eléa se figea, devint dure comme du métal.

— Je n'étais pas, dit-elle. NOUS étions...

Les détecteurs immergés au large des côtes de l'Alaska annoncèrent à l'Etat-Major américain que vingt-trois sous-marins atomiques de la flotte polaire russe avaient franchi le détroit de Béring, se dirigeant vers le sud.

Il n'y eut pas de réaction américaine.

Les réseaux d'observation apprirent à l'Etat-Major russe que la septième flottille américaine de satellites stratégiques modifiait son orbite d'attente et l'inclinait vers le sud.

Il n'y eut pas de réaction russe.

Le porte-avions sous-marin européen Neptune I, en croisière le long des côtes d'Afrique occidentale, plongea et mit le cap au sud.

Les ondes chinoises se mirent à hurler, révélant à l'opinion mondiale ces mouvements que tout le monde ignorait encore et dénonçant l'alliance des impérialistes qui voguaient de concert vers le continent antarctique pour y détruire la plus grande espérance de l'humanité.

Alliance, ce n'était pas le mot exact. Entente eût été plus juste. Les gouvernements des pays riches s'étaient mis d'accord, en dehors des Nations unies, pour protéger malgré eux les savants et leur merveilleux et menaçant trésor, contre un raid possible du plus puissant des pays

197

pauvres, dont la population venait de dépasser le milliard. Et même d'un pays moins puissant, moins armé et moins décidé. Même la Suisse, avait dit Rochefoux en plaisantant. Non, bien sûr, pas la Suisse. C'était la nation la plus riche : la paix l'enrichissait, la guerre l'enrichissait, et la menace de guerre ou de paix la rendait riche. Mais n'importe quelle république affamée ou quel tyranneau noir, arabe ou oriental régnant par la force sur la misère, pouvait tenter contre l'EPI un coup de force désespéré, et s'emparer de Coban ou le tuer.

L'entente secrète était descendue jusqu'aux Etats-Majors. Un plan commun avait été dressé. Les escadres marines, sous-marines, aériennes et spatiales se dirigeaient vers le cercle polaire austral pour constituer ensemble, au large du point 612, un bloc défensif et, si c'était nécessaire, offensif.

Les généraux et les amiraux pensaient avec mépris à ces savants ridicules et à leurs petites mitraillettes. Chaque chef d'escadre avait pour instruction de ne laisser, à aucun prix, ce Coban partir chez le voisin. Pour cela, le mieux n'était-il pas d'être là tous ensemble et de surveiller ?

Il y avait d'autres instructions, plus secrètes, qui ne venaient ni des gouvernements, ni des Etats-Majors.

L'énergie universelle, l'énergie qu'on prend partout, qui ne coûte rien, et qui fabrique tout, c'était la ruine des trusts du pétrole, de l'uranium, de toutes les matières premières. C'ÉTAIT LA FIN DES MARCHANDS.

Ces instructions plus secrètes, ce n'étaient pas les chefs d'escadre qui les avaient reçues, mais quelques hommes anonymes, perdus parmi les équipages.

Elles disaient, elles aussi, qu'il ne fallait pas laisser Coban aller chez le voisin.

Elles ajoutaient qu'il ne devait aller nulle part.

— Vous êtes une brute ! dit Simon à Hoover. Abstenez-vous de lui poser des questions personnelles.

— Une question sur son bonheur, je ne pensais pas...

— Si ! Vous pensiez ! dit Léonova. Mais vous aimez faire du mal...

— Voudriez-vous avoir l'obligeance de vous taire ? demanda Simon.

Il se tourna vers Eléa et lui demanda si elle désirait continuer.

— Oui, dit Eléa, avec son indifférence revenue. Je vais vous montrer ma Désignation. Cette cérémonie a lieu une fois par an, dans l'Arbre-et-le-Miroir. Il y a un Arbre-et-le-Miroir dans chaque Profondeur. J'ai été désignée dans la 5e Profondeur, où j'étais née...

Elle prit le cercle d'or posé devant elle, l'éleva au-dessus de sa tête, et le coiffa.

Lanson coupa ses caméras, enclencha le câble du podium, et brancha le canal-son sur la Traductrice.

Eléa, la tête entre les mains, ferma les yeux.

Une vague violette envahit le grand écran, chassée et remplacée par une flamme orange. Une image confuse et illisible essaya d'apparaître. Des ondes la déchirèrent. L'écran devint rouge vif et se mit à palpiter comme un cœur affolé. Eléa ne parvenait pas à éliminer ses émotions. On la vit redresser le buste sans rouvrir les yeux, inspirer profondément et reprendre la position première.

Brusquement, il y eut sur l'écran un couple d'enfants.

On les voyait de dos et de face, dans un immense miroir qui reflétait un arbre. Entre le miroir et l'arbre, et sous l'arbre et dans l'arbre, il y avait une foule. Et devant le miroir, à quelques mètres les uns des autres, chacun debout devant son image, se tenaient une vingtaine de couples d'enfants, torse nu, couronnés et bracelés de fleurs bleues, vêtus d'une courte jupe bleue et chaussés de sandales. Et sur chacun de leurs tendres orteils, et aux lobes de leurs oreilles, était collée, légère et duveteuse, une plume d'oiseau doré.

La fillette du premier plan, la plus belle de toutes, était Eléa, reconnaissable et différente. Différente moins à cause de l'âge que de la paix et de la joie qui illuminaient son visage. Le garçon qui était debout près d'elle la regardait, et elle regardait le garçon. Il était blond comme le blé mûr au soleil. Ses cheveux lisses tombaient droit autour de son visage jusqu'à ses épaules fines où déjà les muscles esquissaient leur galbe enveloppé. Ses yeux noisette regardaient dans le miroir les yeux bleus d'Eléa, et leur souriaient.

Eléa-adulte parla, et la Traductrice traduisit.

— Quand la Désignation est parfaite, au moment où les deux enfants désignés se voient pour la première fois, ils se reconnaissent.

Eléa-enfant regardait le garçon, et le garçon la regardait. Ils étaient heureux et beaux. Ils se reconnaissaient comme s'ils avaient marché toujours à la rencontre l'un de l'autre, sans hâte et sans impatience, avec la certitude de se rencontrer. Le moment de la rencontre était venu, ils étaient l'un avec l'autre et ils se regardaient. Ils se découvraient, ils étaient tranquilles et émerveillés.

Derrière chaque couple d'enfants se tenaient les deux familles. D'autres enfants avec leurs familles attendaient derrière eux. L'arbre avait un tronc brun énorme et court. Ses premières branches touchaient presque le sol et les plus hautes cachaient le plafond s'il y en avait un. Ses feuilles épaisses, d'un vert vif strié de rouge, auraient pu cacher un homme de la tête aux pieds. Un grand nombre d'enfants et d'adultes se reposaient, allongés ou assis sur ses branches, ou sur ses feuilles qui traînaient au sol. Des enfants sautaient d'une branche à l'autre, comme des oiseaux. Les adultes portaient des vêtements de couleurs diverses, les uns entièrement vêtus, d'autres — femmes ou hommes — seulement des hanches aux genoux. Certains et certaines ne portaient qu'une bande souple autour des hanches. Quelques femmes étaient entièrement nues. Aucun homme ne l'était. Les visages n'étaient pas tous beaux, mais tous les corps étaient harmonieux et sains. Tous avaient, à peu de chose près, la même couleur de peau. Il y avait un peu plus de variété dans les cheveux, qui allaient de l'or pur au fauve et au brun doré. Des couples d'adultes se tenaient par la main.

Au bout du miroir apparut un homme vêtu d'une robe rouge qui lui tombait jusqu'aux pieds. Il s'approcha d'un couple d'enfants, sembla se livrer à une courte cérémonie, puis il les renvoya se tenant par la main. Deux autres enfants vinrent les remplacer.

D'autres hommes rouges vinrent du bout du miroir vers d'autres couples d'enfants qui attendaient, et qui s'en furent, quelques instants plus tard, en se tenant par la main.

Un homme rouge arriva du bout du miroir et s'approcha d'Eléa. Elle le regarda dans la glace. Il lui sourit, se plaça derrière elle, consulta une sorte de disque qu'il portait dans la main droite et posa sa main gauche sur l'épaule d'Eléa.

— Ta mère t'a donné le nom d'Eléa, dit-il. Aujourd'hui, tu as été Désignée. Ton nombre est 3-19-07-91. Répète.

— 3-19-07-91, dit Eléa-enfant.

— Tu vas recevoir ta clé. Tends la main devant toi.

Elle tendit la main gauche, ouverte, paume en l'air. L'extrémité de ses doigts vint toucher sur la glace l'extrémité de leur image.

— Dis qui tu es. Dis ton nom et ton nombre.

— Je suis Eléa 3-19-07-91.   L'image de la main dans le miroir palpita et s'ouvrit, découvrant une lumière déjà éteinte et refermée, d'où un objet tomba dans la paume tendue. C'était une bague. Un anneau pour un doigt d'enfant, surmonté d'une pyramide tronquée dont le volume n'excédait pas le tiers de celle portée par Eléa-adulte.

L'homme rouge la prit et la lui passa au majeur de la main droite.

— Ne la quitte plus. Elle grandira avec toi. Grandis avec elle.

Puis il vint se placer derrière le garçon. Eléa regardait l'homme et l'enfant-garçon avec des yeux immenses qui contenaient chacun la moitié de l'aurore. Son visage grave était lumineux de confiance et d'élan. Elle était pareille à la plante nouvelle, gonflée de jeunesse et de vie, qui vient de percer le sol obscur, et tend vers la lumière la confiance parfaite et tendre de sa première feuille, avec la certitude que bientôt, feuille après feuille, elle atteindra le ciel...

L'homme consulta son disque, posa sa main gauche sur l'épaule gauche du garçon et dit :

— Ta mère t'a donné le nom de Païkan...

Une explosion rouge déchira l'image et envahit l'écran, noya le visage d'Eléa-enfant, effaça le ciel de ses yeux, son espoir et sa joie. L'écran s'éteignit. Sur le podium, Eléa venait d'arracher de sa tête le cercle d'or.

— On ne sait toujours pas à quoi sert cette foutue clé, grommela Hoover.

J'ai essayé de t'appeler dans notre monde. Bien que tu aies accepté de collaborer avec nous, et peut-être même à cause de cela, je te voyais un peu plus chaque jour reculer vers le passé, vers un abîme. Il n'y avait pas de passerelle pour franchir le gouffre. Il n'y avait plus rien derrière toi, que la mort.

J'ai fait venir du Cap, pour toi, des cerises et des pêches.

J'ai fait venir un agneau dont notre chef a tiré pour toi des côtelettes accompagnées de quelques feuilles de romaine tendres comme une source. Tu as regardé les côtelettes avec horreur. Tu as dit :

— C'est un morceau coupé dans une bête ?

Je n'avais pas pensé à ça. Jusqu'à ce jour, pour moi, une côtelette n'était qu'une côtelette. J'ai répondu avec un peu de gêne :

— Oui.

Tu as regardé la viande, la salade, les fruits. Tu m'as dit :

— Vous mangez de la bête !... Vous mangez de l'herbe !... Vous mangez de l'arbre !...

J'ai essayé de sourire. J'ai répondu :

— Nous sommes des barbares...

J'ai fait venir des roses.

Tu as cru que cela aussi nous le mangions...

ENTRACTE

AU PROGRAMME

L'ANTARCTIQUE,
OU LES ARCHIVES DE *LA NUIT DES TEMPS*

Dès l'Antiquité, les Grecs imaginent qu'une terre fertile, située à l'opposé du monde connu, le maintient en équilibre et l'empêche de basculer. Ils la nomment *antarktikos* (de *arktos* : *ours* désignant des constellations célestes de l'hémisphère Nord).

Un archipel recouvert de glace

L'Antarctique est un continent isolé de forme presque circulaire, de 14 millions de km², soit 25 fois la France.

Une épaisse couche de glace, *calotte glaciaire* ou *inlandsis*, formée de la neige accumulée au cours des millénaires, couvre 98 % de sa surface. Elle concentre 90 % des réserves en eau douce de la planète ; l'épaisseur moyenne de glace est de 2 000 m, mais atteint 4 500 m près de la Terre Adélie. Seuls les plus hauts sommets émergent alors de l'*inlandsis*.

Les satellites de cartographie permettent de repérer les contours précis du continent : le littoral rocheux est recouvert par la glace terrestre qui parfois descend sur la mer et forme des *plates-formes* flottantes ; l'étendue de la *banquise* (mer gelée) peut varier du simple au double selon les saisons. On a pu mesurer par radar l'épaisseur de la glace : sous la calotte glaciaire, l'Antarctique est en réalité un archipel. Sans glace, l'Ouest serait une série d'îles et l'Est, un continent montagneux avec quelques lacs profonds.

Une histoire de plusieurs centaines de millions d'années

Depuis 1960, on admet la théorie de Wegener : les continents aujourd'hui séparés par d'immenses océans étaient soudés. Outre des similitudes géographiques communes à l'Antarctique, l'Inde, l'Australie, l'Afrique et l'Amérique du Sud, l'étude des fossiles de l'hémisphère Sud prouve l'existence, il y a 200 millions d'années, d'un continent géant : le *Gondwana*.

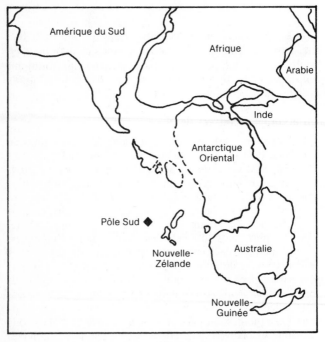

Le Gondwana il y a 120 millions d'années

Au cours d'une période tempérée, des amphibiens et des reptiles y vivaient alors dans des forêts. Sous l'effet d'une intense activité volcanique, la dislocation du Gondwana a commencé il y a environ 120 millions d'années. À la suite d'une lente dérive, l'Antarctique s'est trouvé centré sur le Pôle Sud. Depuis 25 millions d'années, il est isolé et la circulation océanique en a modifié le climat qui est à l'origine de la calotte glaciaire.

Des archives de glace

L'Antarctique a gardé la mémoire des climats : saison après saison, la neige a formé la calotte glaciaire et l'air atmosphérique, piégé entre les flocons, a conservé sa composition chimique de l'époque.

Depuis des millions d'années l'*inlandsis* forme des archives que dépouillent aujourd'hui les savants. Un prélèvement de glace (*carotte*) effectué à 2 200 m de profondeur a permis de connaître des éléments du climat vieux de 170 000 ans. Cette technique rend possibles des pronostics sur l'évolution climatique de la planète.

À la découverte du continent

Si l'idée d'un continent austral s'impose aux Grecs, aucun navigateur n'a pu le localiser. En 1773, l'Anglais Cook franchit le cercle polaire mais ne voit que la banquise. Le Russe von Bellingshausen, aperçoit le continent en 1820. De 1838 à 1843 des expéditions française, américaine, anglaise découvrent chacune un secteur de la côte. En 1840, le Français Dumont d'Urville baptise la Terre Adélie, puis l'Anglais Ross explore la baie qui sera la voie d'accès au Pôle Sud.

La course au Pôle sera marquée par plusieurs expéditions. En 1911, le Norvégien Amundsen atteint le premier le Pôle Sud, il y précède d'un mois l'Anglais Scott qui mourra sur le chemin du retour.

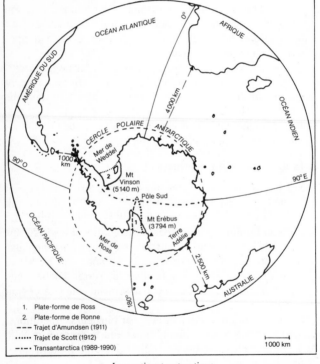

Le continent antarctique

Les raids scientifiques se multiplient. En 1989 l'expédition Transantarctica, réunissant six hommes de nationalités différentes dont le Français J.-L. Etienne, traverse le continent d'Ouest en Est.

Une terre inhumaine

La température moyenne varie de $-60°$ C à $-10°$ C (record : $-88°$ C). Ce froid extrême entraîne la rareté des chutes de neige et une grande sécheresse dans les zones centrales. Les vents les plus violents de la terre y soufflent (322 km/h à la base Dumont d'Urville).

Si les mers australes sont biologiquement les plus riches du monde, le continent est vide. Sur la côte, cohabitent des phoques et plusieurs espèces d'oiseaux marins dont les manchots qui ne volent pas. Seuls humains, un millier de savants de dix-huit nationalités travaillent dans plus de 50 bases de recherche.

Vivre en Antarctique

Le froid intense rend la vie difficile ; les morceaux de banquise qui se détachent, les crevasses, le blizzard imposent aux hommes une vigilance constante.

Tout est importé, des matériaux de construction à la nourriture et les avions cargos atterrissent sur deux pistes. Le traîneau est encore utilisé mais on préfère se déplacer en scooters des neiges ou tracteurs à chenilles.

Une terre qui n'appartient de droit à aucune nation

Le traité de l'Antarctique de 1961, signé à présent par 38 pays, gèle les revendications territoriales et ouvre à tous les savants cette zone démilitarisée. Depuis 1991, toute exploitation minière est interdite pour 50 ans.

À ce jour, l'Antarctique a conservé son statut de continent de la paix et de la science.

RÊVES ET FRISSONS

LA FIN DU MONDE

Dans l'Antiquité déjà...

Depuis la plus haute Antiquité, la fin du monde semble inscrite dans l'inconscient collectif et de nombreux récits la mettent en scène. Ainsi la littérature juive du IIe siècle avant J.-C. au IIe siècle après J.-C. voit-elle fleurir les apocalypses. Écrits dans les moments difficiles que traversent les croyants, ces récits — du grec *apocalypsis*, « révélation » — évoquent le jour proche de la fin des temps où Dieu récompensera les bons et punira les mauvais.

Mais les légendes gardent aussi la mémoire des grands cataclysmes dans lesquels se sont englouties des cités brillantes. Ils sont alors souvent interprétés comme des châtiments divins : ainsi en est-il du Déluge, de la destruction de Sodome et Gomorrhe, de celle de l'Atlantide...

Le mythe de l'Atlantide prend naissance dans deux œuvres de Platon, le *Timée* et le *Critias*, au milieu du IVe siècle avant J.-C. Le philosophe rapporte le récit qu'aurait fait un vieux prêtre égyptien au législateur athénien Solon. En voici les grandes lignes : 9 000 ans plus tôt, Athènes dut affronter un royaume fondé par Poséidon, l'Atlantide, dont les ambitions hégémoniques menaçaient la Grèce entière. Dans la lutte qui s'engage, Athènes a le dessus mais un cataclysme engloutit tous les combattants et l'Atlantide elle-même, quelque part dans l'océan qui porte son nom.

Depuis ce récit, l'encre a beaucoup coulé et l'imagination beaucoup voyagé, situant l'Atlantide au Groenland, au Sahara, sous les eaux méditerranéennes ou atlantiques, voire en d'autres points du globe. Peut-être faut-il voir dans ce récit une réminiscence de la catastrophe qui mit fin à la civilisation minoenne vers 1500 avant J.-C., engloutissant une partie de l'île de Santorin. Mais ne s'agit-il pas plutôt d'une fiction de Platon renvoyant à l'Athènes impérialiste contemporaine ?

Tandis que le *Timée* relate brièvement l'histoire de l'Atlantide, le *Critias* conte en détail toutes les merveilles de l'île fabuleuse. Mais ce récit est inachevé ; la fin de l'Atlantide ne figure que dans le *Timée*. Laurence Camiglieri (*Contes et légendes des cités disparues*, Nathan, 1979 ; voir extraits ci-dessous) a largement puisé à ces deux sources pour raconter, à sa manière, l'histoire du continent disparu. Mais on ne saurait trop conseiller au lecteur curieux d'aller interroger Platon lui-même, puis de lire le plus célèbre roman engendré par le mythe, *L'Atlantide* de Pierre Benoit (1918).

> « Les dieux, au jour du partage du monde, avaient donné l'Atlantide à Poséidon, dieu de la Mer (...) Poséidon vécut heureux avec Clito dont il eut dix fils. L'aîné fut Atlas. Atlas devint le roi de l'île que tout naturellement il nomma « Atlantide » ; de même il nomma « Atlantique » la mer qui l'entourait.
>
> (...) Si Poséidon, avec Clito, avait vécu retiré dans cette île enchanteresse où la mer luisait à travers les arbres et où les oiseaux piaillaient avec animation, ses fils et leurs descendants, dont l'aîné était toujours le roi, engagèrent quantité d'hommes à peupler leurs domaines. Rien ne fut plus facile : l'Atlantide regorgeait de richesses à tel point qu'on n'en avait jamais vu de semblables en si grande abondance et qu'on n'en verra jamais plus. L'air était lourd du parfum de milliers de fleurs et plein du doux murmure des insectes. On y trouvait des lacs remplis de poissons, des prairies capables de nourrir quantité de bêtes sauvages et domestiques, des forêts épaisses

où couraient le gibier et même de nombreux éléphants, le plus vorace des animaux. Les métaux durs et malléables, l'or, s'offraient à la satisfaction des intéressés, surtout celui dont nous ne connaissons que le nom, ce métal mystérieux « l'orichalque », aux reflets de feu. On l'extrayait de la terre en maints endroits de l'île. Aussi les rois atlantes n'eurent pas de mal à faire recouvrir d'airain l'enceinte extérieure de l'île, de plaques d'étain l'enceinte intérieure et enfin d'orichalque les hautes murailles du temple qui flamboyaient au soleil.

Dans ce temple qui avait en son aspect quelque chose de barbare, de singulières cérémonies se déroulaient. Tous les ans, les Atlantes venus des dix provinces de l'empire offraient au dieu Poséidon les prémices des fruits de la terre.

Cependant, entre les mains des dix rois, le gouvernement de l'Atlantide devint peu à peu un instrument moins bien réglé (...). Leurs vertus s'affaiblirent alors qu'ils se mariaient avec les filles des hommes.

(...) L'ordre semblait encore régner quand, un jour, les descendants de Poséidon, par orgueil et par cupidité, voulurent enlever à leurs voisins leurs terres et leur souveraineté. Pour cela, ils leur déclarèrent la guerre.

Ce fut alors que Zeus, voyant se dépraver ainsi une race si noble, s'en montra tellement fâché qu'il voulut la punir. Il convoqua donc le conseil des dieux dans l'Olympe et celui-ci, après délibération, décida de faire disparaître l'île Atlantide, coupable de trop d'orgueil et de trop d'ambition pour subsister.

Un vent impétueux fut déclenché, que suivit de près un tremblement de terre. Un déluge d'eau acheva de tout anéantir. »

... et quand l'homme rivalise avec Dieu

Depuis la fin du XIXe siècle, et plus encore après l'explosion de la bombe atomique à Hiroshima, le thème de la guerre envahit la science-fiction — terme qui remplace, dès les années 1920, celui d'anticipation — et rejoint celui de la fin du monde. L'humanité semble alors irrémédiablement séparée en deux blocs destinés à s'affronter jusqu'à ce que mort s'ensuive. De victime qu'il était de cataclysmes naturels plus ou moins ressentis comme envoyés par les dieux, l'homme devient agent de sa destruction et menace jusqu'à l'existence de sa propre espèce, voire de la planète. C'est en cela qu'il rivalise avec Dieu puisque les avancées de la science préhistorique lui permettent de nier la création divine, au moment où les découvertes scientifiques et leurs applications technologiques, considérables depuis la fin du XIXᵉ siècle, lui confèrent le pouvoir de la détruire.

Amenée ou non par une guerre dévastatrice, la fin du monde est le thème « dramatiquement le plus fort de toute la science-fiction, et même de toute la littérature, et même de n'importe quelle expression artistique, parce qu'il met en scène notre mort individuelle à tous, mise en abîme de notre mort en tant qu'espèce » (Jean-Pierre Andrevon).

On pourra lire quelques *Histoires de fins du monde* dans le recueil homonyme paru au Livre de poche (1977, nᵒ 3767).

Sauver l'espèce de la destruction totale

Le mythe sumérien du Déluge, repris par les récits bibliques et grecs, trouve peut-être son origine dans l'inondation catastrophique de la Mésopotamie attestée par les fouilles effectuées à Ur, en Chaldée. Quand bien même il ne s'agirait que d'un déluge local, et non du Déluge qui aurait noyé la terre entière, il nous importe que Dieu ait eu le souci de sauver sa Création devant l'imminence de la catastrophe. Car nous reconnaissons là le modèle de la démarche qui conduit à mettre à l'abri, pour une régénération future, Eléa et Coban, les héros de notre roman.

> « Alors Dieu dit à Noé : La fin de toute chair est arrêtée devant moi ; car ils ont rempli la terre de violence ; voici, je vais les détruire avec la terre.
>
> Fais-toi une arche de bois de gopher ; tu disposeras cette arche en cellules, et tu l'enduiras de poix en dedans et en dehors. Voici comment tu la feras : l'arche aura trois cents coudées de longueur, cinquante coudées de largeur et trente coudées de hauteur. Tu feras à l'arche une fenêtre, que tu réduiras à une coudée en haut ; tu établiras une porte sur le côté de l'arche ; et tu construiras un étage inférieur, un second et un troisième. Et moi, je vais faire venir le déluge d'eaux sur la terre, pour détruire toute chair ayant souffle de vie sous le ciel ; tout ce qui est sur la terre périra. Mais j'établis mon alliance avec toi ; tu entreras dans l'arche, toi et tes fils, ta femme et les femmes de tes

fils avec toi. De tout ce qui vit, de toute chair, tu feras entrer dans l'arche deux de chaque espèce, pour les conserver en vie avec toi : il y aura un mâle et une femelle.

(...) Et toi, prends de tous les aliments que l'on mange, et fais-en une provision auprès de toi, afin qu'ils te servent de nourriture ainsi qu'à eux.

C'est ce que fit Noé. » (*Genèse*, 6, 13-22.)

Comme le Déluge biblique, la fin du monde, en science-fiction, est souvent prétexte à recommencement. Survivants, nouveaux Adam et Ève, il s'agit, désormais, de remplacer un monde devenu un désert. Comme le montre, par exemple, le recueil *Histoires de survivants* (Le Livre de poche, 1983, n° 3776).

À LA CONQUÊTE DU TEMPS QUI PASSE

L'hibernation pour voyager dans le temps

Innombrables sont les nouvelles et romans de science-fiction qui nous invitent à voyager dans le temps. Innombrables aussi les machines ou procédés qui le permettent. C'est bien ce rôle que joue ici l'hibernation. Ce moyen présente-t-il le défaut d'être à sens unique (on ne peut que « s'arrêter » tandis que le temps continue d'avancer) ? Barjavel y remédie en situant l'avenir possible de l'humanité dans un passé très lointain. Finie la linéarité : puisque l'histoire se répète, le temps est circulaire et peu importe qu'on y circule dans un sens ou dans l'autre.

La méthode employée est particulièrement séduisante car les progrès de la cryogénie semblent la mettre à portée de main. Toutefois une mise au point s'impose : congeler un homme ou un animal et le ramener à la vie relève encore de la pure fiction. Cependant la médecine, il est vrai, utilise la technique de la congélation pour la conservation de cellules vivantes : c'est ainsi qu'aujourd'hui on congèle couramment le sperme, ce qui permet de devenir père longtemps après sa mort. Un beau sujet pour un roman de science-fiction !

Le rêve d'une hibernation possible a déjà inspiré un certain nombre d'œuvres d'anticipation ou de science-fiction. Thème principal — mais par le procédé de la dessiccation — de *L'Homme à l'oreille cassée* de E. About (1862), il illustre le désir de l'homme d'allonger la durée de sa vie pour « savoir la suite », quitte à y ménager des parenthèses pour éviter un « creux » ou une épreuve. C'est aussi le thème de « Petite discussion avec une momie » (1845) dans les *Nouvelles Histoires extraordinaires* d'Edgar Poe[1]. Versions pseudo-scientifiques de « La Belle au bois dormant » en somme. Dans *Le Dernier Gladiateur* (Richard Ben Sapir, trad. M. et J. Lederer, Alta, 1980), la congélation, accidentelle, permet à un gladiateur romain de continuer sa vie au XXe siècle, et aux personnages et lecteurs d'effectuer un voyage dans l'Antiquité romaine.

Enfin, signalons que l'hibernation peut être, comme dans *2001, l'odyssée de l'espace* (A.C. Clarke, 1968, trad. J'ai lu, n° 349), un moyen de résoudre le problème du temps nécessaire pour traverser les espaces intersidéraux.

L'amour plus fort que la mort

Si l'hibernation permet le télescopage de deux époques, très éloignées ici, et un jeu sur le temps, voire une réflexion sur le progrès, elle met aussi en valeur, dans *La Nuit des temps*, le thème central du roman, à savoir un amour fou que ne peut détruire la mort. La première mort d'Eléa et de Païkan a duré 900 000 ans. À leur réveil, leur amour est intact.

Dès l'Antiquité, l'histoire de Philémon et Baucis, racontée par Ovide dans les *Métamorphoses* (VIII, 611 sq.), illustre la victoire de l'amour sur la mort. Voici la fin de ce récit repris par Laurence Camiglieri (*op. cit.*). On y retrouve les thèmes

1. Disponibles chez le même éditeur, dans la collection « Lire et voir les classiques », n° 6050.

déjà mentionnés de la ville engloutie par punition divine et du couple sauvé.

> « Assis contre un olivier, ils laissaient leurs regards s'étendre par-dessus la vallée qu'ils croyaient bien connaître.
> C'était là qu'ils étaient nés et qu'ils avaient toujours vécu. Et voilà qu'il leur semblait la voir pour la première fois. Plus trace de la petite ville dont ils cherchaient vainement à distinguer les mille maisons, mais un immense lac aux eaux claires qui en avait pris la place.
> Comprenant que la ville gisait sous ces eaux, Philémon et Baucis, dans leur stupéfaction, ne trouvèrent d'abord que des mots de compassion pour leurs anciens voisins ; puis ils remercièrent les dieux de leur avoir sauvé la vie.
> Ce fut alors qu'un nouveau prodige les éblouit : leur vieille cabane apparut à leurs yeux, puis se transforma sur la montagne en un temple au toit doré et aux portes ornées de ciselures.
> Jupiter leur demanda :
> — Vous vous êtes montrés généreux et hospitaliers sans savoir que c'étaient des dieux que vous receviez. De plus, vous formez un couple exemplaire. Dites-moi ce que vous désirez, je vous l'accorderai...
> Plus ému qu'il ne voulait le paraître, Philémon, après avoir regardé Baucis, répondit :
> — Être les gardiens de ce temple, voilà ce que nous aimerions.
> Jupiter s'inclina. Et ils furent exaucés.
> Quand de nombreuses années eurent passé, au cours desquelles ils allèrent souvent se recueillir au bord du nouveau lac, ils se couvrirent de feuilles : Philémon devint un chêne et Baucis un tilleul. Leurs racines et leurs rameaux étaient étroitement mêlés. »

Mais plus connue, sans doute, est la légende celtique de *Tristan et Iseut* qui a inspiré nombre de poètes au Moyen Âge. Nous en donnons ci-dessous un extrait, dans la version d'un clerc inconnu du XVe siècle (éditions (Presses) Pocket, n° 1796).

Tristan et Iseut la Blonde ont bu par erreur un philtre magique destiné au roi Marc et à sa future épouse. Les voilà donc unis d'un amour éternel, mais interdit car Iseut la Blonde devient l'épouse du roi Marc. Quant à Tristan, il épouse Iseut aux Blanches Mains. Le temps passe. Tristan est blessé et il envoie chercher Iseut la Blonde qui seule pourrait le guérir. Si le bateau la ramène, ses voiles seront blanches. Mais sa femme surprend son secret.

XIV

« Alors Tristan perd connaissance. Un cri s'élève dans la demeure et voici venir sa méchante femme, qui lui apporte la mauvaise nouvelle, disant :

"Hé Dieu ! je viens du port, et j'ai vu une nef qui semble venir de bien loin, et je crois que nous l'aurons ce soir ici."

Quand Tristan entendit que sa femme parlait d'une nef, il ouvrit les yeux, se retourna à grand-peine, murmurant :

— Pour Dieu, belle sœur, dites-moi comment est la voile de cette nef ?

— Par ma foi, fait-elle, elle est plus noire que mûre.

Hélas, pourquoi le dit-elle ? car pour cela les Bretons doivent bien la haïr !

Mais quand Tristan a entendu qu'Iseut, sa mie, ne venait pas, il s'est retourné de l'autre côté, disant : "Ah ! douce amie je vous recommande à Dieu, car jamais vous ne me verrez plus, et moi jamais je ne vous verrai plus. Adieu ! je m'en vais et vous salue." Alors il fait mea culpa et se recommande à Dieu. Et le cœur lui crève, et son âme s'en va. »

Sur la mer, Iseut la Blonde apprend la mort de Tristan.

« Quand Iseut voit le corps de Tristan, son ami, étendu devant elle, elle fait sortir tout le monde de la chambre et se laisse pâmée choir sur le corps. Et quand elle revient de pâmoison, elle lui tâte le pouls et la veine : mais c'est bien en vain puisque l'âme était déjà partie. Alors elle dit :

"Doux ami Tristan, combien dure fut la séparation de vous et de moi ! J'étais venue pour vous guérir. Or j'ai perdu mon temps et ma peine, et je vous ai perdu. Et certes, puisque vous êtes mort, je ne veux plus vivre après vous. Comme l'amour a été entre vous et moi pour la vie, il doit l'être à la mort."

Iseut le serre dans ses bras, contre son sein, aussi fort qu'elle le peut, se pâme sur le corps, jette un soupir ; et son cœur s'arrête, et son âme s'en va.

Ainsi moururent les deux amants Tristan et Iseut. »

Alors le roi Marc commanda de faire porter les corps en la chapelle, qu'ils y fussent enterrés très richement, comme il appartient à si haute race. Le roi fait préparer deux cercueils, un de calcédoine et l'autre de béryl. Tristan fut mis en calcédoine et Iseut en béryl, et ils furent enterrés, à pleurs et à larmes, l'un à côté de l'autre, dans la chapelle.

Et de la tombe de Tristan sortait une belle ronce, verte et feuillue, qui montait par-dessus la chapelle ; le bout de la ronce retombait sur la tombe d'Iseut et entrait dedans. Ce que virent bien les gens du pays qui le rapportèrent au roi Marc. Le roi la fit couper par trois fois ; le lendemain, elle était aussi belle et en tel état qu'auparavant.

Ce miracle était sur Tristan et sur Iseut.

L'Antiquité, le Moyen Âge, le xxᵉ siècle... le thème de l'amour éternel paraît lui aussi éternel. Barjavel en le transposant dans l'univers de la science-fiction s'inscrit dans une longue lignée. Si ces histoires vous ont plu, vous en reconnaîtrez la trame dans la littérature (*Antoine et Cléopâtre, Roméo et Juliette*) et le cinéma (*L'Éternel Retour, Les Visiteurs du soir*). La liste est longue des amours célèbres.

La clé était la clé de tout, avait dit Eléa.

Les savants et les journalistes entassés dans la Salle des Conférences purent s'en rendre compte au cours des séances suivantes. Eléa, devenue peu à peu maîtresse de ses émotions, put leur raconter et leur montrer sa vie et celle de Païkan, la vie d'un couple d'enfants devenant un couple d'adultes et prenant sa place dans la société.

Après la guerre d'une heure, le peuple de Gondawa était resté enterré. Les abris avaient démontré leur efficacité. Malgré le traité de Lampa, personne n'osait croire que la guerre ne recommencerait jamais. La sagesse conseillait de rester à l'abri et d'y vivre. La surface était dévastée. Il fallait tout reconstruire. La sagesse conseillait de reconstruire à l'abri.

Le sous-sol fut creusé davantage en profondeur et en étendue. Son aménagement engloba les cavernes naturelles, les lacs et les fleuves souterrains. L'utilisation de l'énergie universelle permettait de disposer d'une puissance sans limite et qui pouvait prendre toutes les formes. On l'utilisa pour recréer sous le sol une végétation plus riche et plus belle que celle qui avait été détruite au-dessus. Dans une lumière pareille à la lumière du jour, les villes enfouies devinrent des bouquets, des buissons, des forêts. Des espèces nouvelles furent créées, poussant à une vitesse qui rendait visible le développement d'une plante ou d'un arbre. Des machines molles et silencieuses se déplaçaient vers le bas et vers toutes les directions, faisant disparaître devant elles la terre, et le roc. Elles rampaient au sol, aux voûtes et aux murs, les laissant derrière elles polis et plus durs que l'acier.

La surface n'était plus qu'un couvercle, mais on en tira parti. Chaque parcelle restée intacte fut sauvegardée, soignée, aménagée en centre de loisirs. Là, c'était un morceau de forêt qu'on repeuplait d'animaux ; ailleurs, un cours d'eau aux rives préservées, une vallée, une plage sur l'océan. On y construisit des bâtiments pour y jouer et s'y risquer à la vie extérieure que la nouvelle génération considérait comme une aventure.

Au-dessous, la vie s'ordonnait et se développait dans la raison et la joie. Les usines silencieuses et sans déchets fabriquaient tout ce dont les hommes avaient besoin. La clé était la base du système de distribution.

Chaque vivant de Gondawa recevait chaque année une partie égale de crédit, calculée d'après la production totale des usines silencieuses. Ce crédit était inscrit à son compte géré par l'ordinateur central. Il était largement suffisant pour lui permettre de vivre et de profiter de tout ce que la société pouvait lui offrir. Chaque fois qu'un Gonda désirait quelque chose de nouveau, des vêtements, un voyage, des objets, il payait avec sa clé. Il pliait le majeur, enfonçait sa clé dans un emplacement prévu à cet effet et son compte, à l'ordinateur central, était aussitôt diminué de la valeur de la marchandise ou du service demandés.

Certains citoyens, d'une qualité exceptionnelle, tel Coban, directeur de l'Université, recevaient un crédit supplémentaire. Mais il ne leur servait pratiquement à rien, un très petit nombre de Gondas parvenant à épuiser leur crédit annuel. Pour éviter l'accumulation des possibilités de paiement entre les mêmes mains, ce qui restait des crédits était automatiquement annulé à la fin de chaque année. Il n'y avait pas de pauvres, il n'y avait pas de riches, il n'y avait que des citoyens qui pouvaient obtenir tous les biens qu'ils désiraient. Le système de la clé permettait de distribuer la richesse nationale en respectant à la fois l'égalité des droits des Gondas, et l'inégalité de leurs natures, chacun dépensant son crédit selon ses goûts et ses besoins.

Une fois construites et mises en marche, les usines fonctionnaient sans main-d'œuvre et avec leur propre cerveau. Elles ne dispensaient pas les hommes de tout travail, car si elles assuraient la production, il restait à accomplir les tâches de la main et de l'intelligence. Chaque Gonda devait au travail la moitié d'une journée tous les cinq jours, ce temps pouvant être réparti par fragments. Il pouvait, s'il le désirait, travailler davantage. Il pouvait, s'il voulait, travailler moins ou pas du tout. Le travail n'était pas rétribué. Celui qui choisissait de moins travailler voyait son crédit diminué d'autant. A celui qui choisissait de ne pas travailler du tout, il restait de quoi subsister et s'offrir un minimum de superflu.

Les usines étaient posées au fond des villes, dans leur plus grande profondeur. Elles étaient assemblées, accolées, connectées entre elles. Chaque usine était une partie de toute l'usine qui se ramifiait sans cesse en nouvelles usines bourgeonnantes, et résorbait celles qui ne lui donnaient plus satisfaction.

Les objets que fabriquaient les usines n'étaient pas des produits d'assemblage, mais de synthèse. La matière première était la même partout : l'Energie universelle. La fabrication d'un objet à l'intérieur d'une machine immobile ressemblait à la création, à l'intérieur d'une femme, de l'organisme incroyablement complexe d'un enfant, à partir de ce PRESQUE RIEN qu'est un ovule fécondé. Mais, dans les machines, il n'y avait pas de PRESQUE, il n'y avait que le RIEN. Et à partir de ce rien montait vers la ville souterraine, en un flot multiple, divers et ininterrompu, tout ce qui était nécessaire aux besoins et aux joies de la vie. Ce qui n'existe pas existe.

La clé avait un autre usage, aussi important : elle empêchait la fécondation. Pour concevoir un enfant, l'homme et la femme devaient ôter leur bague. Si l'un d'eux la gardait, la fécondation restait impossible. L'enfant ne pouvait naître que voulu par les deux.

A partir du grand jour de la Désignation, où il la recevait, un gonda ne quittait jamais sa bague. Et tout au long de ses jours elle lui procurait tout ce dont il avait besoin, tout ce qu'il désirait. Elle était la clé de sa vie, et, quand sa vie se terminait, sa bague restait à son doigt au moment où on le glissait dans la machine immobile qui rendait les morts à l'énergie universelle. Ce qui n'existe pas existe.

Aussi, l'instant où deux époux ôtaient leur bague avant de se joindre pour faire un enfant était-il baigné d'une émotion exceptionnelle. Ils se sentaient plus que nus, comme s'ils avaient ôté en même temps que la bague le cuir de leur peau. Des pieds à la tête, ils se touchaient au vif et au sang. Ils entraient en communion totale. Il pénétrait en elle et elle fondait en lui. Pour leurs deux corps l'espace devenait le même. L'enfant était conçu dans une unique joie.

La clé suffisait à maintenir la population de Gondawa à

un niveau constant. Enisoraï n'avait pas la clé, et n'en voulait pas. Enisoraï pullulait. Enisoraï connaissait l'équation de Zoran et savait utiliser l'énergie universelle, mais s'en servait pour la prolifération et non pour l'équilibre. Gondawa s'organisait, Enisoraï se multipliait. Gondawa était un lac, Enisoraï un fleuve. Gondawa était la sagesse, Enisoraï la puissance. Cette puissance ne pouvait faire autrement que s'épanouir et s'exercer au-delà d'elle-même. C'étaient les engins d'Enisoraï qui s'étaient posés les premiers sur la Lune. Gondawa avait suivi aussitôt, pour ne pas se laisser submerger. Pour des raisons balistiques, la face Est de la Lune convenait parfaitement au départ des engins d'exploration vers le système solaire. Enisoraï y construisit une base, Gondawa aussi. La troisième guerre s'alluma en ce lieu, d'un incident entre les garnisons des deux bases. Enisoraï voulait être seule sur la Lune.

La peur mit fin à la guerre. Le traité de Lampa divisa la Lune en trois zones, une gonda, une énisor et une internationale. Celle-ci était à l'est. Les deux nations s'étaient mises d'accord pour y construire ensemble une base de départ commune.

Les autres peuples n'avaient pas de morceau de Lune. Les autres peuples s'en moquaient. Ils recevaient d'Enisoraï ou de Gondawa des promesses de protection et des machines immobiles qui pourvoyaient à leurs besoins. Les plus habiles recevaient des deux côtés. Ils avaient reçu aussi, des deux côtés, beaucoup de bombes pendant la troisième guerre. Mais moins que Gondawa et beaucoup moins qu'Enisoraï.

Enisoraï avait une population trop nombreuse pour être mise à l'abri. Mais sa fécondité, en une génération, avait remplacé les morts.

Par le traité de Lampa, Enisoraï et Gondawa s'étaient engagées à ne plus jamais utiliser les « bombes terrestres ». Celles qui restaient furent envoyées dans l'espace, en orbite autour du Soleil. Les deux grandes nations avaient pris en outre l'engagement de ne pas fabriquer d'arme qui dépassât en force destructrice celle qui venait d'être mise hors-la-loi.

Mais une formidable puissance d'expansion gonflait Enisoraï. Enisoraï se mit à fabriquer des armes individuelles utilisant l'énergie universelle. Chacune de ces armes avait une force de choc limitée, mais rien ne pourrait résister à leur multitude. Et chaque jour accroissait le nombre des armées. Le fleuve impétueux de la vie en expansion emplissait de nouveau son lit, prêt à déborder.

Alors le Conseil Directeur de Gondawa décida de sacrifier la ville du milieu, Gonda I. Elle fut évacuée et résorbée et, dans son emplacement souterrain, les machines se mirent au travail. Et le Conseil Directeur de Gondawa fit savoir au Conseil de Gouvernement d'Enisoraï que, si une nouvelle guerre éclatait, ce serait LA DERNIÈRE.

Ainsi, séance après séance, par les souvenirs directs d'Eléa projetés sur l'écran, et par les multiples questions qu'ils lui posaient, les savants de l'EPI apprenaient-ils à connaître ce monde disparu, qui avait résolu certains des problèmes qui préoccupent tant le nôtre, mais qui semblait entraîné comme lui de façon inéluctable vers des affrontements que pourtant rien de raisonnable ne justifiait, et que tout pouvait permettre d'empêcher.

Très vite, il était apparu qu'on ne pouvait pas livrer aux TV publiques les souvenirs d'Eléa en direct. Il était nécessaire de faire un choix, parmi les images qu'elle projetait, car elle évoquait sans la moindre gêne les moments les plus intimes de sa vie avec Païkan. D'une part, elle associait à la beauté de Païkan et à la sienne, et à leur union, la fierté et la joie — et non la honte ; d'autre part, elle semblait de plus en plus rappeler ses souvenirs

211

pour elle-même, sans se soucier de l'assistance qui en scrutait tous les détails. Les hommes d'aujourd'hui étaient d'ailleurs si différents d'elle, si arriérés, si bizarres dans leurs pensées et leur comportement, qu'ils lui paraissaient presque aussi lointains, aussi « absents » que des animaux ou des objets.

Elle évoquait les moments les plus importants de son existence, les plus heureux, les plus dramatiques, pour les revivre une seconde fois. Elle se livrait interminablement à sa mémoire, comme à une drogue de résurrection, et seules parfois les ondes écarlates de l'émotion parvenaient à l'y arracher. Et les savants découvrirent peu à peu, autour d'elle et de Païkan, le monde fabuleux de Gondawa.

Sur son cheval blanc aux longs poils, mince comme un lévrier, Eléa galopait vers la Forêt Epargnée. Elle fuyait devant Païkan, elle fuyait en riant pour avoir le bonheur de se laisser rattraper.

Païkan avait choisi un cheval bleu parce que ses yeux avaient la couleur de ceux d'Eléa. Il galopait juste derrière elle, il la rattrapait peu à peu, il faisait durer la joie. Son cheval tendit ses naseaux bleus vers la longue queue blanche qui flottait dans le vent de la course. L'extrémité des longs poils soyeux pénétra dans les narines délicates. Le cheval bleu secoua sa longue tête, gagna encore un peu de terrain, mordit à pleine bouche la flamme de poils blancs, et tira de côté.

Le cheval blanc sauta, hennit, bondit, rua. Eléa le tenait aux poils des épaules et le serrait de ses cuisses robustes. Elle riait, elle sautait, dansait avec lui...

Païkan caressa le cheval bleu et lui fit lâcher prise. Ils entrèrent au pas dans la forêt, le blanc et le bleu, côte à côte, calmés, malins, se regardant d'un œil. Leurs cavaliers se tenaient par la main. Les arbres immenses, rescapés de la troisième guerre, dressaient en énormes colonnes leurs troncs cuirassés d'écailles brunes. Au départ du sol, ils semblaient hésiter, essayaient une légère courbe paresseuse, mais ce n'était qu'un élan pour se lancer vertigineusement dans un assaut vertical et absurde vers la lumière que leurs propres feuilles repoussaient. Très haut, leurs palmes entrelacées tissaient un plafond que le vent brassait sans arrêt, y perçant des trous de soleil aussitôt rebouchés, avec un bruit lointain de foule en marche. Les fougères rampantes couvraient le sol d'un tapis rêche. Les biches ocellées le grattaient du sabot pour en découvrir les feuilles les plus tendres qu'elles soulevaient du bout des lèvres et arrachaient d'une brusque torsion du cou. L'air chaud sentait la résine et le champignon.

Eléa et Païkan arrivèrent au bord du lac. Ils se laissèrent glisser à bas de leurs chevaux. Ceux-ci regagnèrent la forêt au galop, en se poursuivant comme des écoliers. Il y avait peu de monde sur la plage. Une énorme tortue exténuée, fêlée, usée sur tous les bords, traînait sa lourde masse dans le sable, un enfant nu assis sur son dos.

Au loin, sur l'autre rive, que la guerre avait ravagée, s'ouvrait le grand orifice de la Bouche. On voyait s'en élever ou y descendre des gerbes de bulles de toutes couleurs. C'étaient les engins de déplacement à courte ou longue distance qui sortaient de Gonda 7 par les cheminées de départ, ou y retournaient. Quelques-uns passaient à basse altitude au-dessus du lac, avec un bruit de soie caressée.

Eléa et Païkan se dirigeaient vers les ascenseurs qui perçaient le sable, à l'extrémité de la plage, comme les pointes d'un carré d'asperges géantes.

— Attention ! dit une voix énorme.

Elle venait, semblait-il, en même temps de la forêt, du lac et du ciel.

— Attention, écoutez ! Tous les vivants de Gondawa recevront à partir de demain, par la voie du courrier, l'arme G et la Graine Noire. Des séances d'entraînement à l'arme G auront lieu dans tous les centres de loisirs de la Surface et des Profondeurs. Les vivants qui n'y assisteront pas verront leur compte débité d'un centième par jour à partir du onzième jour de convocation. Ecoutez, c'est terminé.

— Ils sont fous, dit Eléa.

L'arme G, c'était pour tuer, la Graine, c'était pour mourir.

Ni Eléa, ni Païkan n'avaient envie de tuer, ni de mourir.

Après avoir fait les mêmes études, ils avaient choisi le même métier, celui d'Ingénieur du Temps, afin de vivre à la Surface. Ils habitaient une Tour du Temps, au-dessus de Gonda 7.

Pour rentrer chez eux, ils auraient pu appeler un engin. Ils préférèrent rentrer par la ville. Ils choisirent un ascenseur pour deux dont le cône vert luisait doucement au-dessus du sable. Ils enfoncèrent chacun leur clé dans la plaque de commande, et l'ascenseur s'ouvrit comme un fruit mûr. Ils pénétrèrent dans sa tiédeur rose. Le cône disparut dans le sol qui se referma au-dessus de lui. Ils en sortirent à la première Profondeur de Gonda 7. Ils se servirent de nouveau de leur clé pour ouvrir les portes transparentes d'un accès à la 12e avenue. C'était une voie de transport. Ses multiples pistes de gazon fleuri se déplaçaient à une vitesse croissante de l'extérieur vers le milieu. Des arbres bas servaient de sièges, et tendaient l'appui de leurs branches aux voyageurs qui préféraient rester debout. Des vols d'oiseaux jaunes, pareils à des mouettes, luttaient de vitesse avec la piste centrale, en sifflant de plaisir.

Eléa et Païkan sortirent de l'Avenue au Carrefour du Lac et prirent le sentier qui conduisait à l'ascenseur de leur Tour. Un ruisseau issu du carrefour courait le long du sentier.

Des petits mammifères blonds, au ventre blanc, pas plus gros que des chats de trois mois, musardaient dans l'herbe ou se cachaient derrière des touffes pour guetter les poissons. Ils avaient une courte queue plate et une poche ventrale d'où sortait parfois une petite tête aux yeux doux et malicieux, qui grignotait une arête. En soufflant, ss-ss-ss-ss, ils vinrent jouer entre les pieds d'Eléa et de Païkan. Vifs, ils se dégageaient quand le bord d'une sandale était sur le point de leur pincer une patte ou la queue.

Gonda 7 souterraine avait été creusée sous les ruines de Gonda 7 de surface. De la ville ancienne ne demeuraient plus que de gigantesques éboulis au-dessus desquels la Tour du Temps se dressait comme une fleur au milieu des cailloux.

Au sommet de sa longue tige s'épanouissaient les pétales de la terrasse circulaire, avec ses arbres, ses pelouses, sa piscine, et son bras d'accostage tendu à l'abri du vent qui, en cet endroit, soufflait de l'ouest.

Cerné par la terrasse, l'appartement s'ouvrait sur elle de toutes parts. Des demi-cloisons courbes, plus ou moins hautes, interrompues, le divisaient en pièces rondes, ovoïdes, irrégulières, intimes et cependant non séparées. Au-dessus de l'appartement, la coupole-observatoire couronnait la Tour d'une calotte transparente à peine fumée de bleu.

L'ascenseur aboutissait dans la pièce du centre, près de la fontaine basse.

En entrant, Eléa ouvrit d'un geste toutes les glaces. L'appartement ne fit plus qu'un avec la terrasse, et la brise légère du soir le visita. Des algues multicolores se balançaient dans les courants tièdes de la piscine. Eléa jeta ses vêtements et se laissa glisser dans l'eau. Une multitude de poissons-aiguilles, noirs et rouges, vinrent lui piqueter la peau, puis, l'ayant reconnue, disparurent en un frisson.

216

Dans la coupole, Païkan s'assura d'un coup d'œil que tout allait bien. Il n'y avait pas d'appareillage compliqué, c'était la coupole elle-même qui était l'instrument, obéissant aux gestes et aux contacts des mains de Païkan, et travaillant sans lui quand il le lui ordonnait.

Tout allait bien, le ciel était bleu, la coupole ronronnait doucement. Païkan se dévêtit et rejoignit Eléa dans la piscine. En le voyant arriver, elle rit et plongea. Il la retrouva derrière les voiles irisées d'un poisson-rideau nonchalant qui les regardait d'un œil rond, corail.

Païkan leva les bras et se laissa glisser derrière elle. Elle s'appuya à lui, assise, flottante, légère. Il la serra contre son ventre, prit son élan vers le haut et son désir dressé la pénétra. Ils reparurent à la surface comme un seul corps. Il était derrière elle et il était en elle, elle était blottie et appuyée contre lui, il la pressait d'un bras contre sa poitrine, il la coucha avec lui sur le côté et du bras gauche se mit à tirer sur l'eau. Chaque traction le poussait en elle, les poussait tous les deux vers la grève de sable. Eléa était passive comme une épave chaude. Ils arrivèrent au bord et se posèrent, à demi hors de l'eau. Elle sentit son épaule et sa hanche s'enfoncer dans le sable. Elle sentait Païkan au-dedans et au-dehors de son corps. Il la tenait cernée, enfermée, assiégée, il était entré comme le conquérant souhaité devant lequel s'ouvrent la porte extérieure et les portes profondes. Et il parcourait lentement, doucement, longuement, tous ses secrets.

Sous sa joue et son oreille, elle sentait l'eau tiède et le sable descendre et monter, descendre et monter. L'eau venait caresser le coin de sa bouche entrouverte. Les poissons-aiguilles frissonnaient le long de sa cuisse immergée.

Dans le ciel où la nuit commençait, quelques étoiles s'allumaient. Païkan ne bougeait presque plus. Il était en elle un arbre lisse, dur, palpitant et doux, un arbre de chair, bien-aimé, toujours là, revenu plus fort, plus doux, plus chaud, soudain brûlant, immense, embrasé, rouge, brûlant dans son ventre entier, toute la chair et les os enflammés jusqu'au ciel. Elle étreignit de ses mains les mains fermées autour de ses seins et gémit longuement dans la nuit qui venait.

Une immense paix remplaça la lumière. Elle se retrouva autour de Païkan. Il était toujours en elle, dur et doux. Elle se reposa sur lui comme un oiseau qui s'endort. Très lentement, très doucement, il commença à lui préparer une nouvelle joie.

Ils dormaient sur l'herbe de leur chambre, aussi fine et douce que le poil du ventre d'une chatte. Une couverture blanche, à peine posée sur eux, sans poids, tiède, adaptait sa forme et sa température aux besoins de leur quiétude. Eléa s'éveilla un instant, chercha la main ouverte de Païkan et y blottit son petit poing fermé. La main de Païkan se referma sur lui. Eléa soupira de bonheur et se rendormit.

Le hurlement des hurleurs d'alerte les jeta debout, effarés.

— Qu'est-ce que c'est ? Ce n'est pas possible ! dit Eléa.

Païkan enfonça sa clé dans la plaque d'image. Devant eux, le mur s'alluma et se creusa. Le visage familier de l'annonceur aux cheveux rouges y apparut.

— ...lerte générale. Un satellite non immatriculé se dirige vers Gondawa sans répondre aux demandes d'identification... Il va pénétrer dans l'espace territorial. S'il continue de ne pas répondre, notre dispositif de défense va entrer en action. Tous les vivants se trouvant en dehors doivent regagner immédiatement les villes. Eteignez toutes vos lumières. Nos émissions de surface sont suspendues. Ecoutez, c'est terminé.

L'image dans le mur s'aplatit, vint se coller à la surface et s'éteignit.

— Il faut descendre ? demanda Eléa.

— Non. Viens...

Il prit la couverture, et enveloppa Eléa et l'entraîna vers la terrasse. Ils se glissèrent entre les feuilles basses du palmier de soie et vinrent s'appuyer à la haute rampe de bord.

Le ciel était foncé, sans lune. Les étoiles innombrables y brillaient d'un éclat parfait. Les bulles lumineuses des engins en vol, multicolores, paraissant plus ou moins grosses selon leur altitude, modifiaient leur route et semblaient aspirées par un courant qui les emportait toutes dans la même direction, celle de la Bouche.

Au sol, l'alerte avait réveillé les habitants des maisons de loisir amarrées dans la plaine, ou parmi les ruines, aux bornes d'eau et de service. Leurs coques translucides posaient sur la nuit la lumière de leurs formes : poisson d'or, fleur bleue, œuf rouge, fuseau vert, sphère, étoile, polyèdre, goutte...

Quelques-unes étaient en train de s'envoler et de prendre le chemin de la Bouche. Les autres s'éteignirent rapidement. Un serpent blanc restait allumé éclairant une muraille déchirée.

— Qu'est-ce qu'ils attendent ceux-là, pour éteindre ? murmura Eléa.

— De toute façon, c'est inutile... Si c'est une arme offensive, elle a bien d'autres moyens de trouver son objectif.

— Tu crois que c'en est une ?

— Seule, c'est improbable...

Devant eux, tout à coup, un trait lumineux monta de l'horizon. Puis deux, puis trois, quatre.

— Ils tirent !... dit Païkan.

Ils regardaient tous les deux vers le ciel où plus rien

n'apparaissait que l'indifférence des étoiles au fond de l'infini. Eléa frissonna, ouvrit la couverture et serra Païkan contre elle. Il y eut, très haut, brusquement, une nouvelle étoile, géante, qui se déchira et s'épanouit en un rideau lent de lumière rose, ionisée.

— Et voilà !... Ils ne pouvaient pas le manquer...

— Que penses-tu que c'était ?

— Je ne sais pas... Reconnaissance, peut-être... Ou bien simplement un malheureux cargo dont les répondeurs étaient en panne... En tout cas, c'était, et ce n'est plus.

Les hurleurs les firent de nouveau sursauter. On ne s'habitue pas à ce bruit horrible. Ils annonçaient la fin de l'alerte. Les maisons de loisirs se rallumèrent les unes après les autres. Au loin, un vol d'engins s'éleva de la Bouche comme une gerbe d'étincelles.

Dans le mur de la chambre, l'image renaquit et creusa le mur. Eléa et Païkan désiraient avoir des nouvelles, mais, après cette intrusion de l'absurdité et de l'horreur dans la douceur de la nuit, celle-ci leur paraissait si fragile, si précieuse, qu'ils ne voulaient plus la quitter. Païkan enfonça sa clé dans une plaque de la rampe. L'image quitta le mur de la chambre et sortit. Païkan la dirigea en tournant la plaque mobile, et l'installa dans le feuillage du palmier de soie. Il s'assit dans l'herbe, le dos à la rampe, Eléa serrée contre lui. La brise d'ouest, à peine fraîche, tournait autour de la Tour et venait baigner leur visage. Les feuilles de soie frissonnaient et flottaient dans le vent léger. L'image était lumineuse et stable dans ses trois dimensions et dans ses couleurs, l'annonceur aux cheveux rouges parlait avec gravité, mais on n'entendait pas un seul des mots qu'il prononçait. Un cube noir naquit au fond de l'image, envahit tout le faisceau récepteur, et effaça l'annonceur. Le visage nerveux d'un homme, très jeune, apparut dans le cube. Ses yeux marron brûlaient de passion, ses cheveux plats, presque noirs, ne tombaient pas plus bas que ses oreilles.

— Un étudiant ! dit Eléa[1].

Il parlait avec véhémence.

— ... la Paix ! Gardez-nous la Paix ! Rien ne justifie la guerre ! Jamais ! Mais jamais elle ne serait plus atroce et plus absurde qu'aujourd'hui, au moment où les hommes sont sur le point de gagner la bataille contre la mort ! Allons-nous nous massacrer pour les prés fleuris de la Lune ? Pour les troupeaux de Mars et leurs bergers noirs ? Absurde ! Absurde ! Il y a d'autres chemins vers les étoiles ! Laissez les Enisors grignoter l'espace ! Ils ne mangeront pas tout ! Laissez-les se battre contre l'infini ! Nous menons ici une bataille bien plus importante ! Pourquoi le Conseil Directeur vous laisse-t-il dans l'ignorance des travaux de Coban ? Je vous le dis, au nom de ceux qui depuis des années travaillent à ses côtés : il a gagné ! C'est fait ! Dans le laboratoire 17 de l'Université, sous la cloche 42, une mouche vit depuis 545 jours ! Son temps normal de vie est de quarante jours ! Elle vit, elle est jeune, elle est superbe ! Il y a un an et demi, elle a bu la première goutte expérimentale du sérum universel de Coban ! Laissez travailler Coban ! Son sérum est au point ! Les machines vont bientôt pouvoir le fabriquer. Vous ne vieillirez plus ! La mort sera infiniment lointaine ! Sauf si on vous tue ! Sauf s'il y a la guerre ! Exigez du Conseil Directeur qu'il refuse la guerre ! Qu'il déclare la Paix à Enisoraï ! Qu'il laisse travailler Coban ! Qu'il...

1. L'auteur tient à préciser que cette histoire, a été composée dans son ensemble pendant l'été 1966. Déjà, la révolte des étudiants y figurait. Sa rédaction définitive a été terminée le 10 mars 1968. Depuis ce jour, rien n'a été rajouté ni retranché. Les épisodes auxquels participent les étudiants, la conception de l'Université indépendante n'ont donc pas été inspirés par les événements de mai 1968, mais leur sont antérieurs.

En un clin d'œil, son image se réduisit à la taille d'une noisette, et disparut. L'homme aux cheveux rouges fut d'abord à sa place un fantôme transparent, puis une image solide.

— ... excuser cette émission pirate...

Le cube noir l'absorba d'un bloc, révélant de nouveau le garçon véhément.

— ... bombés en orbite lointaine, mais ils ont inventé pire ! Le Conseil Directeur peut-il nous dire quelle arme monstrueuse occupe l'emplacement de Gonda I ? Les Enisors sont des hommes comme nous ! Que restera-t-il de nos espoirs et de nos vies, si cette...

Le cube redevint noir, s'aplatit en deux dimensions et le buste de l'annonceur reprit sa place.

— ... président du Conseil Directeur vous parle.

Le président Lokan apparut. Son visage maigre était grave et triste. Ses cheveux blancs tombaient jusqu'à ses épaules dont la gauche était nue. Sa bouche fine, ses yeux d'un bleu très clair firent un effort pour sourire tandis qu'il prononçait des paroles rassurantes. Oui, il y avait eu des incidents sur la zone internationale de la Lune, oui, les dispositifs de défense du Continent avaient détruit un satellite suspect, oui, le Conseil Directeur avait dû prendre des mesures, mais rien de tout cela n'était vraiment grave. Personne ne tenait plus à la paix que les hommes qui avaient pour tâche de diriger les destinées de Gondawa. Tout serait fait pour la préserver.

« Coban est mon ami, presque mon fils. Je suis au courant de ses travaux. Le Conseil attend le résultat de ses expériences sur l'homme pour ordonner, si elles sont positives, la constitution de la machine qui fabriquera le sérum universel. C'est une immense espérance, mais elle ne doit pas nous détourner de notre vigilance. Quant à ce qui occupe l'emplacement de Gonda 1, Enisoraï le sait, et je vous dirai seulement ceci : c'est une arme si terrifiante, que son existence seule doit nous garantir la paix.

Païkan posa la main sur la plaque de commande, et l'image s'éteignit. Le jour se levait. Un oiseau qui ressemblait à un merle, mais dont le plumage était bleu et la queue frisée, se mit à siffler du haut de l'arbre de soie. De tous les arbres de la terrasse et de ses buissons de fleurs, des oiseaux de toutes les couleurs lui répondirent. Pour eux, il n'y avait pas d'angoisse, ni dans le jour, ni dans la nuit. Il n'y avait pas de chasseurs en Gondawa.

Les prés fleuris de la Lune... Les troupeaux de Mars et leurs bergers noirs...

Les savants de l'EPI demandèrent des explications. Eléa était allée sur la Lune, en voyage d'agrément avec Païkan. Elle put la leur montrer. Ils virent les « prés fleuris », et les forêts d'arbres légers, fragiles, aux minces troncs interminables, s'épanouissant en épis ou en touffes qui les faisaient ressembler à d'immenses graminées.

Ils virent Eléa et Païkan, descendus du vaisseau qui les avait amenés avec d'autres voyageurs, se jouer comme des enfants de la faible pesanteur. Ils prenaient leur élan en quelques pas de géant, sautaient ensemble en se tenant par la main, franchissaient les rivières d'un seul bond léger, s'élevaient au sommet des collines ou au-dessus des arbres, se posaient sur leurs épis couverts de grains de pollen gros comme des oranges, s'ébrouaient pour les faire s'envoler en images multicolores, se laissaient retomber en une chute de flocons.

Tous les voyageurs faisaient pareil, et le vaisseau semblait avoir débarqué une cargaison de papillons fugaces qui s'éloignaient de lui dans toutes les directions, se posant par-ci, par-là, dans la campagne verte, sous le ciel d'un bleu profond.

Malgré le peu d'effort qu'ils nécessitaient, ces jeux cessaient très vite, car l'air raréfié amenait l'essoufflement. Les voyageurs apaisaient leur cœur en s'asseyant au bord des ruisseaux ou en marchant vers l'horizon qui paraissait toujours si proche, si facile à atteindre, et qui fuyait comme tout horizon qui se respecte. Mais sa proximité et sa courbure visible procuraient aux promeneurs une sensation que les dimensions de la Terre ne leur permettaient pas d'éprouver : la sensation à la fois excitante et effrayante de marcher sur une boule perdue dans l'infini.

Les savants ne virent nulle part, dans ces images, la trace d'aucun cratère, ni grand, ni petit...

Eléa ne connaissait pas Mars, où ne s'étaient posés jusqu'alors que des vaisseaux d'explorateurs ou de militaires. Mais elle avait vu des « bergers noirs ». Et elle en avait reconnu un, ici même, à l'EPI !

La première fois qu'elle avait rencontré Shanga l'Africain, elle avait manifesté sa surprise, et elle l'avait désigné par des mots dont la Traductrice avait donné l'interprétation suivante : « le berger venu de la 9ᵉ Planète ». Il fallut un long dialogue pour comprendre, d'abord, l'habitude gonda de compter les planètes non à partir du Soleil, mais à partir de l'extérieur du système solaire. Ensuite, que ledit système ne comprenait pas pour eux 9 planètes mais 12, soit 3 planètes au-delà de la maléfique et déjà si lointaine Pluton.

Cette nouvelle jeta les astronomes du monde entier dans des abîmes de calculs, de vaines observations, et de discussions aigres. Que ces planètes existassent ou non, la 9ᵉ, en tout cas dans l'esprit d'Eléa, était bien Mars. Elle affirma qu'elle était habitée par une race d'hommes à la peau noire, dont les vaisseaux gondas et énisors avaient ramené quelques familles. Avant cela, il n'existait sur Terre aucun homme de couleur noire.

Shanga fut bouleversé, et avec lui tous les Noirs du monde, qui connurent rapidement la nouvelle. Race infortunée, son errance n'avait donc pas commencé avec les marchands d'esclaves ! Déjà, au fond des temps, les ancêtres des malheureux arrachés à l'Afrique avaient eux-mêmes été arrachés à leur patrie du ciel. Quand donc s'achèveraient leurs malheurs ? Les Noirs américains se rassemblaient dans les églises et chantaient : « Seigneur, fais cesser mes tribulations ! Seigneur, ramène-moi dans ma patrie céleste. » Une nouvelle nostalgie naissait dans le grand cœur collectif de la race noire.

Après s'être nourris et baignés, Eléa et Païkan montèrent par la petite rampe intérieure dans la Coupole de travail. Au-dessus de la tablette horizontale en demi-cercle qui courait le long de la paroi transparente, des faisceaux d'ondes montraient des images de nuages divers, en évolution. L'un d'eux inquiéta Païkan. Après consultation d'Eléa, il appela le Central du Temps. Une image nouvelle s'alluma au-dessus de la tablette. C'était le visage de son chef de service, Mikan. Il semblait fatigué. Ses longs cheveux gris étaient ternes, et ses yeux rouges. Il salua.

— Vous étiez chez vous, cette nuit ?

— Oui.

— Vous avez vu ça ?... Ça rappelle de bien tristes souvenirs ! Il est vrai que vous n'étiez pas nés, ni l'un ni l'autre. On ne peut quand même pas les laisser faire, ces salauds ! Pourquoi m'avez-vous appelé ? Quelque chose ?

— Une turbulence. Regardez...

Païkan ouvrit trois doigts et fit un geste. Une image disparut, envoyée au Central du Temps.

— Je vois... dit Mikan. Je n'aime pas ça... Si on la laisse faire, elle va mélanger tout notre dispositif. Quelles possibilités avez-vous dans ce secteur ?

— Je peux la dériver, ou l'effacer.

— Allez-y, effacez, effacez, je n'aime pas ça du tout...

L'image de Mikan disparut. La Tour du Temps de Gonda 7 et toutes les autres semblables maintenaient au-dessus du continent un réseau de conditions météorologiques contrôlées dont le but était de reconstituer le climat bouleversé par la guerre, pour permettre à la végétation de renaître.

Un système automatique assurait le maintien des conditions prévues. Il était rare que Païkan ou Eléa eussent à intervenir. En leur absence, une autre Tour eût fait le nécessaire pour détruire dans l'œuf ce petit cyclone perturbateur.

Une maison de loisir en forme de cône bleu pâle dériva à la hauteur de la Coupole et alla se poser près de l'autoroute brisée dont les douze pistes arrachées s'épanouissaient en un bouquet brandi vers le ciel. On n'avait pas réparé les autoroutes. Les usines ne fabriquaient plus de véhicules roulants ou rampants. Les transports enterrés, pistes, avenues ou ascenseurs, étaient tous collectifs, et ceux de surface tous aériens. Ils pouvaient survoler le sol à quelques centimètres ou à des altitudes considérables, à n'importe quelle vitesse et se poser n'importe où.

Les couples de la génération d'après guerre qui utilisaient les maisons de loisir ne profitaient guère de leurs possibilités. Ils n'osaient pas plus s'aventurer loin des Bouches que de jeunes marsupiaux loin de la poche maternelle. C'est pourquoi on voyait de telles concentrations de maisons mobiles aux abords ou même au milieu des ruines des villes anciennes, qui recouvraient généralement les villes souterraines. Les Gondas plus âgés, qui gardaient le souvenir de la vie extérieure, parcouraient le continent en tous sens, à la recherche des lambeaux de la surface encore vivants, et retournaient s'enterrer avec la

230

vision d'horreur des espaces vitrifiés, et le déchirant regret du monde disparu.

Eléa regarda si le courrier était arrivé. La boîte transparente contenait deux armes G avec leur ceinture et deux sphères minuscules qui devaient contenir chacune une Graine Noire. Il y avait en outre trois plaquettes-courrier dont deux de couleur rouge — la couleur des communications officielles.

Eléa ouvrit la boîte avec sa clé, prit avec répugnance les armes et les Graines, et les posa sur une table.

— Tu viens écouter le courrier ? dit-elle à Païkan.

Celui-ci laissa la Coupole continuer seule le travail et s'approcha.

Il prit les plaques rouges en fronçant les sourcils. Une portait son nom et le sceau du ministère de la Défense, l'autre le nom d'Eléa et le sceau de l'Université.

— Qu'est-ce que c'est que ça ? dit-il.

Mais Eléa avait déjà introduit dans la fente du lecteur la plaquette verte sur laquelle elle avait reconnu le portrait de sa mère. Le visage de cette dernière se matérialisa au-dessus du plateau lecteur. C'était un visage à peine plus âgé que celui d'Eléa et qui lui ressemblait beaucoup, avec quelque chose de plus futile.

— Ecoute, Eléa, dit-elle, j'espère que tu vas bien, moi aussi. Je pars pour Gonda 41, je suis sans nouvelles de ton frère. Il a été mobilisé en pleine nuit pour conduire un convoi de troupes vers la Lune, et il n'a plus donné signe de vie depuis huit jours. Bien sûr, tout ça c'est des histoires militaires. Ils ne peuvent pas déplacer une fourmi sans faire un mystère de mammouth. Mais Anéa est toute seule avec son bébé, et elle s'inquiète. Ils auraient bien pu attendre encore un peu avant d'ôter leurs clés ! Il y a à peine dix ans qu'ils ont été désignés. Tâchez de ne pas faire comme eux, vous avez bien le temps, ce n'est guère le moment de faire des enfants ! Enfin, c'est comme ça, on n'y peut rien, j'y vais. Je vous donnerai des nouvelles. Occupe-toi un peu de ton père, il ne peut pas m'accompagner, il est mobilisé à son travail. Je crois que le Conseil et les militaires sont tous fous ! Enfin, c'est comme ça, on n'y peut rien, va le voir et fais attention à ce qu'il mange, quand il est seul il touche la mange-machine n'importe comment, il ne fait attention à rien, c'est un enfant. Ecoute, Eléa, c'est terminé.

— Forkan mobilisé ! Ton père aussi ! Ce n'est pas croyable ! Qu'est-ce qu'ils préparent ?

Nerveusement, Païkan enfonça une des plaquettes rouges dans le lecteur. L'emblème de la Défense apparut au-dessus du plateau : un hérisson en boule, dont les piquants lançaient des flammes.

— Ecoutez, Païkan, dit une voix indifférente...

C'était un ordre de mobilisation sur place, à son travail.

La deuxième plaque rouge introduite dans le lecteur matérialisa au-dessus du plateau l'emblème de l'Université, qui n'était autre que le signe de l'équation de Zoran.

— Ecoutez, Eléa, dit une voix grave, je suis Coban !

— Coban !

Son visage apparut à la place de l'équation de Zoran. Tous les vivants de Gondawa le connaissaient. C'était l'homme le plus célèbre du Continent. Il avait donné à ses compatriotes le Sérum 3 qui les rendait réfractaires à toutes les maladies, et le Sérum 7, qui leur permettait de récupérer si vite leurs forces après quelque effort que ce fût, que l'équivalent du mot fatigue était en train de disparaître de la langue gonda.

Dans son visage mince aux joues creuses, ses grands yeux noirs brillaient de la flamme de l'amour universel. Cet homme ne pensait qu'aux autres hommes, et, au-delà des hommes, à la Vie elle-même, à ses merveilles, et à ses horreurs contre lesquelles il luttait en permanence, de toutes ses forces. Il portait ses cheveux noirs coupés court, à hauteur des oreilles. Il avait trente-deux ans. Il paraissait aussi jeune que ses étudiants, qui le vénéraient et copiaient sa coupe de cheveux.

— Ecoutez, Eléa, dit-il, je suis Coban. J'ai tenu à vous informer personnellement que, sur ma demande, vous êtes affectée, en cas de mobilisation totale, à un poste spécial à l'Université, près de moi. Je ne vous connais pas et je désire vous connaître. Je vous prie de vous rendre au laboratoire 51, le plus tôt possible. Donnez votre nom et votre nombre, on vous introduira aussitôt auprès de moi. Ecoutez, Eléa, je vous attends.

Eléa et Païkan se regardèrent sans comprendre. Il y avait dans ce message deux éléments contradictoires : « ... Vous êtes affectée sur ma demande » et « je ne vous connais pas... » Il y avait surtout la menace d'être mobilisés à des postes éloignés l'un de l'autre. Ils ne s'étaient jamais séparés depuis leur Désignation. Ils ne pouvaient pas envisager de l'être. Cela leur paraissait inimaginable.

— J'irai avec toi voir Coban, dit Païkan. S'il a vraiment besoin de toi, je lui demanderai de me prendre aussi. A la Tour, n'importe qui peut me remplacer.

C'était simple, c'était possible si Coban le voulait. L'Université était la première puissance de l'Etat. Aucun pouvoir administratif ou militaire n'avait le pas sur elle. Elle possédait son budget autonome, sa garde indépendante, ses propres émetteurs et ne devait de comptes à personne. Quant à Coban, bien qu'il n'occupât aucun poste politique, le Conseil Directeur de Gondawa ne prenait aucune décision grave sans le consulter. Et s'il avait besoin d'Eléa, Païkan, qui avait reçu exactement la même éducation et les mêmes connaissances, pouvait aussi lui être utile.

De toute façon, rien ne pressait, l'idée même de la guerre était une monstruosité absurde, il ne fallait pas se laisser gagner par l'énervement officiel. Tous ces bureaucrates enfermés dans leurs palais souterrains n'avaient plus le sens des réalités.

— Ils devraient monter un peu plus souvent voir tout ça... dit Eléa.

Le soleil du matin éclairait le chaos des ruines dominé à l'ouest par la masse énorme du stadium renversé et cassé. A l'est, l'autoroute tordue s'enfonçait dans la plaine aux reflets de verre, sur laquelle pas un brin d'herbe n'avait réussi à repousser.

Païkan mit son bras autour des épaules d'Eléa et l'attira contre lui.

— Allons dans la forêt, dit-il.

Il enfonça sa clé dans la plaque de communication, appela le parking de la Profondeur 1 et demanda un taxi. Quelques minutes plus tard, une bulle transparente venait se poser sur le bras d'accostage. En passant devant la table, Païkan prit les deux armes et leurs ceintures.

Il revint sur ses pas pour informer le Central du Temps de son absence et dire où il allait. Il ne pouvait plus s'absenter sans prévenir, il était mobilisé.

— Noticed ? They're all left handed[1] !... dit Hoover.

Il parlait à voix basse à Léonova, en cachant son micro de sa main. Léonova comprenait très bien l'anglais.

C'était vrai. Cela lui crevait les yeux maintenant que Hoover le lui avait dit. Elle s'en voulait de ne pas s'en être aperçue toute seule. Tous les Gondas étaient gauchers. Les armes trouvées dans le socle d'Eléa, et dans celui de Coban qui s'était ouvert à son tour, étaient en forme de gants pour la main gauche. Et l'image du grand écran, en ce moment même, montrait Eléa et Païkan en train de s'entraîner parmi d'autres Gondas au maniement d'armes semblables. Tous tiraient de la main gauche, sur des cibles de métal, de formes diverses, qui surgissaient brusquement du sol et qui résonnaient sous l'impact des coups d'énergie. C'était un exercice d'adresse, mais surtout de contrôle. Selon la pression exercée par les trois doigts repliés, l'arme G pouvait courber un brin d'herbe ou pulvériser un rocher, broyer un adversaire ou seulement l'assommer.

Une cible ovale se dressa soudain à dix pas devant Païkan. Elle était bleue, ce qui signifiait qu'il fallait tirer

1. Vous avez remarqué ? Ils sont tous gauchers ?

avec le minimum de puissance. En un éclair, Païkan enfonça sa main gauche dans l'arme fixée à sa ceinture par une plaque magnétique, l'arracha, leva le bras et tira. La cible soupira comme une corde de harpe effleurée, et s'escamota.

Païkan se mit à rire. Il s'était réconcilié avec l'arme. Cet exercice était un jeu agréable.

Une cible rouge lui fut proposée presque aussitôt, en même temps qu'une verte se dressait à la gauche d'Eléa. Eléa tira en effectuant un quart de tour. Païkan, surpris, eut juste le temps de tirer avant que les cibles ne s'effacent. La rouge résonna comme un tonnerre, la verte comme une cloche. De toutes parts les cibles surgissaient du terrain et recevaient des coups violents, des chiquenaudes ou des caresses. La clairière chantait comme un énorme xylophone sous les marteaux d'un fou.

Un engin de l'Université survola la clairière, fit un peu de sur-place et vint se poser doucement derrière les tireurs. C'était un engin rapide. Il ressemblait à un fer de lance surmonté d'une coque transparente frappée de l'équation de Zoran.

Deux gardes universitaires en sortirent, en pectoral et jupe verts, l'arme G sur le côté gauche du ventre, une grenade S sur la hanche droite, le masque nasal en collier. Ils portaient la coiffure de guerre, les cheveux tressés en arrière, retenus par une épingle magnétique contre le casque conique aux larges bords. Ils allèrent d'un groupe à l'autre, interrogeant les tireurs qui les regardaient avec étonnement et inquiétude : ils n'avaient jamais vu de gardes verts si bien armés.

Les deux gardes cherchaient quelqu'un. Quand ils furent près d'Eléa. « Nous cherchons Eléa 3-19-07-91 », dirent-ils. Ils étaient passés à la Tour et, la trouvant vide, s'étaient renseignés au Central du Temps. Coban voulait voir Eléa sans délai.

— Je vais avec elle, dit Païkan.

Les gardes n'avaient pas la consigne de s'y opposer. L'engin franchit le lac comme une flèche jusqu'à la Bouche, et se laissa tomber à la verticale dans la cheminée verte de l'Université. Il ralentit au débouché du plafond du Parking, s'approcha du sol au-dessus de la piste centrale, prit une piste de desserte et se présenta devant la porte des laboratoires qui s'ouvrit, et se referma derrière lui.

Les rues et les bâtiments de l'Université tranchaient par leur simplicité sur l'exubérance végétale du reste de la ville. Ici, les murs étaient nus, les voûtes sans une fleur, ou une feuille. Pas un ornement sur les portes trapézoïdales, pas le moindre ruisseau dans le sol de la rue blanche où l'engin poursuivait sa course, pas un oiseau en l'air, pas une biche surprise au tournant, pas un papillon, un lapin blanc. C'était la sévérité de la connaissance abstraite. Les pistes de transport avaient des sièges fabriqués et des rampes métalliques.

Eléa et Païkan furent saisis par l'activité anormale qui régnait dans la rue au-dessous d'eux. Des gardes verts en tenue de guerre, cheveux tressés et casque en tête, se déplaçaient à pleines pistes, sans s'étonner de voir passer au-dessus de leurs têtes cet engin auquel la rue, normalement, était interdite. Des signaux de couleur palpitaient au-dessus des portes, des appels de noms et de numéros retentissaient, des laborantins en robe saumon se hâtaient dans les couloirs, leurs longs cheveux enveloppés dans des mantilles hermétiques. Ce n'était pas le quartier des Etudes, mais celui des Travaux et Recherches. Aucun étudiant ne traînait par là ses pieds nus et ses cheveux courts.

L'engin se posa sur une pointe d'un carrefour en étoile. Un des gardes conduisit Eléa au labo 51. Païkan suivit.

Ils furent introduits dans une pièce vide au milieu de

laquelle un homme en robe saumon, debout, attendait. L'équation de Zoran, timbrée en rouge sur le côté droit de sa poitrine le désignait comme chef-labo.

— Vous êtes Eléa ? demanda-t-il.

— Je suis Eléa.

— Et vous ?

— Je suis Païkan.

— Qui est Païkan ?

— Je suis à Eléa, dit Païkan.

— Je suis à Païkan, dit Eléa.

L'homme réfléchit un instant.

— Païkan n'est pas convoqué, dit-il. Coban veut voir Eléa.

— Je veux voir Coban, dit Païkan.

— Je vais lui faire savoir que vous êtes là. Vous allez attendre.

— J'accompagne Eléa, dit Païkan.

— Je suis à Païkan, dit Eléa.

Il y eut un silence, puis l'homme reprit :

— Je vais prévenir Coban... Avant de le voir, Eléa doit passer le test général. Voici la cabine...

Il ouvrit une porte translucide. Eléa reconnut la cabine standard dans laquelle tous les vivants de Gondawa s'enfermaient au moins une fois l'an pour connaître leur évolution physiologique et modifier, le cas échéant, leur activité et leur nourriture.

— Est-ce nécessaire ? dit-elle.

— C'est nécessaire.

Elle entra dans la cabine et prit place sur le siège.

La porte se referma, les instruments s'allumèrent autour d'elle, des éclairs de couleurs jaillirent devant son visage, les analyseurs ronronnèrent, le synthétiseur claqua. C'était terminé. Elle se leva et poussa la porte. La porte resta fermée. Surprise, elle poussa plus fort, sans résultat.

Elle appela, inquiète :

— Païkan !

De l'autre côté de la porte, Païkan cria :

— Eléa !

Elle essayait encore d'ouvrir, elle devinait qu'il y avait dans cette porte fermée quelque chose de terrible. Elle cria :

— Païkan ! La porte !

Il se lança. Elle vit sa silhouette s'écraser contre le panneau translucide. La cabine fut ébranlée, des instruments brisés tombèrent au sol, mais la porte ne céda pas.

Dans le dos d'Eléa, la cloison de la cabine s'ouvrit.

— Venez, Eléa, dit la voix de Coban.

Deux femmes étaient assises devant Coban. L'une était Eléa. L'autre, brune, très belle, plus ronde de formes, plus opulente. Eléa était l'équilibre dans la mesure parfaite, l'autre était le déséquilibre qui donne l'élan vers la richesse. Pendant qu'Eléa protestait, réclamait Païkan, exigeait de le rejoindre, l'autre s'était tue, la regardant avec calme et sympathie.

— Attendez, Eléa, dit Coban, attendez de savoir.

Il portait la sévère robe saumon des laborantins, mais l'équation de Zoran, sur sa poitrine, était imprimée en blanc. Il marchait de long en large, pieds nus comme un étudiant, entre ses tables-pupitres et le mur à alvéoles qui contenait plusieurs dizaines de milliers de bobines de lecture.

Eléa se tut, trop positive pour s'entêter dans un effort inutile. Elle écouta.

— Vous ne savez pas, dit Coban, ce qui occupe l'emplacement de Gonda 1. Je vais vous le dire. C'est l'Arme Solaire. Malgré mes protestations, le Conseil est décidé à l'utiliser si Esinoraï nous attaque. Et Esinoraï est décidé à nous attaquer pour détruire l'Arme Solaire avant que nous l'utilisions. Étant donné sa complexité et l'énormité de ses dimensions, il faudra presque une demi-journée entre le déclenchement du processus de départ et le moment où l'Arme sortira de son logement. C'est pendant cette demi-journée que se jouera le sort du monde. Car si l'Arme s'envole et frappe, ce sera comme si le Soleil lui-même tombait sur Enisoraï. Enisoraï brûlera, fondra, coulera... Mais la Terre entière subira le choc en retour. Que restera-t-il de nous après quelques secondes ? Que restera-t-il de la vie ?...

Coban s'arrêta. Son regard tragique passait au-dessus des deux femmes. Il murmura :

— Peut-être rien... plus rien...

Il reprit sa promenade d'animal prisonnier qui cherche en vain une issue.

— Et si les Enisors réussissent à empêcher le départ de l'Arme, dit-il, ils la détruiront, et nous détruiront aussi. Ils sont dix fois plus nombreux que nous, et plus agressifs. Nous ne pourrons pas résister à leur multitude. Notre seule défense contre eux était de leur faire peur. Mais nous leur avons fait TROP PEUR !...

« Ils vont attaquer avec tous leurs moyens et, s'ils gagnent, ils ne laisseront rien d'une race et d'une civilisation capables de fabriquer l'Arme Solaire. C'est pourquoi la Graine Noire a été distribuée aux vivants de Gondawa. Pour que les prisonniers choisissent, s'ils le veulent, de mourir de leur propre main plutôt que sur les bûchers d'Enisoraï...

Eléa se dressa, combative.

— C'est absurde ! C'est affreux ! C'est immonde ! On doit pouvoir empêcher cette guerre ! Pourquoi ne faites-vous pas quelque chose, au lieu de gémir ? Sabotez l'Arme ! Allez en Enisoraï ! Ils vous écouteront ! Vous êtes Coban !

Coban s'arrêta devant elle, la regarda gravement, avec satisfaction.

— Vous avez été bien choisie, dit-il.

242

— Choisie par qui ? Choisie pour quoi ?

Il ne répondit pas à ces questions, mais à la précédente.

— Je *fais* quelque chose. J'ai des émissaires en Enisoraï, qui ont pris contact avec les savants du District de Connaissance. Eux comprennent les risques de la guerre. S'ils peuvent prendre le pouvoir, la paix sera sauvée. Mais il reste peu de temps. J'ai rendez-vous avec le président Lokan. Je vais essayer de convaincre le Conseil de renoncer à l'usage de l'Arme Solaire, et de le faire savoir à Enisoraï. Mais j'ai contre moi les militaires, qui ne pensent qu'à la destruction de l'ennemi, et le ministre Mozran, qui a construit l'Arme et *qui a envie de la voir fonctionner* !...

« Si j'échoue, j'ai fait encore autre chose. Et c'est pour cela que vous avez été choisies, vous deux, et trois autres femmes de Gondawa. Je veux SAUVER LA VIE.

— La vie de qui ?

— La vie tout court, LA VIE !... Si l'Arme Solaire fonctionne pendant quelques secondes de plus qu'il n'a été prévu, la Terre sera ébranlée à un point tel que les océans sortiront de leurs fosses, les continents se fendront, l'atmosphère atteindra la chaleur de l'acier fondu et brûlera tout jusque dans les profondeurs du sol. On ne sait pas, on ne sait pas où s'arrêteront les désastres. A cause de sa puissance effrayante, Mozran n'a jamais pu essayer l'Arme, même à échelle réduite. On ne sait pas, mais on peut prévoir le pire. C'est ce que j'ai fait...

— Ecoutez, Coban, dit une voix, voulez-vous connaître les nouvelles ?

— Oui, dit Coban.

— Voici : les troupes énisores en garnison sur la Lune ont envahi la zone internationale. Un convoi militaire parti de Gonda 3 vers notre zone lunaire a été intercepté par des forces énisores avant son alunissage. Il a détruit une partie des assaillants. La bataille continue. Nos services d'observation lointaine ont la preuve qu'Enisoraï a rappelé ses bombes nucléaires mises en orbite autour du Soleil, et les ramène vers Mars et la Lune. Ecoutez, Coban, c'est terminé.

— C'est commencé... dit Coban.

— Je *veux* retourner auprès de Païkan, dit Eléa. Vous ne nous laissez d'autre espoir que mourir, ou mourir. Je veux mourir avec lui.

— Je fais quelque chose, dit Coban.

« J'ai fait un abri qui résistera à tout. Je l'ai garni de semences de toutes sortes de plantes, d'ovules fécondés de toutes sortes d'animaux et d'incubateurs pour les développer, de dix mille bobines de connaissance, de machines silencieuses, d'outils, de meubles, de tous les échantillons de notre civilisation, de tout ce qu'il faut pour en faire renaître une semblable. Et au centre, je placerai un homme et une femme. L'ordinateur a choisi cinq femmes, pour leur équilibre psychique et physique, pour leur santé et leur parfaite beauté. Elles ont reçu les numéros 1 à 5 par ordre de perfection. La n° 1 est morte avant-hier dans un accident. La n° 4, en voyage en Enisoraï, ne peut pas en revenir. La n° 5 habite Gonda 62. Je l'ai envoyée chercher aussi. Je crains qu'elle ne soit pas ici à temps. La n° 2, c'est vous, Lona, la n° 3, c'est vous, Eléa.

Il se tut une seconde, eut une sorte de sourire fatigué, se tourna vers Lona, et reprit :

— Naturellement, il n'y aura qu'une femme dans l'Abri. Ce sera vous, Lona. Vous vivrez...

Lona se leva, mais avant qu'elle ait eu le temps de parler, une voix la devança :

— Ecoutez, Coban, voici les tests de Lona n° 2. Toutes les qualités demandées présentes au maximum, mais métabolisme en évolution et hormono-équilibre en voie de renversement. Lona n° 2 est enceinte de deux semaines.

— Vous le saviez ? demanda Coban.

— Non, dit Lona, mais je l'espérais. Nous avions ôté nos clés la troisième nuit du printemps.

— Je regrette pour vous, dit Coban en écartant les mains. Cela vous élimine. L'homme et la femme placés dans l'Abri seront mis en hibernation dans le froid absolu. Il est possible que votre grossesse nuise à la réussite de l'opération. Je ne peux pas prendre ce risque. Rentrez chez vous. Je vous demande de vous taire pendant un jour sur ce que je vous ai dit, même auprès de votre Désigné. Dans un jour, tout sera joué.

— Je me tairai, dit Lona.

— Je vous crois, dit Coban. L'ordinateur vous a ainsi définie : solide, lente, muette, défensive, implacable.

Il fit un signe aux deux gardes verts qui se tenaient devant la porte. Ils s'effacèrent pour laisser sortir Lona. Il se tourna vers Eléa.

— Ce sera donc vous, dit-il.

Eléa se sentit devenir comme un bloc de pierre. Puis sa circulation se rétablit avec violence, et son visage rougit. Elle se contraignit à rester calme et à s'asseoir. Elle entendit de nouveau Coban :

— L'ordinateur vous a définie ainsi : équilibrée, rapide, obstinée, offensive, efficace.

Elle se sentit de nouveau capable de parler. Elle attaqua :

— Pourquoi n'avez-vous pas laissé entrer Païkan ? Je n'irai pas sans lui dans votre Abri.

— L'Ordinateur a choisi les femmes pour leur beauté et leur santé, et bien entendu aussi pour leur intelligence. Il a choisi les hommes pour leur santé et leur intelligence, mais avant tout pour leurs connaissances. Il faut que l'homme qui ressortira de l'Abri dans quelques années, peut-être même dans un siècle ou deux, soit capable de comprendre tout ce qui est imprimé sur les bobines, et même, si possible, en savoir plus qu'elles. Son rôle ne sera pas seulement de faire des enfants. L'homme qui a été choisi doit être capable de *faire renaître le monde*. Païkan est intelligent, mais ses connaissances sont limitées. Il ne saurait même pas interpréter l'équation de Zoran.

— Alors, qui est l'homme ?

— L'ordinateur en a choisi cinq, comme pour les femmes.

— Qui est le n° 1 ?

— C'est moi, dit Coban.

— Enisoraï, c'était *déjà* vous, dit Léonova à Hoover. Vous étiez déjà des salauds d'Américains, des impérialistes en train d'essayer d'avaler le monde entier et ses accessoires.

— Ma charmante, dit Hoover, nous autres, Américains d'aujourd'hui, nous ne sommes que des Européens déplacés, vos petits cousins en voyage... J'aimerais bien qu'Eléa nous montre un peu la gueule des premiers occupants d'Amérique. Nous n'avons vu que des Gondas, jusqu'à maintenant. A la prochaine séance, nous demanderons à Eléa de nous montrer des Enisors.

Eléa leur montra des Enisors. Elle était allée avec Païkan en voyage à Diédohu, la capitale de l'Enisoraï central, pour la fête du Nuage. Elle en sortit pour eux les images de sa mémoire.

Ils arrivèrent avec Eléa dans un engin longue distance. A l'horizon, une chaîne de montagnes gigantesques escaladait le ciel. Quand ils furent plus près, ils virent que la montagne et la ville ne faisaient qu'un.

Bâtie en énormes blocs de pierre, la ville s'accrochait à la montagne, la recouvrait, la dépassait, prenait appui sur elle pour projeter vers le haut sa lance terminale : le monolithe du Temple, dont le sommet se perdait dans un nuage éternel.

Ils virent les Enisors travailler et se réjouir. Les besoins de la population étaient si considérables et son accroissement si rapide, que, même en ce jour de la fête du Nuage, on ne pouvait s'arrêter de bâtir. Sans arrêt, inlassablement, comme des fourmis, les bâtisseurs agrandissaient la ville, taillaient des rues et des escaliers et des places aux flancs encore vierges de la montagne, édifiaient des remparts, des maisons et des palais. Ils n'utilisaient d'autres outils que leurs mains. Ils portaient sur la poitrine, accrochée à un collier d'or, l'effigie du serpent-flamme, symbole énisor de l'énergie universelle. Ce n'était pas seulement un symbole, mais surtout un transformateur. Il donnait à celui qui le portait le pouvoir de maîtriser très simplement avec ses mains toutes les forces naturelles.

Sur le grand écran, les savants de l'EPI virent les bâtisseurs énisors soulever sans effort des blocs rocheux qui devaient peser des tonnes, les poser les uns sur les autres, les ajuster les uns aux autres, les façonner, les modifier, les entamer du tranchant de la main, les lisser de la paume, comme du mastic. Entre les mains des bâtisseurs, la matière devenait impondérable, malléable, docile. Dès qu'ils cessaient de la toucher, la pierre retrouvait sa dureté et sa masse de pierre.

Les étrangers invités à assister à la fête du Nuage n'étaient pas autorisés à se poser. Leurs engins restaient en station aérienne aux abords de Diédohu. Leurs files courbes étagées composaient dans le ciel les gradins multicolores d'un étrange cirque posé sur le vide.

En face d'eux se dressait le Temple dont la flèche, faite d'un seul bloc de pierre, plus haut que les plus hauts gratte-ciel de l'Amérique contemporaine, enfonçait sa pointe dans le Nuage. Un escalier monumental, taillé dans sa masse, s'inscrivait autour d'elle en spirale. Sur cet escalier, depuis des heures, une foule montait vers le sommet du Temple. Elle montait lentement, avec son propre poids pesant sur ses muscles, alors que partout ailleurs, dans les rues et les escaliers de la ville, les Enisors se déplaçaient avec une aisance et une vitesse qui trahissaient leur maîtrise de la pesanteur. La foule de l'escalier composait, par l'assemblage coloré de ses vêtements, l'effigie du serpent-flamme. La tête du serpent ondulait sur l'escalier, à gauche, à droite, et continuait de monter. Son corps suivait en s'enroulant à pleines marches autour de la Flèche. Il devait se composer de plusieurs centaines de milliers de personnes, peut-être leur nombre dépassait-il le million. Par les baies ouvertes de l'engin entrait la musique qui rythmait les mouvements du serpent. C'était une sorte de lent halètement qui semblait émaner de la montagne et de la ville, et que la foule, celle de la flèche, celle des escaliers et des rues, celle qui montait, celle qui regardait, celle qui travaillait, accompagnait de profonds bruits de gorge, bouche fermée.

Quand la tête du serpent atteignit le nuage, le soleil sombrait derrière la montagne : la tête du serpent entra dans le nuage avec le crépuscule. La nuit tomba en quelques minutes. Des projecteurs, installés dans toute la ville, illuminèrent la Flèche et la foule qui l'étreignait. Le rythme de la musique et du chant s'accélérèrent. *Et la Flèche se mit à bouger*. A moins que ce ne fût le Nuage. On vit la Flèche s'enfoncer dans le Nuage, ou le Nuage s'enfoncer sur la Flèche, se retirer, recommencer, de plus en plus vite, comme pour un immense accouplement de la Terre et du Ciel.

Le halètement de la musique s'accélérait, augmentait de puissance, frappait les engins stationnés dans le ciel comme des vagues et disloquait leurs alignements. Au sol, tous les travailleurs abandonnaient leur travail. Dans les palais, dans les maisons, dans les rues, sur les places, les hommes s'approchaient des femmes et les femmes des hommes, au hasard, simplement parce qu'ils étaient proches, et sans savoir s'ils étaient beaux ou laids, vieux ou jeunes et qui il était et qui elle était, ils se saisissaient ou s'étreignaient, s'allongeaient sur place, à l'endroit où ils se trouvaient, entraient tous ensemble dans le rythme unique qui secouait la montagne et la ville. La Flèche entra tout entière dans le Nuage, jusqu'à sa base. La montagne craqua, la ville se souleva, libérée de son poids, prête à s'enfoncer dans le ciel jusqu'à l'infini. Le Nuage flamboya, éclata en tonnerres de cataclysmes, puis s'éteignit et se retira. La ville pesa de nouveau sur la Montagne. La Flèche était nue. Il n'y avait plus personne sur le grand escalier de pierre. Tous les couples couchés se désunissaient et se séparaient. Des hommes et des femmes se relevaient, hébétés, et s'éloignaient. D'autres s'endormaient sur place. Pendant quelques instants d'une brièveté suffocante, ils avaient participé tous ensemble au même plaisir cosmique. Chacun d'eux avait été toute la Terre, chacune d'elles le Ciel. Il en était ainsi, une fois par an, dans toutes les villes d'Enisoraï. Pendant le reste des jours et des nuits, les hommes énisors ne s'approchaient pas des femmes.

Les savants de l'EPI interrogèrent Eléa. Qu'était devenue la foule de l'escalier ?

— La Flèche l'a donnée au Nuage, dit Eléa. Le Nuage l'a donnée à l'Energie Universelle. Tous ceux et celles qui la composaient étaient volontaires. Ils avaient été choisis dès leur enfance, soit parce qu'ils présentaient quelque déficience de l'esprit ou du corps, même infime, soit, au contraire, parce qu'ils étaient plus intelligents, plus forts, plus beaux que la moyenne des Enisors. Elevés en fonction de ce sacrifice, ils avaient appris à le désirer de tout leur corps et de tout leur esprit. Ils avaient le droit de s'y soustraire, mais un très petit nombre usait de ce droit. Ainsi, la race énisore se maintenait-elle dans une qualité de niveau constant. Mais ce sacrifice, par contre, ne suffisait pas à compenser la natalité qu'il provoquait. Pendant la fête du Nuage, il était conçu vingt fois plus d'Enisors qu'il n'en périssait sur toutes les Flèches du Continent.

— Mais, dit Hoover, toutes ces bonnes femmes devaient accoucher le même jour !

— Non, dit Eléa, le temps de la grossesse, en Enisoraï, variait d'une à trois saisons selon le désir de la mère et selon son âge. Comme vous l'avez vu, il n'y avait pas de Désignation, donc pas de couples, pas de familles. Les hommes et les femmes vivaient mélangés, en état d'égalité absolue de droits et de devoirs, dans les Palais communs ou dans les maisons individuelles, comme ils le désiraient. Les enfants étaient élevés par l'Etat. Ils ne connaissaient pas leur mère, et bien entendu encore moins leur père.

Bien que l'engin d'Eléa se tînt loin au-dessus de la foule, par sa fenêtre de proximité les savants avaient pu voir en détail un grand nombre de visages d'Enisors. Ils avaient tous les cheveux noirs et lisses, les yeux bridés, les pommettes saillantes, le nez busqué du haut et épaté du bas. Ils étaient incontestablement les ancêtres communs des Mayas, des Aztèques, et des autres Indiens d'Amérique, et peut-être aussi des Japonais, des Chinois et de toutes les races mongoloïdes.

— Les voilà, vos impérialistes ! dit Hoover à Léonova.

Il soupira, puis ajouta :

— J'espère qu'on nous en voudra moins, maintenant, d'avoir quelque peu malmené leurs descendants...

— Ce n'est pas *la vie* que vous voulez sauver, dit Eléa, mais votre vie. Et vous avez fait rechercher par l'Ordinateur les cinq plus belles femmes du continent, pour choisir celle qui vous accompagnera !

— Regardez, dit Coban avec une gravité triste, celle que j'aurais choisi de sauver avec moi, si je m'en étais cru le droit...

Il activa un faisceau d'ondes. Au-dessus d'une table apparut l'image d'une fillette qui ressemblait extraordinairement à Coban. A genoux sur une pelouse près du lac de la 9e Profondeur, elle caressait un faon aux yeux fardés. De longs cheveux noirs de garçon tombaient sur ses épaules nues. Ses bras graciles se nouaient autour du cou de la bête qui lui mordillait les oreilles.

— C'est Doa, ma fille, dit Coban. Elle a douze ans, et elle est seule... Toutes les filles de son âge ont depuis longtemps un compagnon. Mais elle est seule... Parce qu'elle est, comme moi, une non-désignée... L'ordinateur n'a pas pu me trouver une compagne qui m'aurait supporté et ne m'aurait pas irrité par la lenteur de son esprit. Une certaine vivacité des facultés mentales condamne à la solitude. J'ai vécu quelques périodes avec des veuves, des séparées, des non-désignées aussi. La mère de Doa en était une. Son intelligence était grande mais son caractère atroce. L'ordinateur n'avait voulu en accabler aucun homme. A cause de son intelligence et de sa beauté, je lui ai demandé de me faire un enfant. Elle a accepté, à condition de rester à côté de moi pour l'élever. J'ai cru que c'était possible. Nous avons ôté nos clés. Quelques jours après, nous avons dû nous séparer. Elle était assez intelligente pour comprendre qu'elle ne pouvait trouver le bonheur auprès de personne, pas même de son enfant. Quand il est né, elle me l'a envoyé. C'était Doa...

« Doa, à son tour, a reçu de l'ordinateur une réponse négative. Son caractère est très doux, mais son intelligence est supérieure à la mienne. Elle ne trouvera son égal nulle part. Si elle vit...

La voix de Coban s'étouffa. Il effaça l'image.

— Ne croyez-vous pas que j'aime Doa au moins autant que vous aimez Païkan ? Ne croyez-vous pas que si j'obéissais à des motifs égoïstes, c'est elle que j'enfermerais avec moi dans l'Abri ? Ou que je resterais près d'elle, en abandonnant avec joie ma place au n° 2 ? Mais je connais le n° 2, je sais ce que valent ses connaissances et ce que valent les miennes. L'ordinateur a eu raison de me désigner. Il ne s'agit plus d'amour, plus de sentiments, plus de nous-mêmes. Nous sommes en face d'un devoir qui nous dépasse. Nous avons, vous et moi, à préserver la vie universelle et à refaire le monde.

— Écoutez-moi bien, Coban, dit Eléa, je me moque du monde, je me moque de la vie, de celle des hommes et de celle de l'univers. Sans Païkan, il n'y a plus d'univers, il n'y a plus de vie. Donnez-moi Païkan dans l'Abri, et je vous bénirai jusqu'au fond de l'Eternité !

— Je ne peux pas, dit Coban.

— Donnez-moi Païkan ! Restez auprès de votre fille ! Ne la laissez pas mourir seule abandonnée de vous !

— Je ne peux pas, dit Coban à mi-voix.

254

Son visage exprimait à la fois sa résolution et sa tristesse infinie. Cet homme était au bout d'un combat qui le laissait brisé. Mais sa décision était prise, une fois pour toutes. Il n'avait pas pu construire un Abri plus grand. Le gouvernement, tout absorbé par Gonda 1 et le monstre colossal qui s'y blottissait, s'était désintéressé du projet de Coban, l'avait laissé faire mais avait refusé de l'aider. C'était l'Université seule qui avait fait l'Abri. Cette fabrication, cet enfantement avaient mobilisé toute sa puissance énergétique, toutes les ressources de ses machines, de ses labos, et de ses crédits. C'était le fruit unique d'une plante énorme. Il ne contiendrait que deux graines, une troisième le condamnerait à périr. Même petite. Même Doa. Il ne pouvait recevoir qu'un homme, et qu'une femme.

— Alors, prenez une autre femme ! cria Eléa. Il y en a des millions !

— Non, dit Coban, il n'y en a pas des millions, il y en avait cinq, et il n'y a plus que vous... L'ordinateur vous a choisie parce que vous êtes exceptionnelle. Non, pas une autre femme, et pas un autre homme, c'est vous et c'est moi ! N'en parlons plus, je vous en prie, cela est décidé.

— Vous et moi ? dit Eléa.

— Vous et moi ! dit Coban.

— Je vous hais, dit Eléa.

— Je ne vous aime pas, dit Coban. Cela importe peu.

— Ecoutez, Coban, dit une voix, le président Lokan veut vous parler et vous voir.

— Je l'écoute et le regarde, dit Coban.

L'image de Lokan se dressa dans un coin de la pièce. Coban la déplaça pour qu'elle lui fît face, de l'autre côté de la table. Lokan semblait accablé par l'angoisse.

— Écoutez, Coban, dit-il, où en sont vos prises de contact avec les hommes du District de Connaissance d'Enisoraï ?

— J'attends un rapport d'un instant à l'autre.

— On ne peut plus attendre ! On ne peut plus. Les Enisors bombardent nos garnisons de Mars et de la Lune avec des bombes nucléaires. Les nôtres sont en route et nous allons riposter. Mais, si atroce que ce soit, ce n'est rien. L'armée d'invasion énisore est en train de sortir de ses montagnes creuses et de prendre place sur ses bases de départ. Dans quelques heures, elle va tomber sur Gondawa ! Au premier envol signalé par nos satellites, je déclenche la mise en route de l'Arme Solaire ! Mais je suis comme vous, Coban, j'ai peur de cette horreur ! Il est peut-être encore temps de sauver la Paix ! Le gouvernement énisor sait que l'envol de son armée signifiera la mort de son peuple. Mais, ou bien il s'en moque, ou bien il espère détruire l'Arme avant son envol ! Kutiyu est fou ! Seuls les gens du District peuvent essayer de le convaincre, ou le renverser !... Il n'y a plus la moitié d'un instant à perdre, Coban ! Je vous en supplie, essayez de les joindre !

— Je ne peux pas les joindre directement. Je vais appeler Partao, à Lamoss.

L'image du Président s'effaça. Coban enfonça sa clé dans une plaque.

— Ecoutez, dit-il, je veux voir et entendre Partao à Lamoss.

— Partao à Lamoss, dit une voix. J'appelle.

Coban expliqua à Eléa :

— Lamoss est le seul pays qui restera neutre, dans ce conflit. Pour une fois, il n'aura guère le temps d'en profiter... Partao est le chef de l'Université lamo. C'est lui mon contact avec les gens du District.

Partao apparut et dit à Coban qu'il avait contacté Soutaku au District.

— Il ne peut plus rien faire, il est désemparé. Il va vous appeler directement.

Une image blafarde s'alluma à côté de celle de Partao. C'était Soutaku, en robe et bonnet rond d'enseignant. Il avait l'air bouleversé, il parlait en faisant des gestes, il se frappait la poitrine et désignait d'un doigt tendu quelque chose ou quelqu'un au loin. On n'entendait pas un mot de ce qu'il disait, des surfaces de couleurs changeantes coupaient son image en tranches, tremblaient, se rejoignaient, s'écartaient. Il disparut.

— Je ne peux plus rien vous dire, dit Partao. Peut-être bonne chance ?...

— Cette fois-ci, dit Coban, il n'y aura de chance pour personne.

Il appela Lokan et le mit au courant. Lokan lui demanda de le rejoindre au Conseil qui allait se réunir.

— Je viens, dit Coban.

Il se tourna vers Eléa qui avait assisté à la scène sans dire un mot, sans faire un geste.

— Voilà, dit-il d'une voix glacée, vous savez où nous en sommes. Il n'y a plus de place pour les sentiments. Nous entrerons cette nuit dans l'Abri. Mes assistants vont vous préparer. Vous allez, entre autres soins, recevoir la seule dose existante du sérum universel. Elle a été synthétisée, molécule par molécule, dans mon labo personnel, depuis six mois. La dose précédente, c'est moi qui l'ai essayée. Je suis prêt. Si par miracle rien ne se passe, vous y aurez gagné d'être la première à jouir de la jeunesse perpétuelle. Dans ce cas, je vous promets que la dose suivante sera pour Païkan. Le sérum nous permettra de passer sans encombre à travers le froid absolu. Je vais vous confier à mes hommes.

Eléa se leva et courut vers la porte. Elle frappa un garde à la tempe, d'un coup terrible de sa main gauche fermée. L'homme tomba. L'autre saisit le poignet d'Eléa et le lui rabattit dans le dos.

— Lâchez-la ! cria Coban. Je vous interdis de la toucher ! Quoi qu'elle vous fasse !

Le garde la lâcha. Elle se précipita sur la porte. Mais la porte ne s'ouvrit pas.

— Eléa, dit Coban, si vous acceptez le traitement sans vous débattre, sans essayer de vous enfuir, je vous autoriserai à revoir Païkan avant d'entrer dans l'Abri. Il a été ramené à la Tour, il est informé de ce que vous êtes devenue. Il attend de vos nouvelles. Je lui ai fait promettre qu'il vous reverrait. Si vous protestez, si vous vous débattez au risque de compromettre votre préparation, je vous fais endormir, et vous ne le reverrez jamais.

Eléa le regarda un instant en silence, respira profondément pour reprendre la maîtrise de ses nerfs.

— Vous pouvez faire venir vos hommes, dit-elle, je ne bougerai plus.

Coban appuya sur une plaque. Une partie d'une cloison glissa, découvrant un laboratoire occupé par des gardes et des laborantins parmi lesquels Eléa reconnut le chef-labo qui les avait accueillis.

L'homme lui désigna un siège devant lui.

— Venez, dit-il.

Eléa s'avança vers le labo. Avant de quitter le bureau de Coban, elle se retourna vers lui.

— Je vous hais, dit-elle.

— Quand nous ressortirons de l'Abri sur la Terre morte, dit Coban, il n'y aura plus de haine ni d'amour. Il n'y aura que notre travail...

Ce jour-là, Hoï-To était descendu dans l'Œuf avec le nouveau matériel photographique qu'il venait de recevoir du Japon, en particulier des projecteurs à lumière cohérente au moyen desquels il espérait éclairer la Salle du Moteur à travers la dalle transparente, et la photographier.

En s'arrêtant, le moteur du froid s'était éteint et la Salle au-dessous de la dalle était devenue un bloc d'obscurité. La température avait rapidement monté, la neige et le givre avaient fondu, l'eau avait été aspirée, le mur et le sol séchés à l'air chaud.

Pendant que ses assistants suspendaient les projecteurs à de courts trépieds, Hoï-To, machinalement, regardait autour de lui. La surface du mur lui parut curieuse. Elle n'était pas polie, elle n'était pas mate non plus, mais comme moirée. Il y promena le bout de ses longs doigts sensibles, puis ses ongles. Ils crissèrent.

Il fit braquer un projecteur sur le mur, en lumière rasante, regarda à la loupe, improvisa une sorte de microscope avec un téléobjectif et des lentilles. Il n'eut bientôt plus de doute : la surface du mur était *gravée* de stries innombrables. Et chacune de ces stries était une ligne d'écriture gonda. Les bobines de lecture de la salle des alvéoles avaient été décomposées par le temps, mais le mur de l'Œuf, entièrement imprimé en signes microscopiques, représentait l'équivalent d'une bibliothèque considérable.

Hoï-To prit immédiatement quelques clichés, au grossissement maximum, en différents points du mur éloignés les uns des autres. Une heure plus tard, il les projetait sur le grand écran. Lukos, très excité, identifia des fragments de récit historique et de traités scientifiques, une page de dictionnaire, un poème, un dialogue qui était peut-être une pièce de théâtre ou une discussion philosophique.

Le mur de l'Œuf semblait être une véritable encyclopédie des connaissances de Gondawa.

Un des clichés projetés comportait de nombreux signes isolés, en lesquels Lukos reconnut des symboles mathématiques. Ils entouraient le symbole de l'équation de Zoran.

Eléa se réveilla étendue sur un tapis de fourrure. Elle reposait sur une couche douce et tiède posée sur du rien, elle flottait dans un état de relaxation totale.

Elle avait été examinée de la tête aux pieds, pesée à une cellule près, nourrie, abreuvée, massée, compensée, bercée jusqu'à n'être plus qu'un corps de poids exactement voulu, et de passivité parfaite. Puis Coban revenu lui avait expliqué le mécanisme de fermeture et d'ouverture de l'Abri, en même temps qu'il lui administrait lui-même, en fumée à respirer, en huile sur la langue, en brouillard dans les yeux, en longues modulations d'infrasons sur les tempes, les divers éléments du sérum universel. Elle avait senti une énergie nouvelle, lumineuse, envahir tout son corps, le nettoyer de ses recoins de lassitude, l'emplir jusqu'à la peau d'un élan pareil à celui des forêts au printemps. Elle s'était sentie devenir dure comme un arbre, forte comme un taureau, en équilibre comme un lac. La force, l'équilibre et la paix l'avaient irrésistiblement conduite au sommeil.

Elle s'était endormie dans le fauteuil du laboratoire, elle venait d'ouvrir les yeux sur ce tapis, dans une pièce ronde et nue. L'unique porte se trouvait en face d'elle. Devant la porte un garde vert, assis sur un cube, la regardait. Il tenait du bout des doigts un objet de verre fait de minces tubes entrelacés en volutes compliquées. Les tubes fragiles étaient emplis d'un liquide vert.

— Puisque vous ne dormez plus, dit le garde, je vous préviens : si vous voulez essayer de sortir de force, j'ouvre les doigts, ceci tombe et se brise, et vous vous endormez comme une pierre.

Eléa ne répondit pas. Elle le regardait. Elle mobilisait toutes les ressources de son esprit en vue d'un seul but : sortir et rejoindre Païkan.

Le garde était grand, large d'épaules, épais de taille. Ses cheveux tressés avaient la couleur du bronze neuf. Il était nu-tête et sans arme. Son cou épais était presque aussi large que son visage massif. Il constituait un dur obstacle devant la porte unique. Au bout de son bras musculeux, de sa main rude, il tenait cet objet, infiniment fragile, obstacle encore plus solide.

— Ecoutez, Eléa, dit une voix, Païkan demande à vous parler et à vous voir. Nous le lui permettons.

L'image de Païkan se dressa entre elle et le garde. Eléa sauta sur ses pieds.

— Eléa !
— Païkan !

Il était debout dans la coupole de travail. Elle voyait près de lui un fragment de la tablette et l'image d'un nuage.

— Eléa ! Où es-tu ? Où vas-tu ? Pourquoi me quittes-tu ?

— J'ai refusé, Païkan ! Je suis à toi ! Je ne suis pas à eux ! Coban m'a obligée ! Ils me retiennent !

— Je viens te chercher ! Je briserai tout ! Je les tuerai !

Il brandit sa main gauche enfoncée dans l'arme.

— Tu ne peux pas ! Tu ne sais pas où je suis !... Je ne le sais pas non plus ! Attends-moi, je te reviendrai ! Par tous les moyens !...

262

— Je te crois, j'attends, dit Païkan.

L'image disparut.

Le garde, toujours assis, regardait Eléa. Debout au centre de la pièce ronde, elle le regardait et l'évaluait. Elle fit un pas vers lui. Il saisit le masque qu'il portait en sautoir et se le plaqua sur le nez.

— Attention ! dit-il d'une voix nasillarde.

Il remua légèrement, avec précaution, l'entrelacs fragile des tubes de verre.

— Je te connais, dit-elle.

Il la regarda avec surprise.

— Toi et tes pareils, je vous connais. Vous êtes simples, vous êtes braves. Vous faites ce qu'on vous dit, on ne vous explique rien.

Elle fit glisser l'extrémité de la bande bleue qui lui enveloppait le buste, et elle commença à la dérouler.

— Coban ne t'a pas dit que tu allais mourir...

Le garde eut un petit sourire. Il était garde, il était dans les Profondeurs, il ne croyait pas à sa propre mort.

— Il va y avoir la guerre et il n'y aura pas de survivants. Tu sais que je dis la vérité : tu vas mourir. Vous allez tous mourir, sauf moi et Coban.

Le garde sut que cette femme ne mentait pas. Elle n'était pas de celles qui s'abaissent à mentir, quelles que soient les circonstances. Mais elle devait se tromper, il y a toujours des survivants. Les autres meurent, pas moi.

Maintenant sa taille était nue, et elle commençait à défaire la bande en diagonale de la taille à l'épaule.

— Tout le monde va mourir en Gondawa. Coban le sait. Il a construit un Abri que rien ne peut détruire, pour s'y enfermer. Il a chargé l'ordinateur de choisir la femme qu'il enfermera avec lui. Cette femme, c'est moi. Sais-tu pourquoi l'ordinateur m'a choisie parmi des millions ? Parce que je suis la plus belle. Tu n'as vu que mon visage. Regarde...

Elle dénuda son sein droit. Le garde regarda cette chair merveilleuse, cette fleur et ce fruit, et il entendit le bruit du sang dans ses oreilles.

— Tu me veux ? dit Eléa.

Elle continuait lentement de découvrir son buste. Son sein gauche était encore à demi cerné d'étoffe.

— Je sais quel genre de femme l'ordinateur t'a choisie. Elle pèse trois fois mon poids. Une femme comme moi, tu n'en as jamais vue...

La bande tout entière glissa sur le sol, délivrant le sein gauche. Eléa laissa ses bras pendre le long de son corps, les paumes de ses mains à demi tournées en avant, les bras un peu écartés, offrant son buste nu, la splendeur vivante des seins mesurés, pleins, doux, glorieux.

— Avant de mourir, tu me veux ?

Elle releva la main gauche et, d'un seul geste, fit tomber son vêtement des hanches.

Le garde se leva, posa sur le cube le redoutable, fragile, menaçant objet de verre, arracha son masque et sa tunique. Assemblage parfait de muscles équilibrés et puissants, son torse nu était magnifique.

— Tu es à Païkan ? dit-il.

— Je lui ai promis : *par tous les moyens*.

— Je t'ouvrirai la porte et je te conduirai dehors.

Il ôta sa jupe. Ils étaient debout, nus, l'un devant l'autre. Elle recula lentement et, quand elle eut le tapis sous ses pieds, elle s'accroupit et s'allongea. Il s'approcha, puissant et lourd, précédé par son désir superbe. Il se coucha sur elle et elle s'ouvrit.

Elle le sentit se présenter, noua ses pieds dans ses reins et l'écrasa sur elle. Il entra comme une bielle. Elle eut un spasme d'horreur.

— Je suis à Païkan ! dit-elle.

Elle lui enfonça ses deux pouces à la fois dans les carotides.

264

Il suffoqua et se tordit. Mais elle était forte comme dix hommes, et le tenait de ses pieds crochetés, de ses genoux, de ses coudes, de ses doigts enfoncés dans ses cheveux tressés. Et ses pouces inexorables, durcis comme de l'acier par la volonté de tuer, lui privaient le cerveau de la moindre goutte de sang.

Ce fut une lutte sauvage. Enlacés, noués l'un à l'autre et dans l'autre, ils roulaient sur le sol dans tous les sens. Les mains de l'homme s'accrochaient aux mains d'Eléa et tiraient, essayaient d'arracher la mort enfoncée dans son cou. Et le bas de son ventre voulait vivre encore, vivre encore un peu, vivre assez pour aller au bout de son plaisir. Ses bras et son torse luttaient pour survivre, et ses reins et ses cuisses luttaient, se hâtaient pour gagner la mort de vitesse, pour jouir, jouir avant de mourir.

Une convulsion terrible le raidit. Il s'enfonça jusqu'au fond de la mort accrochée autour de lui et y vida, dans une joie fulgurante, interminablement, toute sa vie. La lutte s'arrêta. Eléa attendit que l'homme devînt entre elle passif et pesant comme une bête tuée. Alors elle retira ses pouces enfoncés dans la chair molle. Ses ongles étaient pleins de sang. Elle ouvrit ses jambes crispées et se glissa hors du poids de l'homme. Elle haletait de dégoût. Elle aurait voulu se retourner comme un gant et laver tout l'intérieur d'elle-même jusqu'aux cheveux. Elle ramassa la tunique du garde, s'en frotta le visage, la poitrine et le ventre, la rejeta souillée, et s'habilla rapidement.

Elle s'appliqua le masque sur le nez, prit la fragile construction de verre, et, avec précaution, poussa la porte. La porte s'ouvrit.

Elle donnait dans le laboratoire où Eléa avait reçu la préparation. Le chef-labo et deux laborantins étaient penchés vers une table. Un garde armé était debout devant une porte. Il vit Eléa le premier. Il fit :

— Hé !

Il leva la main pour mettre son masque.

Eléa jeta l'objet de verre à ses pieds. Il se brisa sans bruit. Instantanément, la pièce fut pleine d'une brume verte. Le garde et les trois hommes en robe saumon s'affaissèrent sur eux-mêmes.

Eléa se dirigea vers la porte, et prit les armes du garde.

Je ne suis pas un adolescent romanesque. Je ne suis pas une brute congestionnée gouvernée par son estomac et son sexe. Je suis raisonnablement raisonnable, sentimental et sensuel, et capable de maîtriser mes émotions et mes instincts. J'ai pu rapidement supporter la vision de ta vie la plus intime, j'ai pu supporter de voir cette brute se coucher sur toi et entrer dans les merveilles de ton corps. Ce qui m'a bouleversé, c'est ce que j'ai lu sur ton visage.

Tu aurais pu ne pas tuer cet homme. Il t'avait dit qu'il te conduirait dehors. Peut-être mentait-il, mais ce n'est pas pour assurer ta fuite que tu l'as tué, c'est parce qu'il était dans ton ventre et que tu ne pouvais le supporter. Tu l'as tué par amour pour Païkan. Amour. Ce mot, que la Traductrice utilise parce qu'elle ne trouve pas l'équivalent du vôtre, n'existe pas dans votre langue. Depuis que je t'ai vue vivre auprès de Païkan, j'ai compris que c'était un mot insuffisant. Nous disons « je l'aime », nous le disons de la femme, mais aussi du fruit que nous mangeons, de la cravate que nous avons choisie, et la femme le dit de son rouge à lèvres. Elle dit de son amant : « Il est à moi ». Tu dis le contraire : « Je suis à Païkan », et Païkan dit : « Je suis à Eléa. » Tu es à lui, tu es une partie de lui-même. Parviendrai-je jamais à t'en déta-

cher ? J'essaie de t'intéresser à notre monde, je t'ai fait entendre du Mozart et du Bach, je t'ai montré des photos de Paris, de New York, de Brasilia, je t'ai parlé de l'histoire des hommes, de celle du moins que nous connaissons et qui est notre passé, si bref à côté de la durée immense de ton sommeil. En vain. Tu écoutes, tu regardes, mais rien ne t'intéresse. Tu es derrière un mur. Tu ne touches pas notre temps. Ton passé t'a suivie dans le conscient et le subconscient de ta mémoire. Tu ne penses qu'à t'y replonger, à le retrouver, à le revivre. Le présent pour toi, c'est lui.

Un engin rapide de l'Université était posé sur le bras d'accostage de la Tour. Les gardes qui en étaient sortis fouillaient l'appartement et la coupole. Sur la terrasse, près de l'arbre de soie, Coban parlait à Païkan. Il venait de lui expliquer pourquoi il avait besoin d'Eléa, et de lui annoncer son évasion.

— Elle a détruit tout ce qui l'empêchait de passer, hommes, portes et murs ! J'ai pu suivre sa trace comme celle d'un projectile jusqu'à la rue, où elle est redevenue une passante libre.

Les gardes interrompirent Coban pour lui faire savoir qu'Eléa n'était ni dans l'appartement ni dans la coupole. Il leur ordonna de fouiller la terrasse.

— Je me doute bien qu'elle n'y est pas, dit-il à Païkan. Elle savait que j'allais venir droit ici. Mais moi je sais qu'elle n'a qu'un désir : vous rejoindre. Elle viendra, ou bien elle vous fera connaître où elle est, pour que vous la rejoigniez. Alors nous la reprendrons. C'est inévitable. Mais nous allons perdre beaucoup de temps. Si elle vous appelle, faites-le-lui comprendre, dites-lui de revenir à l'Université...

— Non, dit Païkan.

Coban le regarda avec gravité et tristesse.

— Vous n'êtes pas un génie, Païkan, mais vous êtes intelligent. Et vous êtes à Eléa ?

— Je suis à Eléa ! dit Païkan.

— Si elle entre dans l'Abri, elle vivra. Si elle n'y entre pas, elle mourra. Elle est intelligente et résolue. L'ordinateur l'a bien choisie, elle vient de le prouver. Il se peut que, malgré notre surveillance, elle réussisse à vous rejoindre. Alors, c'est à vous de la convaincre de revenir près de moi. Avec moi, elle vivra ; avec vous, elle mourra. Dans l'Abri, c'est la vie. Hors de l'Abri, c'est la mort dans quelques jours, peut-être dans quelques heures. Que préférez-vous ? Qu'elle vive sans vous, ou qu'elle meure avec vous ?

Ebranlé, torturé, furieux, Païkan cria :

— Pourquoi ne choisissez-vous pas une autre femme ?

— Ce n'est plus possible. Eléa a reçu la seule dose disponible de sérum universel. Faute de ce sérum, aucun organisme humain ne pourrait traverser le froid absolu sans subir de graves dommages et peut-être périr.

Les gardes vinrent dire à Coban qu'Eléa n'était pas dans la terrasse.

— Elle est quelque part à proximité, elle attend que nous soyons partis, dit-il. La Tour restera sous surveillance. Vous ne pouvez pas vous réunir sans que nous le sachions. Mais si par miracle vous réussissez à le faire, rappelez-vous que vous avez le choix entre sa vie et sa mort...

Coban et les gardes regagnèrent l'engin qui s'éleva de quelques centimètres au-dessus du bras d'accostage, tourna sur place et s'éloigna en accélération maximum.

Païkan s'approcha de la rampe et regarda en l'air. Un engin frappé de l'équation de Zoran décrivait des cercles lents autour de la verticale de la Tour.

Païkan activa l'écran de proximité et le dirigea vers les maisons de loisir posées au sol tout autour de la Tour.

270

Partout il vit des visages de gardes qui le regardaient à travers leur propre écran.

Il entra dans l'appartement, ouvrit l'ascenseur. Un garde était debout dans la cabine. Il referma la porte, rageur, et il monta dans la coupole. Il se planta debout au milieu de la pièce transparente, regarda le ciel pur où l'engin de l'Université continuait de tourner lentement, leva les bras en croix, doigts écartés, et commença les gestes de la tempête.

Devant lui, assez haut, un petit nuage blanc joufflu naquit dans le bleu du ciel. Un peu partout dans le ciel de la Tour naquirent des petits nuages blancs charmants, qui transformaient l'azur en un grand pré fleuri. Rapidement, ils se développèrent et se rejoignirent, ne formèrent plus qu'une masse qui s'épaissit et devint noire, et se mit à tourner sur elle-même en grondant de tonnerres prisonniers. Le vent courba les arbres de la terrasse, atteignit le sol, hurla en se déchirant sur les ruines, et secoua les maisons de loisir.

Le visage du chef de service apparut sur la tablette. Il semblait affolé.

— Ecoutez, Païkan ! Qu'est-ce qui se passe chez vous ? Qu'est-ce que c'est que cette tornade ? Qu'est-ce que vous faites ? Vous devenez fou ?

— Je ne fais rien, dit Païkan. La coupole est bloquée ! Envoyez-moi l'atelier, vite ! Ce n'est qu'une tornade, ça va devenir un cyclone ! Faites vite !

Le chef de service cracha des mots désagréables, et disparut.

Le nuage tournoyant était devenu vert, avec de brusques illuminations internes pourpres ou mauves. Un bruit effrayant, continu, en tombait vers la terre, le bruit de mille tonnerres retenus. Une gerbe d'éclairs creva sa surface et frappa l'engin de l'Université, qui disparut en une flamme.

Dans le fracas qui suivit et ébranla la Tour, Païkan descendit en courant vers l'appartement et la terrasse et plongea dans la piscine.

Eléa était là, au fond, enfoncée dans le sable, le visage recouvert de son masque et dissimulé sous des algues. Elle vit arriver Païkan qui lui faisait signe. Elle jaillit alors de sa cachette et remonta avec lui à la surface. Des trombes d'eau tombaient du nuage, emportées par un vent tourbillonnant qui secouait les maisons de loisir cramponnées à leurs ancres. Une rafale s'enroula autour de la Tour et essaya de l'arracher. La Tour gémit et résista. Le vent emporta l'arbre de soie qui monta, échevelé, vers le nuage, et disparut dans une bouche noire.

Païkan avait entraîné Eléa dans la Coupole. Le bas du nuage venait d'atteindre celle-ci et se déchirait sur elle, mélange de vent hurlant, de brume opaque, de pluie et de grêle, illuminé par la succession des éclairs. Ils achevaient de boucler leur ceinture d'arme quand ils virent arriver l'atelier, qui colla son nez contre une glace de la Coupole. Païkan ouvrit. Deux dépanneurs sautèrent dans la Tour, accompagnés par les hurlements et les canonnades de la tornade.

— Qu'est-ce qui se passe ? demanda l'un d'eux, effaré.

Au lieu de répondre, Païkan plongea sa main dans son arme et tira sur l'Ame de la Coupole qui résonna, gémit et s'écrasa. Il saisit Eléa, la projeta vers le nez ouvert de l'atelier, bondit derrière elle et décolla aussitôt, tandis qu'à grand-peine elle refermait la glace conique. L'atelier disparut dans l'épaisseur du nuage.

C'était un engin lourd, lent, peu maniable, mais qui ne craignait aucune forme d'ouragan. Païkan brisa l'émetteur qui signalait sans cesse la position de l'appareil, tourna dans le nuage qui crépitait autour d'eux, et en gagna le centre qui se déplaçait vers l'ouest, suivant l'impulsion qu'il lui avait donnée. La Coupole morte, il faudrait l'intervention des autres Tours pour modifier le cours de la tornade et la neutraliser. Cela laissait assez de temps pour exécuter le début du plan que Païkan exposait à Eléa :

La seule solution pour eux était de quitter Gondawa et de gagner Lamoss, la nation neutre. Pour cela, il fallait rompre la piste, se poser et prendre un engin longue distance. Ils ne pouvaient en trouver un que dans un parking, dans la ville souterraine.

Les engins de l'Université n'oseraient pas se risquer dans un tel orage, de peur de voir leur champ de non-gravité perturbé, et de tomber comme des pierres. Mais ils devaient faire bonne garde tout autour. Il fallait donc gagner l'emplacement d'un ascenseur en restant camouflé par le nuage, et protégé par la ronde de la foudre.

Païkan fit descendre l'atelier à la limite inférieure du nuage. Le sol, balayé par les torrents de la pluie, étincelait à dix hauteurs d'homme à peine, sous la lumière des éclairs. C'était la grande plaine vitrifiée. Les derniers ascenseurs de Gonda 7 ne devaient pas être loin. Eléa en vit surgir un dans la brume. Païkan posa brutalement l'atelier. A peine au sol, ils en sortirent en courant et braquèrent sur lui leurs deux armes à la fois. Le vent hurlant emporta sa poussière.

C'était un ascenseur rapide, qui gagnait directement la 5e Profondeur. Cela n'avait pas grande importance, chaque Profondeur possédait ses parkings. Ils gagnèrent la cabine de soins express. Quand l'ascenseur s'ouvrit pour les laisser sortir, ils étaient lavés, séchés, peignés, brossés. Ils avaient payé avec leur clé.

Dans l'Avenue de transport, la foule paraissait à la fois nerveuse et hébétée. Des images surgissaient partout pour donner les dernières nouvelles. Il fallait enfoncer sa clé dans la plaque son pour entendre les paroles. Appuyés à la branche élastique d'un arbre, sur la piste de grande vitesse, ils virent et entendirent le président Lokan faire des déclarations rassurantes. Non, ce n'était pas la guerre. Pas encore. Le Conseil ferait tout ce qu'il était possible de faire pour l'éviter. Mais chaque vivant de Gondawa était prié de ne pas s'éloigner de son poste de mobilisation. La Nation pouvait avoir besoin de tous d'un moment à l'autre.

La plupart des Gondas hommes et femmes portaient la ceinture d'arme et, sans doute, dissimulée quelque part sur eux, la Graine noire.

Les oiseaux ne connaissaient pas les nouvelles, les oiseaux jouaient, en sifflant de plaisir, à battre de vitesse la piste centrale. Eléa sourit et leva le bras gauche à la verticale au-dessus de sa tête, le poing fermé, l'index horizontal. Un oiseau jaune freina en plein élan et se posa sur le doigt tendu. Eléa l'amena à la hauteur de son visage et l'appuya contre sa joue. Il était doux et chaud. Elle sentait son cœur battre si vite qu'on eût dit une vibration. Elle lui chanta quelques mots d'amitié. Il répondit par un sifflement aigu, sauta du doigt d'Eléa sur sa tête, lui donna quelques coups de bec dans les cheveux, battit des ailes et se laissa emporter par un vol qui passait. Eléa posa sa main dans la main de Païkan.

Ils descendirent de l'Avenue dans le Parking. C'était une forêt en éventail. Les branches des arbres se rejoignaient au-dessus des files d'engins en stationnement. Les pistes convergeaient vers la rampe de la cheminée de départ. De la cheminée d'arrivée, qui s'ouvrait au centre de la forêt, tombaient des engins de toutes tailles qui suivaient les pistes de retour pour gagner un abri sous les feuilles, comme des bêtes au repos après la course.

Païkan choisit un deux-places rapide longue distance, s'assit dans un des deux sièges, Eléa près de lui.

Il enfonça sa clé dans la plaque de commande, attendant pour indiquer sa destination que le signal bleu de la plaque se mît à clignoter. Le signal ne s'alluma pas.

— Qu'est-ce qui se passe ?

Il retira sa bague de la plaque et l'enfonça de nouveau. Le signal ne répondit pas.

— Essaie la tienne...

Eléa enfonça à son tour sa clé dans le métal élastique, mais sans plus de succès.

— Il est en dérangement, dit Païkan. Un autre, vite !...

Au moment où ils se levaient pour sortir, le diffuseur de l'engin se mit à parler. La voix les figea. C'était celle de Coban.

— Eléa, Païkan, nous savons où vous êtes. Ne bougez plus. Je vous envoie chercher. Vous ne pouvez aller nulle part, *j'ai fait annuler vos comptes à l'ordinateur central*. Vous n'obtiendrez plus rien avec vos clés. Elles ne peuvent plus vous servir à rien. *Qu'à vous signaler*. Qu'espérez-vous encore ? Ne bougez plus, je vous envoie chercher...

Ils n'eurent pas besoin de se concerter. Ils sautèrent hors de l'appareil et s'éloignèrent rapidement. Main dans la main, ils traversèrent une piste devant le nez d'un engin qui freina pile, et s'enfoncèrent sous les arbres. Des milliers d'oiseaux chantaient dans les feuillages verts ou pourpres, autour des branches lumineuses. Les chuintements à peine audibles des moteurs au ralenti composaient un bruit de fond apaisant qui incitait à ne rien faire, à attendre, à se confondre avec la joie des oiseaux et des feuilles. Dans la lumière verte et dorée, ils arrivèrent au bout d'une nouvelle file d'engins longue distance. Le dernier venait à peine d'y prendre sa place. Un voyageur en descendait. Païkan leva son arme et tira à faible puissance. L'homme fut projeté et traîné au sol, assommé. Païkan courut vers lui, le prit sous les bras, le traîna sous une branche basse et s'accroupit près de lui. Il eut énormément de peine à lui arracher sa clé. L'homme était gras, sa bague enfoncée dans la chair. Il dut cracher sur le doigt pour parvenir à la faire glisser. Quand la bague céda enfin, il était prêt à couper le doigt, la gorge, n'importe quoi pour emporter Eléa loin de Coban et de la guerre.

Ils montèrent dans l'engin encore chaud, et Païkan enfonça la clé dans la plaque de commande. Au lieu du signal bleu, ce fut un signal jaune qui se mit à palpiter. La porte de l'engin se ferma en claquant et le diffuseur de bord se mit à hurler : « Clé volée ! Clé volée ! » A l'extérieur de l'engin, un avertisseur couinait.

Païkan tira sur la porte. Ils bondirent au-dehors et s'éloignèrent à l'abri des arbres. Derrière eux l'avertisseur continuait de pousser son appel grinçant, et le diffuseur de crier : « Clé volée ! Clé volée ! »

Les voyageurs qui se dirigeaient vers les engins ou en sortaient prêtaient peu d'attention à l'incident. Des soucis plus graves les faisaient se hâter. Au-dessus de l'entrée des Treize Rues, une énorme image montrait la bataille de la Lune. Les deux camps la bombardaient avec leurs armes nucléaires, la hérissant de champignons, creusant de gigantesques cratères, fissurant ses continents, vaporisant ses mers, dispersant son atmosphère dans le vide. Les passants s'arrêtaient, regardaient un instant, repartaient plus vite. Chaque famille avait un allié ou un parent dans les garnisons de la Lune ou de Mars.

Au moment où Eléa et Païkan s'engouffraient dans la onzième rue, la cheminée d'arrivée du parking livra passage à une grappe d'engins de l'Université qui se dirigèrent vers toutes les pistes et toutes les entrées.

La onzième rue était pleine d'une foule fiévreuse. Des groupes s'aggloméraient devant les images officielles qui transmettaient les nouvelles de la Lune ou la dernière déclaration du Président. De temps en temps, quelqu'un qui n'avait pas encore entendu ses paroles enfonçait sa clé dans la plaque son, et Lokan prononçait une fois de plus les mêmes mots rassurants : « Ce n'est pas encore la guerre... »

— Qu'est-ce qu'il leur faut ? cria un garçon maigre au torse nu, aux cheveux courts. C'est déjà la guerre si vous l'acceptez ! Dites non ! avec les étudiants ! Non à la guerre ! Non ! Non ! Non !

Sa protestation ne souleva aucun écho. Les gens proches de lui s'éloignèrent et se dispersèrent isolés ou main dans la main. Ils avaient conscience que crier non ou oui ou n'importe quoi ne servait plus maintenant à quoi que ce fût.

Eléa et Païkan se hâtaient vers l'entrée de l'ascenseur-en-commun, espérant se glisser dans la foule pour gagner la surface. Une fois dehors, ils aviseraient. Ils n'avaient pas le temps de réfléchir maintenant. Les gardes verts apparaissaient déjà au bout de la rue. Ils barraient d'une triple file toute la largeur de la voie et avançaient en vérifiant l'identité de chacun. La foule s'inquiétait et s'énervait.

— Qu'est-ce qu'ils cherchent ?
— Un espion !
— Un Enisor !
— Il y a un Enisor dans la 5e Profondeur !
— Tout un commando d'Enisors ! Des saboteurs !
— Attention ! Ecoutez-et-regardez !

L'image de Coban venait de surgir au milieu de la rue. Elle se répétait tous les cinquante pas, dominant la foule et les arbres, répétant le même geste et prononçant les mêmes paroles.

— Ecoutez-et-regardez. Je suis Coban. Je cherche Eléa 3-19-07-91. Voici son visage.

Un portrait d'Eléa, pris quelques heures plus tôt dans le labo, sauta à la place de Coban. Eléa se tourna vers Païkan et blottit son visage dans sa poitrine.

— Ne crains rien ! dit-il doucement.

Il lui caressa la joue, glissa une main sous son bras, défit l'extrémité de sa bande de buste, lui dénuda une épaule et, avec la partie de la bande ainsi dégagée, lui enveloppa le cou, le menton, le front et les cheveux. C'était une tenue que les hommes et les femmes adoptaient parfois, qui ne la ferait pas remarquer, et qui laissait peu de possibilités de la reconnaître.

— Je cherche cette femme pour la sauver. Si vous savez où elle est, signalez-la. Mais ne la touchez pas... Ecoutez, Eléa ! Je sais que vous m'entendez. Signalez-vous avec votre clé, en l'enfonçant dans n'importe quelle plaque. Signalez-vous et ne bougez plus. Ecoutez-et-regardez, je cherche cette femme, Eléa 3-19-07-91...

Un homme l'a reconnue. C'est un sans-clé. Il l'a reconnue à ses yeux. Il n'y a pas de bleu aussi bleu dans les yeux d'aucune autre femme, ni à Gonda 7, ni peut-être dans tout le continent. L'homme est appuyé contre le mur, entre deux troncs grimpants, sous les branches où pendent les machines distributrices d'eau, de nourriture et des mille objets nécessaires ou superflus qu'on peut obtenir avec sa clé. Lui ne peut plus rien obtenir. Il est un paria, un sans-clé, il n'a plus de compte, il ne peut vivre que de mendicité. Il tend la main, et les gens qui viennent se servir dans la forêt des machines multicolores lui donnent le fond d'un gobelet, ou un peu de nourriture qu'il mange ou glisse dans son sac de ceinture. Pour cacher la honteuse nudité de son doigt sans bague, il porte autour de la phalange du majeur un ruban noir.

Il a vu Eléa se blottir contre Païkan, et celui-ci lui dissimuler le visage. Mais quand elle a relevé la tête pour regarder Païkan, il a vu ses yeux, et il a reconnu les yeux bleus de l'image.

Les gardes verts approchaient lentement, inexorablement. Chaque personne interpellée enfonçait sa clé dans une plaque fixée au poignet du garde. Celle de toute personne recherchée y serait restée enfoncée et fixée, la faisant prisonnière. Eléa et Païkan s'éloignèrent. Le sans-clé les suivit.

Ils n'avaient jamais pris l'ascenseur-en-commun, fréquenté surtout par les moins-bien-désignés, ceux qui ne se tenaient pas par la main, et avaient besoin de la compagnie des autres. Ils surent qu'ils ne le prendraient pas davantage maintenant : les portes pivotantes ne laissaient passer qu'une personne à la fois, avec sa clé enfoncée dans la plaque...

Ils ne prendraient ni cet ascenseur, ni aucun autre, ni les avenues de transport, ni nourriture, ni boisson. Rien. Ils ne pouvaient plus rien obtenir.

Une image gigantesque d'Eléa emplit brusquement toute la largeur de la rue.

— L'Université cherche cette femme, Eléa 3-19-07-91. Elle la cherche pour la sauver. Si vous la voyez, ne-la-saisissez-pas-ne-la-touchez-pas. Suivez-la et signalez-la. Nous la cherchons pour la sauver. Ecoutez, Eléa, je sais que vous m'entendez... Signalez-vous avec votre clé !

— Ils me regardent ! Ils me regardent ! dit Eléa.

— Non, dit Païkan. Ils ne peuvent pas te reconnaître.

— Vous la reconnaîtrez à ses yeux, quel que soit son camouflage. Regardez les yeux de cette femme. Nous la cherchons pour la sauver.

— Baisse les paupières ! Regarde par terre !...

Une triple file de gardes verts déboucha au carrefour de la onzième rue et de la Transversale, et s'avança à la rencontre des autres. Il n'y avait plus d'issue. Païkan jeta autour de lui un regard désespéré.

— Regardez bien les yeux de cette femme...

Chacun des yeux de l'image était grand comme un arbre, et le bleu de l'iris était une porte ouverte dans le ciel de la nuit. Les paillettes d'or y brillaient comme des feux. L'image tournait lentement pour que chacun pût la voir de face et de profil.

Accablée par cette présence démesurée d'elle-même, Eléa baissait la tête, courbait le dos, crispait sa main sur la main de Païkan qui l'entraînait vers les portes de l'Avenue, dans l'espoir de s'y faufiler par la sortie. L'image impalpable leur barrait la route. Ils arrivèrent tout près d'elle. Eléa s'arrêta et leva la tête. Du haut de son visage gigantesque, ses yeux immenses la regardaient dans les yeux.

— Viens... dit doucement Païkan.

Il la tira vers lui, elle se remit à marcher, un brouillard de mille couleurs frissonnantes l'enveloppa : ils étaient entrés dans l'image. Ils en émergèrent devant les portes d'accès de l'Avenue. Les battants de la sortie s'ouvrirent brusquement sous la poussée d'une foule d'étudiants qui couraient. Garçons et filles, tous avaient le torse nu, extrêmement maigre. Les filles s'étaient peint sur chaque sein un grand X rouge, pour nier leur féminité. Il n'y avait plus ni filles ni garçons, rien que des révoltés. Depuis le début de leur campagne, ils jeûnaient un jour sur deux, et le deuxième jour ne mangeaient que la ration énergétique. Ils étaient devenus durs et légers comme des flèches.

Ils couraient en scandant le mot « Pao » qui signifie « non » dans les deux langues gonda. Païkan et Eléa s'enfoncèrent parmi eux à contre-courant, pour franchir les battants avant qu'ils se referment.

— Pao !... Pao !... Pao !... Pao !...

Les étudiants les bousculaient et les entraînaient, ils repartaient en avant, Païkan écartant la foule comme une étrave. Les étudiants se cognaient sur eux, glissaient à gauche et à droite, semblaient ne pas les voir, hallucinés par la faim et par leur cri répété.

— Pao !... Pao !... Pao !... Pao !...

Ils parvinrent enfin à la porte. Mais un bloc l'emplit et déborda, les repoussant devant eux. C'était une compagnie de gardes blancs de la Police du Conseil, au coude à coude, la main gauche armée.

Froide, efficace, sans émotion, la Police blanche ne se montrait que pour agir. Ses membres étaient choisis par l'ordinateur avant l'âge de la Désignation. Ils ne recevaient pas de clé, ils n'avaient pas de compte de crédit, ils étaient élevés et entraînés dans un camp spécial au-dessous de la 9e Profondeur, au-dessous même du complexe des machines immobiles. Ils ne montaient jamais à la Surface, rarement au-dessus des machines. Leur univers était celui du Grand Lac Sauvage dont les eaux se perdaient dans les ténèbres d'une caverne inexplorable. Sur ses rives minérales, ils se livraient sans arrêt à des batailles sans pitié les uns contre les autres. Ils se battaient, dormaient, mangeaient, se battaient, dormaient, mangeaient. La nourriture qu'ils recevaient transformait en activité de combat leur énergie sexuelle inemployée. Quand le Conseil avait besoin d'eux, il en injectait une quantité plus ou moins importante où le besoin s'en faisait sentir, comme un organisme mobilise ses phagocytes contre un furoncle, et tout rentrait rapidement dans l'ordre. Ils étaient couverts, tête et pieds compris, d'un collant de matière blanche semblable à du cuir, qui ne laissait libre que le nez et les yeux. Personne n'avait jamais su quelle était la longueur de leurs cheveux. Ils portaient deux armes G, également de couleur blanche, l'une à la main gauche, l'autre sur le ventre, du côté droit. Ils étaient les seuls à pouvoir tirer des deux mains. Le Conseil les avait lancés dans la ville pour liquider la révolte des étudiants.

— Pao !... Pao !... Pao !... Pao !...

Le bloc des gardes blancs continuait à sortir, compact, des battants de l'Avenue, et s'avançait vers les étudiants dont les jupes multicolores tourbillonnaient dans la rue, escaladaient les arbres. La foule, sentant venir le choc, s'enfuyait vers toutes les issues possibles. Bloquée par les gardes verts aux deux extrémités de la rue, elle refluait vers les entrées des ascenseurs et de l'Avenue. Une image nouvelle du Président surgit à la voûte, horizontale, longue comme la rue, couchée au-dessus de la foule et parla.

Une image parlante sans clé était si exceptionnelle que tout le monde s'arrêta et écouta. Même les gardes.

— Ecoutez-et-regardez !... Je vous informe que le Conseil a décidé d'envoyer le Conseiller de l'Amitié Internationale à Lamoss, en priant le gouvernement énisor d'y envoyer son ministre équivalent. Notre but est d'essayer de cantonner la guerre aux territoires extérieurs, et de l'empêcher de s'étendre à la Terre. La Paix peut encore être sauvée !... Tous les vivants des catégories 1 à 26 doivent gagner immédiatement leur emplacement de mobilisation.

L'image fit un tête-à-queue et recommença son discours.

— Ecoutez-et-regardez !... Je vous informe...

— Pao ! Pao !... Pao !... Pao !...

Les étudiants avaient formé une pyramide. Au sommet, une fille aux seins barrés, brûlante de foi, criait, les bras en croix :

— Pao ! Pao ! Ne l'écoutez pas ! N'allez pas à vos emplacements ! Refusez la guerre quelle qu'elle soit ! Dites NON ! Obligez le Conseil à déclarer la Paix ! Suivez-nous ! !...

Un garde blanc tira. La fille emportée disparut dans la joue de l'image d'Eléa.

— Nous recherchons cette femme...

Les gardes foncèrent en tirant.

— Pao ! Pao ! Pao ! Pao !

La pyramide s'envola en morceaux qui étaient des garçons et des filles morts.

Païkan voulut enfoncer sa main dans son arme, mais elle n'était plus à sa ceinture. Il l'avait perdue, sans doute au moment où il avait cru la remettre à sa place en sautant de l'engin. La masse blanche compacte des gardes allait les atteindre, la foule fuyait, les étudiants criaient leur cri de révolte. Païkan plaqua Eléa au sol et se jeta sur elle. Un garde blanc les enjamba en courant. Païkan lui saisit au vol la pointe d'un pied et le retourna d'un coup sec. La cheville craqua. Le garde tomba sans crier. Païkan lui écrasa son genou sur les vertèbres cervicales et tira la tête en arrière à deux mains. Les vertèbres cassèrent. Païkan souleva la main gauche armée inerte et replia à fond les doigts enfoncés dans l'arme. Un paquet de gardes s'envola et s'écrasa contre le mur et le mur pulvérisé disparut dans un nuage. Derrière la brèche ouverte, les pistes de l'Avenue défilaient. La foule s'y engouffra en criant, Païkan et Eléa au milieu d'elle. Païkan emportait l'arme du mort. Les gardes blancs, indifférents, poursuivaient avec calme leur tâche d'extermination.

Ils quittèrent l'Avenue au Rond-Point du Parking. Le Parking, c'était le seul espoir, la seule issue. Païkan avait pensé à une autre façon de se procurer un engin. Mais il fallait arriver jusqu'à lui...

Au centre du Rond-Point se dressaient les douze troncs d'un Arbre rouge. Unis à la base, ils s'évasaient en corolle, se tenaient par leurs branches communes comme des enfants qui font une ronde. Très haut, leurs feuilles pourpres cachaient la voûte et frémissaient sous la multitude des pattes et des chants et des ailes des oiseaux cachés. Autour de leur pied commun tournait un ruisseau au fond duquel de petites tortues lumineuses soulevaient de leur tête plate des galets presque transparents, pour y chercher des vers et des larves. Haletante de soif, Eléa s'agenouilla au bord du ruisseau. Elle prit de l'eau dans ses mains et y plongea sa bouche. Elle la recracha avec horreur.

— Elle vient du lac de la 1re Profondeur, dit Païkan. Tu le sais bien...

Elle le savait, mais elle avait soif. Cette merveilleuse eau claire était amère, salée, putride et tiède. C'était imbuvable, même à la minute de la mort. Païkan releva doucement Eléa et la serra contre lui. Il avait soif, il avait faim ; il était plus éprouvé qu'elle, car il n'avait pas le soutien du sérum universel. Aux branches au-dessus d'eux pendaient mille machines qui leur proposaient, en mille couleurs mouvantes, des boissons, de la nourriture, des jeux, du plaisir, du besoin. Il savait qu'il n'avait même pas la ressource de briser l'une ou l'autre, car à l'intérieur il n'y avait rien. Chacune fabriquait ce qu'elle avait à fabriquer, à partir de rien. Avec la clé.

— Viens, dit doucement Païkan.

La main dans la main, ils s'approchèrent de l'entrée du Parking. Elle était barrée par trois files de gardes verts. Dans chaque rue qui aboutissait au Rond-Point, une triple file s'avançait, refoulant devant elle des foules énervées et de plus en plus denses.

Païkan enfonça sa main dans l'arme, la décolla de sa ceinture, se tourna vers l'entrée du Parking, et leva l'avant-bras.

— Non ! dit Eléa. Ils ont des grenades.

Chaque garde portait à la ceinture une grenade S transparente, fragile, pleine de liquide vert. Il suffisait qu'une seule se brisât pour que toute la foule fût immédiatement endormie. Eléa portait en sautoir le masque qui lui avait déjà servi à l'Université et dans les profondeurs de la piscine, mais Païkan n'en avait pas.

— Je peux rester deux minutes sans respirer, dit Païkan. Mets ton masque. Et dès que j'aurai tiré, fonce.

Une image d'Eléa s'alluma brusquement au milieu de l'Arbre rouge et la voix de Coban s'éleva :

— Vous ne pourrez pas sortir de la ville. Toutes les issues sont gardées. Eléa, où que vous soyez, vous m'entendez. Signalez-vous avec votre clé. Païkan, pensez à elle et non à vous. Avec moi c'est la vie, avec vous c'est la mort. Sauvez-la.

— Tire ! dit Eléa.

Il respira à fond et tira à moyenne puissance.

Les gardes s'écroulèrent. Des grenades se brisèrent. Une brume verte emplit d'un seul coup le Rond-Point jusqu'à la voûte. La foule plia sur les genoux, bascula, se coucha. Du toit de feuilles des douze arbres des dizaines de milliers d'oiseaux tombèrent comme des flocons de toutes les couleurs estompés par la brume. Déjà Païkan entraînait Eléa en courant vers le Parking. Il courait il enjambait les corps étendus, il restituait peu à peu l'air qui emplissait ses poumons. Il trébucha contre un genou levé. Il fit « ha ! », inspira malgré lui, s'endormit d'un bloc et, entraîné par son élan, plongea la tête en avant dans un ventre couché.

Eléa le retourna, le saisit sous les bras et se mit à le traîner.

— Vous n'y arriverez pas toute seule ! dit une voix nasillarde.

Près d'elle se dressait le sans-clé, le visage caché par un masque d'un vieux modèle, rapiécé et maintenu par des attaches de fortune.

Il se baissa et prit les pieds de Païkan.

— Par ici, dit-il.

Il conduisit Eléa et leur fardeau vers le mur, dans un recoin entre deux troncs grimpants. Il posa Païkan et regarda autour de lui. Il n'y avait pas un seul vivant debout à portée de vue. Il tira de sa besace une tige de fer façonnée, l'enfonça dans un trou du mur, tourna et poussa. Le pan du mur entre les deux troncs s'ouvrit comme une porte.

— Vite ! Vite !...

Un engin de l'Université se posait à l'entrée du Parking. Ils soulevèrent Païkan et entrèrent dans le trou noir.

Le réveil était aussi brusque que la chute dans le sommeil. Aussitôt soustrait à l'influence de la brume verte, Païkan ouvrit les yeux et vit le visage d'Eléa. Elle était à genoux près de lui, elle tenait sa main droite entre ses deux mains, et elle le regardait avec angoisse.

Le voyant s'éveiller, elle soupira de bonheur, lui sourit, abandonna sa main et s'écarta pour qu'il pût regarder autour de lui.

Il regarda et ne vit que du gris. Des murs gris, le sol gris, la voûte grise. Et, en face de lui, l'escalier gris. Assez large pour laisser s'écouler une foule, il montait, désert, vide, nu, interminablement, dans le gris et le silence, et y disparaissait.

Sur la gauche, un autre escalier aussi large et vide descendait en tournant dans le gris qui l'absorbait. Des volées plus étroites et des couloirs en pente creusaient les murs dans toutes les directions, vers le bas, vers le haut. Une couche de poussière grise couvrait uniformément le sol, les murs et les voûtes.

— L'Escalier ! dit Païkan. Je l'avais oublié.
— Tout le monde l'a oublié, dit le sans-clé.

Païkan se leva et regarda l'homme. Il était gris lui aussi. Ses vêtements et ses cheveux étaient gris, et sa peau d'un rose gris.

— C'est vous qui m'avez amené ici ?

— Oui, avec elle... C'est elle qu'ils cherchent, n'est-ce pas ?

Il parlait à mi-voix, sans éclat, sans timbre.

— Oui, c'est moi, dit Eléa.

— Ils ne penseront pas tout de suite à l'Escalier. Personne ne l'utilise plus depuis très longtemps. Les portes ont été condamnées et camouflées. Ils auront de la peine à les retrouver...

Trois hommes gris surgirent en silence d'un couloir déclinant. En voyant le groupe, ils s'arrêtèrent quelques instants, puis s'approchèrent, regardèrent Eléa et Païkan, et repartirent sans avoir dit un mot, par les marches principales, vers le haut. Ils étaient un peu de gris mouvant dans le gris immobile. Ils devenaient de moins en moins visibles, de plus en plus petits vers le haut, gris sur gris, indiscernables. On les devinait tout à coup, parce que l'un d'eux, au lieu de continuer tout droit, avait fait un pas de côté, point gris qui bougeait sur du gris, puis plus rien que le gris qui ne bougeait plus. Leurs pieds sur les marches avaient écrasé la poussière sans la déplacer. Elle se regonflait lentement derrière eux, effaçant la trace de leurs pas, de leur passage, de leur vie.

La poussière n'était pas pulvérulente, mais feutrée, compacte, solidaire. Sorte de tapis aéré, fragile et stable, c'était la doublure de cet envers du monde.

— Si vous voulez monter jusqu'à la Surface, dit l'homme de sa voix qui était juste — tout juste — assez forte pour qu'on l'entendît, il y a 30 000 marches. Il vous faudra un jour ou deux.

Païkan répondit en étouffant instinctivement sa voix. Le silence était comme un buvard dans lequel on avait peur d'entendre les mots s'enfoncer et disparaître.

— Ce que nous voulons, c'est arriver au Parking, dit-il.

— Celui de la 5ᵉ Profondeur est plein de gardes. Il faudrait monter ou descendre d'une Profondeur. Descendre sera plus facile...

Le sans-clé plongea sa main dans sa besace, en sortit des sphérules de nourriture et les leur tendit. Pendant qu'ils les laissaient fondre dans leur bouche, il nettoya du tranchant de la main la poussière qui ouatait une sorte de cylindre courant à hauteur d'homme le long du mur, et y enfonça par deux fois une lame. Un double jet d'eau se mit à couler.

Eléa, la bouche ouverte, se jeta sous la mince colonne transparente. Elle s'étrangla, toussa, éternua, rit de bonheur. Païkan buvait dans ses deux mains en coupe. Ils avaient à peine étanché leur soif quand le double jet diminua et tarit : la conduite d'eau avait réparé ses fuites.

— Vous boirez de nouveau plus loin, dit l'homme. Dépêchons-nous, il y a 300 étages à descendre pour atteindre la 6ᵉ Profondeur.

Il prit un escalier sur la droite. Ils le suivirent. Il courait presque sur les marches, avec une sûreté née d'une longue fréquentation de l'escalier et de son vêtement de poussière. Il traversa un étroit palier, prit un escalier perpendiculaire, puis un autre, un autre, un autre. Il tournait à gauche, à droite, bifurquait, zigzaguait, sans hésitation, tombant et descendant d'étages en étages, toujours plus bas.

La main dans la main, Eléa et Païkan descendaient derrière lui, s'enfonçaient dans l'épaisseur grise. Parfois ils rencontraient, croisaient ou dépassaient d'autres sans-clé silencieux, qui se déplaçaient sans hâte, seuls ou par petits groupes. Le complexe de l'Escalier était leur univers. Ce corps abandonné, vidé, ce squelette creux, vivait de leur présence furtive. Ils avaient pratiqué des ouvertures clandestines, rouvert des portes inconnues par lesquelles ils se faufilaient dans le monde du bruit et de la couleur, juste le temps qu'il fallait pour se procurer l'indispensable, par la mendicité ou la rapine. Puis ils rentraient à l'intérieur du gris, dont ils avaient pris peu à peu la teinte. La poussière du sol avalait le bruit des pas, celle des murs le bruit des paroles. Le silence qui les entourait entrait en eux et les faisait taire.

Etourdis, courant, sautant des marches, Eléa et Païkan suivaient leur guide qui fonçait. Il leur expliquait tout, par quelques mots, des morceaux de phrases, à peine parlées, chuchotées presque. Il disait la famine quand les gens-de-la-couleur ne voulaient pas donner. Alors ils étaient réduits à manger des oiseaux-ronds. Il en montra un qui s'enfuyait devant eux. Il était gros comme le poing, il était gris, il n'avait pas d'ailes. Pour traverser un palier, il courut à toute vitesse sur ses pattes maigres. Arrivé en haut des marches, il s'élança, cacha sa tête et ses pattes sous ses plumes, et roula, rebondit comme une boule jusqu'en bas.

Ils en virent plusieurs qui grattaient le sol et extirpaient du bout du bec de gros vers gris qui creusaient leur galerie dans l'épaisseur de la poussière et se nourrissaient d'elle.

Eléa conservait ses forces et son souffle, mais Païkan dut s'arrêter. Ils se reposèrent quelques instants, assis au bas d'une volée de marches. Dans une encoignure du palier, une petite flamme brûlait. Trois silencieux accroupis faisaient cuire des oiseaux-ronds, qu'ils tenaient par les pattes au-dessus d'un feu de poussière. L'horrible odeur de la viande rôtie parvint jusqu'à eux et souleva le cœur de Païkan.

— Continuons, dit-il.

Au moment où il se levait, de grands coups retentirent dans un des murs. Les trois silencieux s'enfuirent en emportant leurs proies à moitié crues. Un fragment de mur vola en morceaux.

— Vite ! dit le sans-clé. C'est une ancienne porte. Ils l'ont trouvée !...

Il les repoussa devant lui, vers le haut. Ils remontèrent la volée de marches quatre à quatre. Sur le palier, le pan de mur s'effondra, et les gardes verts entrèrent.

Les trois fugitifs dévalaient à toute allure un couloir en pente, chassant devant eux une troupe d'oiseaux-ronds qui roulaient, sortaient leurs pattes pour accélérer leur vitesse, et s'élançaient de nouveau, de plus en plus vite, sans un piaillement d'effroi, ronds, roulants, silencieux et gris.

Du fond du couloir, devant eux, la voix de Coban s'éleva. Elle était étouffée, désincarnée par les feutres de poussière, elle paraissait toute proche, et venir, exténuée, du bout du monde.

— Ecoutez, Eléa, nous savons où vous êtes. Vous allez vous perdre. Ne bougez plus, nous vous rejoignons. Ne bougez plus. Le temps presse...

Le piétinement sourd des gardes venait au-devant d'eux, derrière eux, au-dessus d'eux. Le sans-clé s'arrêta.

— Ils sont partout, dit-il.

Païkan enfonça la main dans son arme.

— Attendez ! dit l'homme.

Il s'agenouilla, fit un trou avec les mains dans le tapis de poussière, colla son oreille au sol et écouta.

Il se releva d'un bond.

— Oui ! dit-il. Tirez là.

En venant se réfugier derrière Païkan, il montrait le sol dénudé.

Païkan tira. Le sol trembla. Des pans de poussière déchirés volèrent dans le couloir.

— Plus fort !

Païkan tira de nouveau. Le sol s'ouvrit en rugissant.

— Sautez !

Le sans-clé donna l'exemple et sauta dans le gouffre

d'où montait un bruit de fleuve. Ils sautèrent derrière lui, tombèrent dans l'eau amère et tiède. Un courant puissant les emporta. Eléa revint à la surface et chercha Païkan. L'eau était légèrement phosphorescente, plus brillante dans le remous et les tourbillons. Elle vit le visage de Païkan qui émergeait. Ses cheveux brillaient d'une lumière verte. Il lui sourit et lui tendit la main. Le plafond en pente s'enfonçait dans le courant, qui s'écoulait par un siphon. Au centre du tourbillon apparut une boule brillante : la tête du sans-clé. Il leva la main, fit signe qu'il plongeait, et disparut. Eléa et Païkan commencèrent à tournoyer et furent aspirés par la profondeur. Main dans la main, jambes abandonnées, sans poids, ils s'enfonçaient dans l'énorme épaisseur d'un muscle d'eau palpitant et tiède. Ils tombaient à une vitesse fantastique, tournoyaient étendus autour de leurs mains jointes, prenaient des virages qui les jetaient contre des parois feutrées de milliards de radicelles, émergeaient au sommet d'une courbe, respiraient, repartaient, aspirés, entraînés, toujours plus bas. L'eau avait un goût de pourriture et de sels chimiques. C'était le grand courant issu du lac de la 1re Profondeur. A la sortie du lac, il traversait une machine immobile, qui lui ajoutait les nourritures réclamées par les plantes. Il descendait ensuite d'étage en étage, dans les murs et dans les sols, et baignait les racines de toute la végétation enterrée.

Une chute verticale se termina par un ample virage et une remontée qui les rejeta au milieu d'un geyser de bulles phosphorescentes. Ils retrouvèrent l'air à la surface d'un lac qui s'écoulait lentement vers un porche sombre. Une multitude de colonnes tordues, les unes épaisses comme dix hommes, d'autres minces comme un poignet de femme, descendaient du plafond et s'enfonçaient dans l'eau où elles se ramifiaient et s'épanouissaient. C'était un peuple luisant de racines.

Sur l'une d'elles, torve, était assis le sans-clé. Il leur crie :

— Grimpez ! Vite !

Eléa se hissa jusqu'à une boucle presque horizontale, et tira Païkan sur qui pesait la fatigue. L'eau luisait et coulait sur les longs serpents végétaux avec un bruit de caresse. Du porche sombre venait de temps en temps le bruit sourd d'un remous. Une lumière pâle montait de l'eau, coulait des racines, froide, visqueuse, verte. De toutes parts dans le lac des points ronds lumineux, d'un rose vif, accouraient vers les remous laissés par les trois fugitifs. Ce fut bientôt au-dessous d'eux une ébullition de lumière rose frénétique. De temps en temps, quelques-unes de ces gouttes vives sautaient hors de l'eau comme des étincelles, essayaient de se coller aux jambes nues qui pendaient hors de leur portée. C'étaient des poissons minuscules, presque coupés en deux par leur bouche ouverte.

— Les poissons-amers, dit le sans-clé. S'ils vous goûtent, ils achèvent tout, même les os.

Eléa frémit.

— Mais qu'est-ce qu'ils mangent, d'habitude ?

— Les racines mortes, tous les débris que le courant entraîne. Ce sont des nettoyeurs. Et quand il n'y a rien d'autre, ils se mangent entre eux.

Il se tourna vers Païkan, frappa du poing le plafond qu'il touchait de la tête, et dit :

— Parking !...

Les racines qui plongeaient dans le lac étaient celles de la forêt du Parking de la 6ᵉ Profondeur.

Païkan leva son arme, et tira entre deux rangées de racines. Une portion du plafond sauta. Par la brèche, un arbre géant s'écroula lentement. Ses branches entraînaient un engin dans lequel s'agitaient deux silhouettes claires. Il tomba dans le lac, et l'arbre incliné l'enfonça et le maintint dans l'eau. C'était une vedette d'intervention de la police du Conseil, occupée par des gardes blancs. En un éclair rose, les millions de poissons lenticulaires furent sur eux et les attaquèrent par la portion découverte de leur visage, s'enfoncèrent par les yeux à l'intérieur de leur tête, et par le nez dans leur poitrine et dans leur ventre. L'engin s'emplit d'eau rouge.

Suivis du sans-clé, Eléa et Païkan grimpèrent le long des racines et des branches, et prirent pied sur le sol du Parking. Les étudiants y livraient aux gardes blancs une bataille sans espoir. Ils avaient trouvé, dans un engin-cargo bloqué par la guerre, des barres et des billes d'or qui devaient servir à édifier sur la Lune des machines immobiles. Ils en bombardaient les policiers, en courant et se dissimulant derrière les arbres et les engins. C'étaient des armes dérisoires. Parfois une d'elles faisait mouche et fêlait un crâne dans un éclair d'or, mais la plupart n'atteignaient pas leur but.

Les files de policiers s'enfonçaient entre les arbres comme des serpents blancs et tiraient à vue. Ils cueillaient les étudiants en pleine course et les jetaient, disloqués, contre les troncs ou dans les feuillages. Les branches craquaient et tombaient, des engins éclataient en morceaux. Tous les oiseaux du Parking avaient quitté la forêt et tournaient sous la voûte en une ronde affolée, hérissée de piaillements d'effroi. Ils traversaient l'image du Conseiller Militaire, aux cheveux noirs tressés, qui annonçait le refus du gouvernement énisor d'envoyer un ministre à Lamoss. Il ordonnait à tous les vivants de Gondawa de gagner leur poste de mobilisation. L'image sinistre de l'homme maigre s'éteignait, reparaissait un peu plus loin, recommençait son annonce.

Au-dessus de l'entrée des Douze-Rues, tournait une image d'Eléa, un quart de tour à gauche, à droite, à gauche, à droite...

— L'Université recherche cette femme, Eléa 3-19-07-91. Vous la reconnaîtrez à ses yeux. Nous la recherchons pour la sauver. Eléa, signalez-vous avec votre clé...

A l'extrémité d'une piste, près de la cheminée d'envol, une petite foule avait bloqué un engin de forme oblongue, inusité en Gondawa. Un citoyen de Lamoss, qui l'occupait, en fut extrait violemment. Il criait qu'il n'était pas énisor, qu'il n'était pas un espion, qu'il n'était pas un ennemi. Mais la foule ne comprenait pas la langue lamoss. Elle voyait le vêtement étranger, les cheveux ras, le visage clair, elle criait : « Espion ! », « A mort ! ». Elle commença à frapper. Des étudiants volèrent au secours de l'homme. Les gardes blancs suivirent. Le Lamoss fut écharpé, déchiré, mis en lambeaux, en bouillie sous les pieds de la foule enragée. Les étudiants furieux hurlaient contre l'horreur et la bêtise. La foule folle cria : « Etudiants ! Espions ! Vendus ! A mort ! » La foule arracha, déchira les jupes des étudiants et des étudiantes, arracha les cheveux, les oreilles, les seins, les sexes ; les gardes blancs tirèrent, nettoyèrent tout le tas, tout le coin, tout le monde.

Le sans-clé eut un sourire triste, fit un geste d'amitié à ses deux compagnons, et s'éloigna en direction des Douze-Rues. Eléa et Païkan se hâtèrent vers une région plus calme du Parking. La 2e file d'engins longue distance était presque déserte, paisible. Un engin qui venait de descendre prenait sa place. Il stoppa, se posa, sa porte s'ouvrit, un homme apparut. Au moment de descendre, il s'arrêta, surpris, pour écouter les cris de violence et les chocs sourds des armes. Les arbres l'empêchaient de voir. Mais le tumulte parvenait jusqu'à lui. Il sauta à terre.

— Qu'est-ce qui se passe ? demanda-t-il à Païkan.

Celui-ci, pour toute réponse, leva vers lui sa main gauche gantée de l'arme blanche, et de la main droite lui arracha son arme qu'il envoya au loin.

— Remontez ! Vite !

Comprenant de moins en moins, l'homme obéit. Païkan le fit asseoir, lui prit la main et enfonça sa clé dans la plaque élastique...

Interminable attente d'un instant de silence. Puis, brusquement, le voyant palpita. Païkan poussa un profond soupir, et de sa main droite ferma la bouche de l'homme.

— Destination ? demanda le diffuseur.

— Lamoss, premier parc.

Il y eut un court ronronnement suivi d'un clap.

— Crédit suffisant. Destination enregistrée. Retirez votre clé. Départ...

Païkan arracha l'homme à son siège et le jeta dehors, en lui criant des remerciements et des excuses. Déjà la porte claquait, l'engin décollait, tournait sur lui-même et gagnait la piste. Il s'engagea sur la rampe de sortie.

Le diffuseur de bord parla :

— L'Université recherche Eléa 3-19-07-91, Eléa, signalez-vous avec votre clé...

La cheminée de départ happa l'engin qui jaillit vers le haut. Il sortit de la Bouche et monta dans la nuit extérieure.

Depuis qu'ils vivaient à la surface, Eléa et Païkan avaient perdu l'habitude de la lumière perpétuelle des villes enterrées. C'était le jour quand ils avaient quitté le Parking, ils pensaient trouver le jour à l'extérieur. Mais la Terre et le Soleil avaient continué leur course, et la nuit était venue avec ses peuples d'étoiles. Ils s'allongèrent côte à côte sur le lit de parcours, et la main dans la main, sans dire un mot, se laissèrent envahir par la douceur et le silence infinis. Ils montaient dans la nuit et la paix, vers le ciel étoilé, ils oubliaient la Terre et ses horreurs absurdes. Ils étaient ensemble, ils étaient bien, chaque instant de bonheur était une éternité.

Ils coiffèrent les cercles d'or dont le lit était muni, et abaissèrent tous les deux la plaque frontale. Ils avaient tellement l'habitude de communiquer ainsi, que chacun pouvait recevoir de l'autre le contenu de sa mémoire en même temps que, sans avoir besoin d'y penser, il lui faisait part de ce que contenait la sienne. L'échange s'effectuait à une vitesse instantanée. Ils coiffaient les cercles, fermaient les yeux, abaissaient la plaque, et aussitôt ils n'avaient plus qu'une seule mémoire, qu'un seul passé. Chacun se souvenait des souvenirs de l'autre comme s'ils étaient siens. Ils n'étaient plus deux êtres qui croient se connaître et se trompent, mais un seul être sans trace d'ombre, solidaire et solide en face du monde. Ainsi Païkan sut tout du projet de l'Abri, et de chaque instant vécu par Eléa entre le moment où on les avait séparés et celui où elle l'avait rejoint. Ainsi connut-il la façon dont elle avait recouvré la liberté. L'apprenant d'elle-même, il en souffrit pour elle, sans reproche, sans jalousie. Il n'y avait pas de place entre eux pour des sentiments de cet ordre, car chacun, connaissant tout de l'autre, le comprenait absolument.

298

Ils ôtèrent en même temps les cercles d'or et se sourirent, dans une communion totale, un bonheur parfait d'être ensemble, de n'être qu'un dans leur propre connaissance, et deux pour la partager et multiplier leurs joies. Comme deux mains d'un même corps qui caressent le même objet, comme deux yeux qui donnent au monde sa profondeur.

Le diffuseur de bord parla.

— Nous atteignons le niveau 17. Nous allons commencer le vol horizontal vers Lamoss. Allure autorisée : vitesses 9 à 17. Quelle vitesse désirez-vous ?

— Le maximum, dit Païkan.

— Maximum, vitesse 17, enregistré. Attention à l'accélération !

Malgré l'avertissement, le déplacement horizontal pressa Eléa contre la coque, et roula Païkan par-dessus elle. Elle se mit à rire, prit à deux mains ses longs cheveux blonds encore humides, lui mordilla le nez, les joues, les lèvres.

Ils ne pensaient plus à leurs épreuves, aux menaces, à la guerre. Ils volaient vers un havre de paix. Peut-être momentané, précaire, illusoire, et où de multiples problèmes se poseraient en tout cas pour eux. Mais ces soucis étaient pour demain, pour tout à l'heure. Vivre les malheurs d'avance, c'est les subir deux fois. Le moment présent était un moment de joie, il ne fallait pas l'empoisonner.

Il fut coupé net par le hurlement des hurleurs d'alerte dans le diffuseur.

Glacés, ils se redressèrent. Un signal rouge clignotait sur la plaque de commande.

— Alerte générale, dit le diffuseur. Tous les vols sont annulés. Nous retournons au Parking par la voie la plus courte. Vous devez gagner immédiatement vos emplacements de mobilisation.

L'appareil vira et commença une descente vertigineuse en oblique. Au sol, à travers la coque transparente, on voyait le ballet affolé des maisons de loisir se rapprocher à une vitesse grandissante, et l'entonnoir de la Bouche aspirer les bulles lumineuses qui tournaient au-dessus d'elle en attendant leur tour.

L'engin ralentit et vint prendre sa place dans la ronde. Tous les appareils en surface avaient reçu l'ordre de rentrer. Maisons ou engins, ils étaient des milliers à tourner au-dessus de la Bouche qui aspirait les plus proches à pleine ouverture. Leur ronde couvrait tout le lac et la forêt.

— Il nous ramène dans la Ville ! dans le piège ! dit Eléa. Il faut sauter !

Ils étaient en train de survoler le lac à vitesse réduite, à une hauteur raisonnable pour un saut. Mais les portes étaient bloquées pendant le vol. Déjà, ils quittaient le lac et survolaient la masse compacte des arbres. Païkan tira dans la plaque de commande. L'appareil se cabra et amorça une montée, redescendit, remonta en balançoire, perdant chaque fois de l'altitude, à la façon d'une feuille d'automne qui tombe. Il rasa la cime de la forêt, remonta, redescendit et fracassa le sommet d'un tronc géant couronné de palmes. Il y resta planté comme une pomme sur un crayon.

Ils étaient couchés côte à côte au bord du lac, sur l'herbe qui descendait vers le sable. La main d'Eléa était dans la main de Païkan. Leurs yeux grands ouverts regardaient la nuit nettoyée. La Bouche avait absorbé les derniers traînards, le ciel n'offrait plus rien que ses étoiles. Ils ne voyaient rien d'autre qu'elles, ils poursuivaient au milieu d'elles, dans l'immense paix indifférente de l'espace, leur voyage d'espoir interrompu.

Devant eux, au ras du lac, la Lune se levait en son dernier quartier. Elle était boursouflée, comme enveloppée de coton, déformée, rougeâtre. Des fulgurations pourpres illuminaient sans arrêt sa partie sombre. Elle brillait parfois tout entière d'un bref éclat semblable à celui du Soleil. C'était l'image silencieuse de la destruction d'un monde, proposée aux hommes par les hommes.

Ici même, avant la fin de la nuit...

Sans bouger davantage, sans se regarder, ils enlacèrent leurs doigts et collèrent leurs paumes l'une contre l'autre, étroitement.

Derrière eux, dans la forêt, un cheval hennit doucement, comme pour se plaindre. Un oiseau, dérangé dans son sommeil, pépia et se rendormit. Un peu de vent léger passa sur leurs visages.

— On pourrait partir à cheval..., murmura Païkan.

— Pour aller où ?... Rien n'est plus possible... C'est fini...

Elle souriait dans la nuit. Elle était avec lui. Quoi qu'il arrivât, cela leur arriverait à lui avec elle, à elle avec lui.

Il y eut un hennissement plus proche, et le bruit mou des pas du cheval sur l'herbe.

Ils se levèrent. Le cheval, blanc de lune, vint jusqu'à eux, s'arrêta et hocha la tête.

Elle enfonça sa main dans ses longs poils et le sentit trembler.

— Il a peur, dit-elle.

— Il a raison...

Elle vit la silhouette de son bras tendu faire le tour de l'horizon.

Dans toutes les directions, la nuit s'allumait de lueurs brèves, comme d'orages lointains.

— La bataille... à Gonda 17... Gonda 41... Enawa... Zenawa... Ils ont dû débarquer partout...

Un grondement sourd commençait à suivre les éclairs. Il venait ininterrompu, de toute la circonférence du cercle dont ils étaient le centre. Il rendait le sol sensible sous leurs pieds.

Il réveilla les bêtes de la forêt. Les oiseaux s'envolaient, s'affolaient de trouver la nuit, essayaient de regagner leur nid, se cognaient aux branches et aux feuilles. Les biches ocellées sortirent du bois et vinrent se grouper autour du couple humain. Il y eut aussi le cheval bleu, invisible dans la nuit, et les petits ours lents des arbres avec leur gilet clair, et les lapins noirs aux oreilles courtes, dont la queue blanche frétillait au ras du sol.

— Avant la fin de la nuit, dit Païkan, il ne restera plus rien de vivant ici, pas une bête, pas un brin d'herbe. Et ceux qui se croient protégés là-dessous sont seulement en sursis de quelques jours, peut-être de quelques heures... Je veux que tu entres dans l'Abri. Je veux que tu vives...

— Vivre ?... Sans toi ?...

Elle s'appuya contre lui et leva la tête. Il voyait la nuit de ses yeux refléter les étoiles.

— Je ne serai pas seule dans l'Abri. Il y aura Coban. Tu y penses ?

Il secoua la tête comme pour refuser cette image.

— Quand nous serons réveillés, je devrai lui faire des enfants. Moi qui n'en ai pas encore eu de toi, moi qui attendais... Cet homme, dans moi, sans cesse, pour me semer ses enfants, ça t'est égal ?

Il la serra brusquement contre lui, puis réagit, se força à se calmer.

— Je serai mort... depuis longtemps... depuis cette nuit...

Une voix immense et désincarnée sortit de la forêt. Les oiseaux s'envolèrent, cognant leur vol à tous les obstacles de la nuit. Tous les diffuseurs de la forêt parlaient la voix de Coban. Elle se mêlait et se superposait à elle-même, vibrait et se répandait sur la surface des eaux. Le cheval bleu leva la tête vers le ciel et poussa un cri de trompette.

— Eléa, Eléa, écoutez, Eléa... Je sais que vous êtes à l'extérieur... Vous êtes en danger... L'armée d'invasion se pose sans arrêt... Elle occupera bientôt toute la Surface... Signalez-vous à un ascenseur avec votre clé, nous viendrons vous chercher où que vous soyez... Ne tardez plus... Ecoutez, Païkan, pensez à elle !... Eléa, Eléa, ceci est mon dernier appel. Avant la fin de la nuit, l'Abri sera fermé, avec ou sans vous.

Puis ce fut le silence.

— Je suis à Païkan, dit Eléa d'une voix basse, grave. Elle se pendit à son cou.

Il mit ses bras autour d'elle, la souleva et la coucha sur la molle couche de l'herbe, parmi les bêtes. Elles s'écartèrent et firent un cercle autour d'eux. Il en arrivait d'autres de la forêt, tous les chevaux blancs, les chevaux bleus, et les chevaux noirs, plus petits, qu'on ne voyait même pas sous la lune. Et les lentes tortues sortaient de l'eau pour les rejoindre. La lumière des horizons palpitait autour d'eux aux extrémités du monde. Ils étaient seuls au milieu du rempart vivant des bêtes qui les protégeaient et qu'ils rassuraient. Il glissa sa main sous la bande qui couvrait la poitrine d'Eléa et fit fleurir un sein entre deux boucles. Il posa sur lui sa paume arrondie et le caressa avec un gémissement de bonheur, d'amour, de respect, d'admiration, de tendresse, avec une reconnaissance infinie envers la vie qui avait créé tant de beauté parfaite et la lui avait donnée pour qu'il sût qu'elle était belle.

Et maintenant, c'était la dernière fois.

Il posa sur lui sa bouche entrouverte et sentit la douce pointe devenir ferme entre ses lèvres.

— Je suis à toi... murmura Eléa.

Il délivra l'autre sein et le serra tendrement, puis défit le vêtement de hanches. Sa main coula le long des hanches, le long des cuisses, et toutes les pentes la ramenaient au même point, à la pointe de la courte forêt d'or, à la naissance de la vallée fermée.

Eléa résistait au désir de s'ouvrir. C'était la dernière fois. Il fallait éterniser chaque impatience et chaque délivrance. Elle s'entrouvrit juste pour laisser la place à la main de se glisser, de chercher, de trouver, à la pointe de la pointe et de la vallée, au confluent de toutes les pentes, protégé, caché, couvert, ah !... découvert ! le centre brûlant de ses joies.

Elle gémit et posa à son tour ses mains sur Païkan.

L'horizon gronda. Une lueur verte fit un troupeau vert du troupeau des chevaux blancs, qui dansaient sur place, effrayés.

Eléa ne voyait plus rien. Païkan voyait Eléa, la regardait de ses yeux, de ses mains, de ses lèvres, s'emplissait la tête de sa chair et de sa beauté et de la joie qui la parcourait, la faisait frémir, lui arrachait des soupirs et des cris. Elle cessa de le caresser. Ses mains sans forces tombèrent de lui. Les yeux clos, les bras perdus, elle ne pesait plus, pensait plus, elle était l'herbe et le lac et le ciel, elle était un fleuve et un soleil de joie. Mais ce n'étaient encore que les vagues avant la vague unique, la grande route lumineuse multiple vers l'unique sommet, le merveilleux chemin qu'elle n'avait jamais si longuement parcouru, qu'il dessinait et redessinait de ses mains et de ses lèvres sur tous les trésors qu'elle lui donnait. Et il regrettait de n'avoir pas plus de mains, plus de lèvres pour lui faire partout plus de joies à la fois. Et il la remerciait dans son cœur d'être si belle et si heureuse.

D'un seul coup, le ciel tout entier devint rouge. Le troupeau rouge des chevaux partit au galop vers la forêt.

Eléa brûlait. Haletante, impatiente, ce n'était plus possible, elle prit dans ses mains la tête de Païkan aux doux cheveux couleur de blé qu'elle ne voyait pas, qu'elle ne pouvait plus voir, la ramena vers elle, sa bouche sur sa bouche, puis ses mains redescendirent et prirent l'arbre aimé, l'arbre proposé, approché et refusé, et le conduisirent vers sa vallée ouverte jusqu'à l'âme. Quand il entra, elle râla, mourut, fondit, se répandit sur les bois, sur les lacs, sur la chair de la terre. Mais il était en elle — Païkan —, il la rappelait autour de lui, à longs appels puissants qui la ramenaient des bouts du monde — Païkan —, la rappelaient, l'attiraient, la rassemblaient, la condensaient, la durcissaient, la pressaient jusqu'à ce que le milieu de son ventre percé de flammes — Païkan ! — éclatât en une joie prodigieuse, indicible, intolérable, divine, bien-aimée, brûlant, jusqu'à l'extrémité de la moindre parcelle, son corps, qui la dépassait.

Leurs deux visages apaisés reposaient l'un contre l'autre. Celui d'Eléa était tourné vers le ciel rouge. Celui de Païkan baignait dans l'herbe fraîche. Il ne voulait pas encore se retirer d'elle. C'était la dernière fois. Il pesait sur elle juste assez pour la toucher et la sentir tout le long de sa peau. Quand il la quitterait, ce serait pour toujours. Il n'y avait plus de lendemain. Rien ne recommencerait. Il faillit se laisser emporter par le désespoir et se mettre à hurler contre l'absurde, l'atroce, l'insupportable séparation. La pensée de sa mort proche l'apaisa.

Une lourde détonation fit trembler le sol. Une partie de la forêt s'embrasa d'un seul coup. Païkan leva la tête et regarda, dans la lumière dansante, le visage d'Eléa. Il était baigné de la grande douceur, la grande paix que connaissent après l'amour les femmes qui l'ont reçu et donné dans sa plénitude. Elle reposait sur l'herbe de tout son corps entièrement détendu. Elle respirait à peine. Elle était au-delà de la veille et du sommeil. Elle était bien partout, et elle le savait. Sans ouvrir les yeux, elle demanda très doucement :

— Tu me regardes ?

Il répondit :

— Tu es belle...

Lentement, la bouche et les yeux clos devinrent un sourire.

Le ciel palpita et se fendit. Dans un hurlement, une nuée de soldats énisors à demi nus, peints en rouge, à cheval sur leurs sièges de fer, surgit dans les hauteurs de la nuit enflammée, et coula en oblique, par-dessus le lac, vers la Bouche. De toutes les cheminées, les armes de défense tirèrent. L'armée aérienne fut ravagée, dispersée, rasée, renvoyée vers les étoiles en milliers de cadavres disloqués qui retombaient dans le lac et dans la forêt. Les bêtes couraient dans tous les sens, se jetaient à l'eau, en ressortaient, tournaient autour du couple en dansant d'affolement. Une série d'explosions effrayantes souleva la forêt incendiée et la projeta partout. Une branche torche tomba sur une biche qui fit un bond fantastique et plongea. Les chevaux en feu galopaient et ruaient. Du ciel, une nouvelle armée descendait en hurlant.

Païkan voulut s'enlever d'Eléa. Elle le retint. Elle ouvrit les yeux. Elle le regarda. Elle était heureuse.

— Nous allons mourir ensemble, dit-elle.

Il glissa sa main dans l'arme abandonnée sur l'herbe, se retira, et se dressa. Elle eut le temps de voir l'arme braquée sur elle. Elle cria :

— Toi !

— Tu vas vivre, dit-il.

Il tira.

Ce qui suivit, Eléa le découvrit en même temps que les savants de l'EPI. L'arme l'avait assommée, mais ses sens avaient continué à recevoir des impressions, et sa mémoire subconsciente à les enregistrer.

Ses oreilles avaient entendu, ses yeux entrouverts avaient vu, son corps avait senti Païkan rajuster autour d'elle quelques vêtements, la prendre dans ses bras et marcher vers les ascenseurs au milieu de l'enfer déchaîné. Il avait enfoncé sa clé dans la plaque, mais la cabine ne montait pas. Il avait crié :

— Coban ! Je vous appelle ! Je suis Païkan ! Je vous apporte Eléa !...

Il y eut un silence. Il cria de nouveau le nom de Coban, le nom d'Eléa. Un signal vert se mit à palpiter au-dessus de la porte, et la voix de Coban retentit, brouillée, coupée, parfois étouffée, parfois vibrante comme le son d'une langue d'acier.

— ... tard... bien tard... ennemi... pénétré dans Gonda 7... votre groupe d'ascenseurs... isolé... vais essayer... descendez... j'envoie un commando... percer l'ennemi... à votre rencontre... signalez-vous... votre bague... toutes les plaques... je répète... j'envoie...

La cabine de l'ascenseur arriva et s'ouvrit.

Le sol se souleva en une explosion effrayante, le sommet de l'ascenseur fut pulvérisé, Eléa arrachée aux bras de Païkan, l'un et l'autre soulevés, roulés, jetés à terre. Et les yeux d'Eléa inconsciente voyaient le ciel rouge d'où descendait sans arrêt la nuée des hommes rouges. Et ses oreilles entendaient leur hurlement qui emplissait la nuit en flammes.

Son corps sentit la présence de Païkan. Il l'avait rejointe. Il la touchait. Ses yeux virent son visage angoissé cacher le ciel et se pencher vers elle. Ils virent son front blessé, ses cheveux blonds tachés par le sang. Mais sa conscience était absente, et elle n'éprouva aucune émotion. Ses oreilles entendirent sa voix lui parler pour la rassurer.

— Eléa... Eléa... Je suis là... Je vais te conduire... à... l'Abri... Tu vivras...

Il la souleva et la chargea sur son épaule.

Le buste d'Eléa pendait dans le dos de Païkan, et ses yeux ne virent plus rien. Sa mémoire n'enregistra plus que des bruits, et les sensations diffuses, profondes, qui entrent dans le corps par toute la surface et l'épaisseur de sa chair, et que la conscience ignore.

Païkan lui parlait, et elle entendait sa voix dans les explosions et les crépitements de la forêt qui brûlait.

— Je vais te conduire... Je vais descendre dans l'ascenseur... par l'échelle... Je suis à toi... Ne crains rien... Je suis avec toi...

Sur le grand écran de la Salle du Conseil, il n'y avait plus d'images précises. A la table du podium, Eléa, les yeux clos, la tête dans les mains, laissait sa mémoire livrer ce qu'elle avait enregistré. Dans les diffuseurs éclataient des fracas, des explosions, des cris horribles, des roulements de tremblement de terre. Sur l'écran, le circuit image traduisait les impulsions reçues par des écroulements de couleurs gigantesques, des chutes interminables

310

vers un abîme sulfureux, des éruptions de ténèbres. C'était le retour d'un monde fracassé vers le chaos qui précéda toutes les créations.

Et puis il y eut une succession de coups sourds et feutrés, de plus en plus rapprochés, de plus en plus puissants.

Eléa parut gênée, dérangée. Elle rouvrit les yeux et arracha le cercle d'or.

L'écran s'éteignit.

Les coups sourds continuèrent. Et tout à coup, ce fut la voix de Lebeau.

— Vous entendez ? *C'est son cœur !*

Il parlait en direct de la salle de réanimation, par tous les diffuseurs.

— Nous avons réussi ! Il vit ! Coban vit !

Hoover se leva d'un bond, cria « Bravo ! » et se mit à applaudir. Tout le monde l'imita. Les vieux savants et même les plus jeunes, les hommes, et les quelques femmes parmi eux, se soulageaient en gesticulations et à grands cris de la gêne qu'ils éprouvaient à se retrouver entre eux, à se regarder les uns les autres, après avoir entendu et vu ensemble sur l'écran les scènes les plus intimes évoquées par la mémoire d'Eléa. Ils affectaient de n'y attacher aucune importance, d'être blasés, de les considérer dans un pur esprit scientifique, ou d'en plaisanter. Mais chacun en était bouleversé profondément dans son esprit et dans sa chair, et, en se retrouvant tout à coup dans le monde d'aujourd'hui, il n'osait plus regarder son voisin qui, lui-même, détournait les yeux. Ils avaient honte. Honte de leur pudeur et honte de leur honte. La merveilleuse, la totale innocence d'Eléa leur montrait à quel point la civilisation chrétienne avait — depuis saint Paul et non depuis le Christ — perverti en les condamnant les joies les plus belles que Dieu ait données à l'homme. Ils se sentaient tous, même les plus jeunes, pareils à de petits vieillards salaces, impuissants et voyeurs. Le cœur de Coban, en se réveillant, venait de leur épargner ce moment de pénible embarras collectif, où la moitié d'entre eux se mettait à rougir et l'autre moitié blêmissait.

Le cœur de Coban battait, s'arrêtait, recommençait, irrégulier, menacé. Les électrodes d'un stimulateur, fixées sur sa poitrine par des bandages, intervenaient automatiquement quand l'arrêt se plongeait, et la surprise d'un choc électrique faisait repartir le cœur en sursaut.

Les médecins, autour de la table de réanimation, montraient des fronts soucieux.

Brusquement, ce qu'ils redoutaient se produisit. La respiration de Coban devint difficile, gargouillante, et les bandages se tachèrent de rouge à l'endroit de la bouche.

— Coagulant ! Sérum ! Couchez-le sur le côté. Dégagez la bouche. Sonde buccale...

Les poumons saignaient.

Sans cesser un instant leurs soins attentifs, par-dessus le gisant qu'ils dégageaient, manipulaient, soulageaient, les réanimateurs tinrent conseil.

Si l'hémorragie ne cessait pas, c'est que les brûlures du tissu pulmonaire étaient trop graves pour se cicatriser. Dans ce cas, il fallait ouvrir Coban et remplacer ses poumons.

OBJECTIONS :

Délai nécessaire pour faire venir des poumons neufs (trois paires, par sécurité) de la Banque Internationale des organes : appel radio, emballage, transport à l'avion, traversée Genève-Sydney, transbordement, traversée Sydney-EPI : le tout 20 heures.

— N'oublie pas les emmerdements militaires... Les papiers de douane...

— Ils ne vont quand même pas...

312

— Tout est possible. Double le délai.

— 40 heures.

Tenir Coban en vie pendant ce temps-là. Besoin de sang pour transfusion. Test sanguin du sang de Coban, immédiatement. Groupe et sous-groupe rouges, groupe et sous-groupe blancs.

Un infirmier dégagea la main et la saignée gauches.

Même problème pour l'opération : du sang, en quantité. Prévoir le double.

Autre problème pour l'opération : une équipe chirurgicale spécialiste des transplantations d'organes.

Moïssov : Nous avons...

Forster : Nous pouvons...

Zabrec : Chez nous...

Lebeau : Impossible. Trop risqué. Pas de mains nouvelles ici. Surtout des mains armées de couteaux. Nous opérerons nous-mêmes, en liaison télé avec les équipes française, américaine et du Cap. Nous pouvons le faire. Des poumons, c'est pas le diable.

Poumon artificiel pour y brancher le circuit sanguin pendant l'opération.

Il y en a un à l'infirmerie.

— Pourquoi ne pas utiliser cet appareil tout de suite, laisser reposer les poumons de Coban et leur permettre de se cicatriser ?

— Ils ne se cicatriseront pas s'ils ne reçoivent pas de sang. Ils doivent continuer de fonctionner. Ils guérissent ou ils ne guérissent pas, c'est le jeu.

RÉSULTATS DES TESTS SANGUINS : GROUPES ET SOUS-GROUPES INCONNUS. LE SANG TESTÉ (COBAN) COAGULE TOUS LES SANGS TÉMOINS.

Surprenant !

— C'est un sang fossile ! N'oubliez pas que ce type est un fossile ! Vivant, mais fossile ! Depuis 900 000 ans, le sang a évolué, mes enfants.

— Pas de sang, pas d'opération. La situation est simplifiée. Ou il guérit ou il meurt.

— Il y a la fille...

— Quelle fille ?

— Eléa... Son sang conviendrait peut-être.

— Jamais assez pour une opération ! Il faudrait la saigner à blanc, et ça ne suffirait pas.

— Peut-être. En ligaturant tout, et très vite. Avec le poumon artificiel en circuit tout de suite...

— Nous n'allons quand même pas assassiner cette fille !

— Elle s'en tirerait peut-être... Vous avez vu comme elle récupère...

— C'est sa nourriture...

— Ou le sérum universel...

— Ou les deux...

— Je m'y oppose ! Vous savez bien qu'elle ne pourrait pas refabriquer son sang assez vite. Vous demandez qu'on la sacrifie. Je m'y refuse !

— Elle est belle, c'est certain, mais devant le cerveau de ce type, elle ne fait pas le poids.

— Belle ou pas belle, ce n'est pas la question : elle est vivante. Nous sommes des médecins. Pas des vampires.

— On peut toujours tester son sang avec celui de Coban. Ça ne nous engage pas. Nous aurons sans doute besoin qu'elle nous en donne un peu s'il continue à saigner. Sans parler d'opération.

— D'accord, ça, d'accord, tout à fait d'accord.

Le même jour, Coban ressuscité, Coban en danger de mort, l'équation de Zoran expliquée ou à jamais perdue. Les foules les plus obtuses comprirent que quelque chose de fabuleusement important pour elles était en train de se jouer près du pôle Sud, à l'intérieur d'un homme que la mort retenait par la main.

— Essayez de réaliser ce qui se passe à l'intérieur de cet homme. Le tissu de ses poumons est brûlé, en partie détruit. Pour qu'il puisse recommencer à respirer normalement, à survivre, et vivre, il faut que ce qui reste de ce tissu régénère ce qui n'existe plus. Lui dort encore. Il a commencé à dormir il y a 900 000 ans et il continue. Mais la chair de son corps est éveillée et se défend. Et s'il était lui-même éveillé, ça ne changerait rien. Il ne pourrait rien de plus. Ce n'est pas lui qui commande. Son corps n'a pas besoin de lui. Les cellules du tissu pulmonaire, les merveilleuses petites usines vivantes sont en train de fabriquer à toute vitesse de nouvelles usines qui leur ressemblent, pour remplacer celles que le froid ou la flamme a détruites. En même temps, elles font leur travail ordinaire, multiple, incroyablement complexe, dans les domaines chimique, physique, électronique, vital. Elles reçoivent, choisissent, transforment, fabriquent, détruisent

détruisent, retiennent, rejettent, réservent, dosent, obéissent, ordonnent, coordonnent avec une sûreté et une intelligence stupéfiantes. Chacune d'elles en sait plus que mille ingénieurs, médecins et architectes. Ce sont des cellules ordinaires, d'un corps vivant. Nous sommes construits de milliards de cela, milliards de mystères, milliards de complexes microscopiques obstinés à leur tâche fantastiquement compliquée. Qui les commande, ces merveilleuses petites cellules ? Est-ce que c'est vous, Vignont ?

— Oh ! m'sieur...

— Pas celles de Coban, Vignont, mais les vôtres ? Celles de votre foie, est-ce que c'est vous qui leur ordonnez de faire leur travail de foie ?

— Non, m'sieur.

— Alors, qui les commande, vos petites cellules ? Qui leur ordonne de faire ce qu'elles ont à faire ? Qui les a construites comme il fallait pour qu'elles puissent le faire ? Qui les a mises chacune à sa place, dans votre foie, dans votre petite cervelle, dans la rétine de vos beaux yeux ? Qui ? Répondez, Vignont, répondez !

— Je ne sais pas, m'sieur.

— Vous ne savez pas ?

— Non, m'sieur.

— Moi non plus, Vignont. Et qu'est-ce que vous savez, à part ça ?

— Heu...

— Vous ne savez rien, Vignont...

— Non, m'sieur.

— Dites-moi : « Je ne sais rien ».

— Je ne sais rien, m'sieur.

— Bravo ! Regardez-les, les autres, ils rient, ils se moquent, ils croient savoir quelque chose. Qu'est-ce qu'ils savent, Vignont ?

— Je ne sais pas, m'sieur.

— Ils ne savent rien, Vignont. Qu'est-ce que je dessine au tableau, vous reconnaissez ?

— Oui, m'sieur.

— Qu'est-ce que c'est ? Dites-le.

— C'est l'équation de Zoban, m'sieur.

— Ecoutez-les rire, ces idiots, parce que vous vous êtes trompé d'une consonne. Croyez-vous qu'ils en savent plus que vous ? Croyez-vous qu'ils savent la lire ?

— Non, m'sieur.

— Et pourtant ils sont fiers d'eux, ils rigolent, ils se moquent ; ils se croient intelligents, ils vous prennent pour un idiot. Est-ce que vous êtes idiot, Vignont ?

— Je m'en fous, m'sieur.

— C'est très bien, Vignont. Mais ce n'est pas vrai. Vous êtes inquiet. Vous vous dites : « Je suis peut-être idiot. » Je vous rassure : vous n'êtes pas idiot ! Vous êtes fait des mêmes petites cellules que l'homme dont les poumons sont en train de saigner au point 612, exactement les mêmes que celles dont était fait Zoran, l'homme qui a trouvé la clé du champ universel. Des milliards de petites cellules suprêmement intelligentes. Exactement les mêmes que les miennes, monsieur Vignont, et les miennes sont agrégées de philosophie. Vous voyez bien que vous n'êtes pas idiot !

— Oui, m'sieur.

— Tenez, le voilà l'idiot : Jules-Jacques Ardillon, premier partout depuis la sixième, grosse tête ! Il croit qu'il sait quelque chose, il croit qu'il est intelligent. Vous êtes intelligent, monsieur Ardillon ?

— Heu... je...

— Oui, vous le pensez. Vous pensez que je plaisante et qu'en réalité je crois et je sais que vous êtes intelligent. Non, monsieur Ardillon, je crois et je sais que vous êtes idiot. Est-ce que vous savez lire l'équation de Zoran ?

— Non, monsieur.

— Et si vous saviez la lire, est-ce que vous sauriez ce qu'elle signifie ?

— Je pense que oui, monsieur.

— Vous pensez !... Vous pensez !... Quelle chance ! Vous êtes un Ardillon pensant ! Vous auriez dans la poche la clé de l'univers, la clé du bien et du mal, la clé de la vie et de la mort. Qu'est-ce que vous feriez, monsieur-Ardillon-pensant ?

— Heu...

— Voilà, monsieur Ardillon, voilà...

— Général, vous avez entendu les nouvelles ?

— Oui, monsieur le Président.

— Ce Co... comment ?

— Coban.

— ... Coban, ils l'ont réveillé.

— Ils l'ont réveillé...

— Ils vont peut-être le sauver ?

— Peut-être...

— Ils sont fous !

— Ils sont fous...

— Cette équation de machin, vous y comprenez quelque chose ?

— Moi, vous savez, les équations...

— Même au C.N.R.S., ils n'y comprennent rien !

— Rien !...

— Mais c'est pire que la Bombe !

— Pire...

— D'un autre côté, ça peut avoir du bon...

— Ça peut...

— Mais même ce bon, ça peut avoir du mauvais.

— Mauvais, mauvais...

— Pensez à la Chine !

— J'y pense.

— Mettez-vous à sa place !

— C'est un peu grand...

318

— Faites un effort ! Qu'est-ce que vous penseriez ?
Vous penseriez : « C'est encore ces salauds de Blancs qui
vont mettre la main sur ce truc. Au moment où nous
allions les égaler, peut-être les dépasser, ils vont de nouveau prendre mille ans d'avance. Il faut pas. Il faut
absolument pas. » Voilà ce que vous penseriez si vous
étiez la Chine.

— Evidemment... Vous croyez qu'ils vont saboter ?

— Saboter, enlever, attaquer, massacrer, je n'en sais
rien. Peut-être rien du tout. Comment savoir avec des
Chinois ?

— Comment savoir...

— Comment ! Comment savoir ? C'est votre métier,
de savoir ! Vous dirigez les S.R. ! Les S.R. ce sont les
Services de *Renseignement* ! On l'oublie un peu trop !
Vous tout le premier ! Surveillez la Chine, général ! Surveillez la Chine ! C'est de là que ça viendra...

La force internationale aéronavale stationnée au nord
de Terre Adélie se déploya dans les trois dimensions en
forme de bouclier, et resta en alerte vingt-quatre heures
sur vingt-quatre. Elle avait des yeux en l'air et au-dessus
de l'air, et des oreilles jusqu'au fond de l'océan.

Quand les yeux d'Eléa virent de nouveau, le président Lokan était debout au centre de l'image. A gauche, au bord de la vue de l'œil gauche, se tenait Coban qui regardait Lokan et l'écoutait. Et à droite, la moitié du visage de Païkan se penchait vers elle.

Lokan paraissait submergé de fatigue et de pessimisme.

— Ils ont pris toutes les villes du Centre, disait-il, et Gonda 7 jusqu'à la 2e Profondeur... Rien ne les arrête. Nous en tuons, nous en tuons, leurs pertes sont fantastiques... Mais leur nombre est inimaginable... Il en arrive des flots et des flots, sans arrêt... Maintenant, toutes leurs forces convergent vers Gonda 7, pour détruire le Conseil et l'Université, et vers l'Arme Solaire dans l'espoir de l'empêcher de partir. Nous avons fait sauter toutes les avenues qui conduisent à l'Arme, mais ils creusent partout, par millions, chacun son petit tunnel. Je ne peux pas accélérer l'envol. Honnêtement, je ne peux pas dire si nous réussirons à les arrêter assez longtemps, ou s'ils parviendront à l'Arme avant qu'elle soit partie.

— Je le souhaite ! dit Coban. Si nous devons être détruits, au moins que le reste vive ! Qui sommes-nous pour condamner à mort la Terre entière ?

— Vous êtes pessimiste, Coban, ce ne sera pas si terrible...

— Ce sera pire que tout ce que vous imaginez, et vous le savez bien !...

— Je ne sais plus, je n'imagine plus, je ne pense plus ! J'ai fait ce que j'avais à faire en tant que responsable de Gondawa, et maintenant personne ne peut plus rien arrêter ni savoir ce qui s'arrêtera ou non... Je suis exténué...

— C'est le poids de la Terre morte qui vous écrase !

— C'est facile, Coban ! C'est facile les belles phrases quand on est en dehors de l'action... Gardez-vous bien, Coban, ils viennent de larguer une nouvelle armée sur Gonda 7. Ils vont nous attaquer avec fureur. Je ne peux rien pour vous, j'ai besoin de toutes les forces dont je dispose. Vous avez votre garde...

— Elle est au combat, dit Coban. Nous les maintenons.

— Adieu, Coban... Je...

Lokan disparut. Ce n'était qu'une image. Coban gagna le centre de la vision et s'approcha d'Eléa. Il fit un signe vers quelqu'un qu'elle ne voyait pas.

— Ecoutez, Eléa, si vous m'entendez, ne soyez pas effrayée, dit-il. Nous allons vous faire boire une liqueur de paix, qui endormira non seulement votre esprit mais chaque parcelle de votre corps, afin que pas une cellule ne frémisse quand le froid le prendra.

— Je suis près de toi, dit Païkan.

Le corps d'Eléa sentit qu'on lui introduisait un tuyau souple dans la bouche, la gorge et l'estomac et qu'on y faisait couler un liquide. Sa révolte fut telle qu'elle lui rendit la conscience. Elle reprit connaissance. Elle voulut s'asseoir et protester. Mais tout à coup elle n'en sentit plus la nécessité. Elle était bien, tout était bien. Merveilleusement. Elle n'avait même plus envie de parler. Ce n'était pas nécessaire. Chacun devait la comprendre comme elle comprenait chacun et tout.

— Vous êtes bien ? demanda Coban.

322

Elle ne le regarda même pas. Elle savait qu'il savait.

— Vous allez vous endormir, totalement, tout douce-ment. Ce ne sera pas un long sommeil. Même si vous dormez pendant quelques siècles, ce ne sera pas plus long qu'une nuit.

Une nuit, une douce nuit de sommeil, de repos...

— Tu as entendu ? Rien qu'une nuit... Et quand tu te réveilleras, je serai mort depuis si longtemps que tu n'auras plus de peine... Je suis avec toi... Je suis près de toi.

— Déshabillez-la et lavez-la, dit Coban à ses assis-tants.

Païkan rugit.

— Ne la touchez pas !

Il se pencha vers elle et lui ôta les lambeaux de vête-ments qui lui restaient encore. Puis il répandit sur elle de l'eau tiède, la lava doucement, avec les précautions d'une mère pour son nouveau-né. Elle sentait sur elle ses mains aimées, elle était heureuse, Païkan, je suis à toi, dormir...

Elle voyait toute la salle autour d'elle, étroite, basse de plafond, avec un mur d'or bombé troué par une porte ronde. Elle entendait le bruit de la bataille qui se rappro-chait dans l'épaisseur de la terre. Tout cela était bien. L'image sanglante du chef des gardes apparut. Il avait perdu son casque et la moitié de la peau de sa tête. L'os saignait.

— Ils ont percé à la troisième Profondeur... Ils remontent vers l'Abri...

— Défendez l'Abri ! Ramenez toutes vos forces au-tour de lui ! Abandonnez tout le reste !

Le garde vert et rouge disparut. La terre tremblait.

— Païkan, emportez-la. Venez avec moi.

— Viens, Eléa, viens, je t'emporte, tu es dans mes bras. C'est moi qui t'emporte. Tu vas dormir. Je suis avec toi.

Elle ne voulait pas dormir, pas encore, pas tout à fait, tout était doux autour d'elle, tout était bien dans les bras de Païkan...

Dans ses bras elle descendit un escalier d'or et franchit une porte d'or. Encore quelques marches.

— Allongez-la ici, la tête vers moi, dit Coban. Les bras sur la poitrine. Bien... Écoutez, Moïssan, vous m'entendez ?

— Je vous entends.

— Envoyez-moi l'image de Gonda 1. Je veux être renseigné jusqu'au bout.

— Je vous l'envoie.

La voûte de l'Abri devint une plaine immense. Du ciel de feu tombaient les guerriers rouges. Dans leur foule verticale le choc des armes de défense creusait des trous énormes, mais du ciel en surgissaient d'autres, d'autres et d'autres. Arrivés au sol ils étaient balayés par les feux croisés des armes enterrées. Les nouveaux cadavres allaient rejoindre la multitude dansante des morts secouée sans arrêt par le choc des armes. Les rescapés s'enfonçaient immédiatement dans le sol, accroupis sur leur siège qui leur creusait un passage. Le sol se défendait, explosait, se soulevait en gerbes, projetait parmi les débris de sa propre chair ses agresseurs disloqués.

Eléa pensait que tout cela était bien. Tout était merveilleusement bien... bien... bien...

— Elle s'endort, dit Coban. Je vais lui mettre le masque. Dites-lui adieu.

Elle vit la plaine s'ouvrir d'un bout à l'autre de l'horizon, rejetant vers ses bords les amas de morts et de vivants avec les rochers et la terre. Une merveilleuse gigantesque fleur de métal et de verre sortit de la terre ouverte et monta dans le ciel. L'armée qui tombait du ciel fut écartée et rejetée comme de la poussière. La fleur fantastique s'éleva et s'épanouit, ouvrit autour d'elle ses pétales de toutes couleurs, dévoilant son centre, son cœur plus transparent que l'eau la plus claire. Elle emplissait le ciel, dans lequel elle continuait à monter et commençait à tourner doucement, puis vite, vite, de plus en plus vite... C'était merveilleusement bien, je suis bien, je vais dormir.

Le visage de Païkan cacha la fleur et le ciel. Il la regardait. Il était beau. Païkan. Il n'y a que lui. Je suis à Païkan.

— Eléa... Je suis à toi... Tu vas dormir... Je suis avec toi...

Elle ferma les yeux et sentit le masque se poser au-dessus de son visage. L'embout respiratoire se posa sur ses lèvres, les écarta et entra dans sa bouche. Elle entendit encore la voix de Païkan...

— Je ne vous la donne pas, Coban ! Je vous l'ai apportée mais je ne vous la donne pas ! Elle n'est pas à vous ! Elle ne sera jamais à vous !... Eléa, ma vie, sois patiente... Rien qu'une nuit... Je suis avec toi... pour l'éternité.

Elle n'entendit plus rien. Elle ne sentit plus rien. Sa conscience était submergée. Ses sens se fermèrent. Son subconscient sombra. Elle ne fut plus qu'une brume lumineuse, dorée, légère, sans forme et sans frontière. Qui s'éteignit...

Eléa avait ôté le cercle d'or. Le buste droit, adossée à son siège, le regard fixe perdu à l'infini, en deçà du présent, silencieuse, immobile comme une statue de pierre, elle offrait un visage d'une telle puissance tragique que personne n'osait bouger, n'osait dire une syllabe, rompre son silence d'une toux ou d'un grincement de siège.

Ce fut Simon qui se leva. Il se plaça derrière elle, posa ses mains sur ses épaules, et dit doucement :

— Eléa...

Elle ne bougea pas. Il répéta :

— Eléa...

Il sentit les épaules frémir dans ses mains.

— Eléa, venez...

La chaleur de sa voix, la chaleur de ses mains franchirent les barrières de l'horreur.

— Vous reposer...

Elle se leva, se tourna vers lui et le regarda comme s'il était le seul être vivant au milieu des morts. Il lui tendit la main. Elle regarda cette main tendue, hésita un instant, puis y posa la sienne. La main de Païkan... Une main... La seule main du monde, le seul secours.

Simon ferma lentement ses doigts autour de la paume

glacée posée dans la sienne, puis se mit en marche et emmena Eléa.

La main dans la main, ils descendirent du podium, traversèrent ensemble la salle, son silence et ses regards. Henckel, assis au dernier rang, se leva et leur ouvrit la porte.

Dès qu'ils furent sortis, les voix s'élevèrent, le brouhaha emplit la salle, les discussions naquirent dans tous les coins.

Chacun avait reconnu dans les dernières images la scène qui avait été transmise à Simon quand il avait coiffé le cercle récepteur. Et chacun devinait ce qui avait dû se passer ensuite : Païkan sortant de l'Abri, Coban buvant la liqueur de paix, se déshabillant et s'étendant sur son socle, rabattant sur son visage le masque d'or, l'Abri se fermant, le moteur du froid se mettant à fonctionner.

Pendant ce temps, l'Arme Solaire, poursuivant sa course aérienne, gagnait le zénith d'Enisoraï et entrait en action. Quel avait été exactement son effet ? On ne pouvait que le conjecturer. « Comme si le Soleil lui-même se posait sur Enisoraï... » avait dit Coban. Sans doute un rayon d'une température fantastique, fondant la terre et les roches, liquéfiant les monts et les villes, labourant le continent jusque dans ses racines, le coupant en morceaux, le bouleversant, le retournant comme une charrue d'enfer, et l'abîmant dans les eaux.

Et ce qu'avait craint Coban s'était produit. Le choc avait été si violent qu'il s'était répercuté sur la masse de la Terre. La Terre avait perdu l'équilibre de sa rotation et s'était affolée comme une toupie basculée avant de retrouver un nouvel équilibre sur des bases différentes. Ses changements d'allure avaient fêlé l'écorce, provoqué partout des séismes et des éruptions, projeté hors des fosses océanes les eaux inertes dont la masse fantastique avait submergé et ravagé les terres. Il fallait voir sans doute dans cet événement l'origine du mythe du déluge qu'on retrouvait aujourd'hui dans les traditions des peuples de toutes les parties du monde. Les eaux s'étaient retirées, mais pas partout. Gondawa s'était trouvée placée par le nouvel équilibre de la Terre autour du nouveau pôle Sud. Le gel avait saisi et immobilisé les eaux du raz de marée qui balayait le continent. Et, sur ce glacis, les années, les siècles, les millénaires avaient accumulé de fantastiques épaisseurs de neige transformée à son tour en glace par son propre poids.

Cela, Coban ne l'avait pas prévu. Son Abri devait se rouvrir quand les circonstances auraient rendu la vie de nouveau possible à la surface. Le moteur du froid devait s'arrêter, le masque devait rendre la respiration et la chaleur aux deux gisants, la perforatrice leur forer un chemin vers l'air et le soleil. Mais les circonstances n'étaient jamais redevenues favorables. L'Abri était resté une graine perdue au fond du froid, et qui n'aurait jamais germé sans le hasard et la curiosité des explorateurs. Hoover se leva.

— Je propose, dit-il, que nous rendions hommage, dans une déclaration solennelle, à l'intuition, l'intelligence et l'obstination de nos amis des Expéditions Polaires Françaises qui ont su non seulement interpréter les données inhabituelles de leurs sondeurs et en tirer les conclusions que vous savez, mais secouer l'indifférence et l'inertie des Nations jusqu'à ce qu'elles nous rassemblent et nous envoient ici !

L'assemblée se leva et approuva Hoover par acclamations.

— Il faut aussi, dit Léonova, rendre hommage au génie de Coban et à son pessimisme qui, conjugués, lui ont fait construire un abri à l'épreuve de l'éternité.

— O.K., petite sœur, dit Hoover. Mais il a été trop pessimiste. C'est Lokan qui avait raison. L'Arme Solaire n'a pas détruit *toute* la vie terrestre. Puisque nous sommes là ! Il y a eu des survivants, des végétaux, des animaux et des hommes. Sans doute très peu, mais c'était suffisant pour que tout recommence. Les maisons, les fabriques, les moteurs, l'énergie en bouteille, tout le saint frusquin dont ils vivaient avait été fracassé, anéanti. Les rescapés sont tombés le cul par terre ! Tout nus ! Ils étaient combien ? Peut-être quelques douzaines, dispersés dans les cinq continents. Plus nus que des vers parce qu'ils ne savaient plus rien faire ! Ils avaient des mains dont ils ne savaient plus se servir ! Qu'est-ce que je sais faire avec mes mains, moi, monsieur Hoover grosse tête ? A part allumer ma cigarette et taper sur les fesses des filles ? Rien ! Zéro. S'il me fallait attraper un lapin à la course pour pouvoir bouffer, vous voyez le tableau ? Qu'est-ce que je ferais si j'étais à la place des survivants ? Je boufferais des insectes, et des fruits quand ce serait la saison, et des bêtes crevées quand j'aurais la chance d'en trouver ! Voilà ce qu'ils ont fait ! Voilà où ils sont tombés ! Plus bas que les premiers hommes qui avaient tout commencé avant eux, plus bas que les bêtes. Leur civilisation disparue, ils se sont trouvés comme des escargots dont un gamin a cassé et arraché la coquille pour voir comment c'est fait dedans. Tiens, des escargots, ils ont dû en consommer pas mal, ça va pas vite. J'espère qu'il y avait beaucoup d'escargots. Vous aimez les escargots, petite sœur ? Ils sont repartis d'au-dessous du barreau le plus bas de l'échelle, et ils ont refait toute la grimpette, ils sont retombés en route, ils ont remonté encore, et retombé, et, obstinés et têtus, le nez en l'air, ils recommençaient toujours à grimper, et j'irai jusqu'en haut, et plus haut encore ! dans les étoiles ! Et voilà ! Ils sont là ! Ils sont nous ! Ils ont repeuplé le monde, et ils sont aussi cons qu'avant, et prêts à faire de nouveau sauter la baraque. C'est pas beau, ça ? C'est l'homme !

330

Ce fut une grande journée d'exaltation et de soleil. Dehors, le vent au sol était tombé à sa vitesse minima, pas plus de cent vingt à l'heure, avec des moments d'accalmie presque totale, invraisemblables de douceur inattendue. Il déchaînait ses fureurs très haut dans le ciel, le nettoyait du moindre germe de nuage, du plus petit grain de poussière de brume, le faisait briller d'un bleu intense, tout neuf, joyeux. Et la neige et la glace étaient presque aussi bleues que lui.

Dans la Salle du Conseil, l'assemblée bouillonnait. Léonova avait proposé aux savants de prêter le serment solennel de consacrer leur vie à lutter contre la guerre et la bêtise et ses formes les plus féroces, la bêtise politique et la bêtise nationaliste.

— Embrasse-moi, petite sœur rouge ! avait dit Hoover. Et ajoutons la bêtise idéologique.

Il l'avait serrée sur son ventre. Elle avait pleuré. Les savants, debout, bras tendus, avaient juré dans toutes les langues, et la Traductrice avait multiplié leur serment.

Hoï-To avait alors mis ses collègues au courant des travaux de l'équipe dont il faisait partie avec Lukos, et qui dressait le relevé photographique des textes gravés dans le mur de l'Abri. Elle venait d'achever le relevé d'un texte repéré dès le premier jour, dont elle avait trouvé et traduit le titre : « Traité des Lois Universelles » et qui semblait être l'explication de l'équation de Zoran. Devant son importance, Lukos allait se charger lui-même de projeter les douze cents clichés photographiques dans l'écran analyseur de la Traductrice.

C'était une nouvelle d'une extraordinaire importance. Même si Coban succombait, on pouvait espérer comprendre un jour le Traité et déchiffrer l'équation.

Heath se leva et demanda la parole.

— Je suis anglais, dit-il, et heureux de l'être. Je pense que je ne serais pas tout à fait un homme si je n'étais pas anglais.

Il y eut des rires et des « hou-hou-hou ».

Heath continua sans sourire :

— Certains continentaux pensent que nous considérons tous ceux qui ne sont pas nés dans l'île Angleterre comme des singes à peine descendus du cocotier. Ceux qui pensent ainsi exagèrent. Légèrement...

Cette fois, les rires dominèrent.

— C'est parce que je suis anglais, heureux d'être né dans l'île Angleterre, que je peux me permettre de vous faire la proposition suivante : écrivons, nous aussi, un traité, ou plutôt une Déclaration de Loi Universelle. La loi de l'homme universel. Sans démagogie, sans bla-bla, comme disent les Français, sans mots creux, sans phrases majestueuses. Il y a la Déclaration de l'O.N.U. Ce n'est que de la merde solennelle. Tout le monde s'en fout. Il n'y a pas un homme sur cent mille qui connaisse son existence. Notre Déclaration à nous devra frapper au cœur tous les hommes vivants. Elle n'aura qu'un paragraphe, peut-être qu'une phrase. Il faudra bien chercher, pour mettre le moins de mots possible. Elle dira simplement quelque chose comme ça : « Moi, l'homme, je suis anglais ou patagon et heureux de l'être, mais je suis d'abord l'homme vivant, je ne veux pas tuer et je ne veux pas qu'on me tue. Je refuse la guerre, quelles qu'en soient les raisons. » C'est tout.

Il se rassit et bourra sa pipe avec du tabac hollandais.

— Vive l'Angleterre ! cria Hoover.

Les savants riaient, s'embrassaient, se tapaient dans le dos. Evoli, le physicien italien, sanglotait. Henckel, l'Allemand méthodique, proposa de nommer une commission chargée de rédiger le texte de la Déclaration de l'Homme Universel.

Au moment où des voix commençaient à proposer des noms, celle de Lebeau surgit de tous les diffuseurs.

Elle annonçait que les poumons de Coban avaient cessé de saigner. L'homme était très faible et encore inconscient, son cœur irrégulier, mais on pouvait maintenant espérer le sauver.

C'était vraiment une grande journée. Hoover demanda à Hoï-To s'il savait dans combien de temps Lukos aurait fini d'injecter dans la Traductrice les photos du Traité des Lois Universelles.

— Dans quelques heures, dit Hoï-To.

— Donc, dans quelques heures, nous pourrons savoir, en 17 langues différentes, ce que signifie l'équation de Zoran ?

— Je ne crois pas, dit Hoï-To avec un sourire mince. Nous connaîtrons le texte de liaison, le raisonnement et le commentaire, mais la signification des symboles mathématiques et physiques nous échappera, comme elle échappe à la Traductrice. Sans l'aide de Coban, il faudrait un certain temps pour en retrouver le sens. Mais évidemment on y parviendrait, et sans doute assez vite, grâce aux ordinateurs.

— Je propose, dit Hoover, d'annoncer par Trio que nous ferons demain une communication au monde entier. Et de prévenir les universités et centres de recherches qu'ils auront à enregistrer un long texte scientifique dont nous transmettrons les images en anglais et en français, avec les symboles originaux en langue gonda. Cette diffusion générale d'un traité qui conduit à la compréhension de l'équation de Zoran rendra d'un seul coup impossible l'exclusivité de sa connaissance. Elle sera devenue en quelques instants le bien commun de tous les chercheurs du monde entier. Du même coup disparaîtront les menaces de destruction et d'enlèvement qui pèsent sur Coban, et nous pourrons inviter cette répugnante assemblée de ferraille militaire flottante et volante qui nous surveille sous prétexte de nous protéger à se disperser et à retourner dans ses repaires.

La proposition de Hoover fut adoptée par acclamations. Ce fut une grande journée, une longue journée sans nuit et sans nuages, avec un soleil doré qui promenait son optimisme tout autour de l'horizon. A l'heure où il s'éclipsait derrière la montagne de glace, les savants et les techniciens prolongèrent leur euphorie au bar et au restaurant de l'EPI 2. La provision de champagne et de vodka de la base fut ce soir-là sérieusement entamée. Et le scotch et le bourbon, l'aquavit et la schlivovitsa versèrent leur ration d'optimisme dans le chaudron bouillonnant de la joie générale.

— Petite sœur, dit Hoover à Léonova, je suis un énorme célibataire dégoûtant, et vous êtes une horrible cervelle marxiste maigrichonne... Je ne vous dirai pas que je vous aime parce que ce serait abominablement ridicule. Mais si vous acceptiez de devenir ma femme, je vous promets que je perdrais mon ventre et que j'irais même jusqu'à lire *le Capital*.

— Vous êtes odieux disait Léonova en sanglotant sur son épaule, vous êtes affreux...

Elle avait bu du champagne. Elle n'avait pas l'habitude.

334

Simon ne s'était pas joint à l'allégresse générale. Il avait accompagné Eléa jusqu'à l'infirmerie et ne l'avait plus quittée. En entrant dans la chambre, elle était venue droit vers la mange-machine, avait effleuré trois touches blanches, et obtenu une sphérule d'un rouge sang qu'elle avait aussitôt avalée, accompagnée d'un verre d'eau. Puis, avec son indifférence habituelle à la présence d'autrui, elle s'était déshabillée, avait vaqué, toute nue, à sa toilette, et s'était couchée de même, déjà à moitié endormie, sans doute sous l'effet de la sphérule rouge. Depuis qu'elle avait ôté son cercle d'or, elle n'avait pas prononcé une parole.

L'infirmière avait suivi le dernier épisode du souvenir dans la Salle des Conférences. Elle regarda Eléa avec pitié. Le visage de la jeune femme endormie restait figé dans une gravité tragique qui semblait au-delà de toutes les souffrances...

— La pauvre petite... dit l'infirmière. Faudrait peut-être que je lui mette son pyjama, elle risque d'avoir froid.

— Ne la touchez pas, elle dort, elle est en paix, dit Simon à mi-voix. Couvrez-la bien et surveillez-la. Je vais dormir un peu, je prendrai la garde à minuit. Réveillez-moi...

Il régla le thermostat pour augmenter légèrement la température de la chambre et s'allongea tout habillé sur son lit étroit. Mais, dès qu'il ferma les yeux, les images se mirent à défiler sous ses paupières. Eléa et Païkan, Eléa nue, le ciel de feu, le brassement des soldats morts, Eléa nue, Eléa sans Païkan, le sol broyé, la plaine fendue, l'Arme dans le ciel, Eléa, Eléa...

Il se dressa brusquement, conscient qu'il ne pourrait pas s'endormir. Somnifère ? La mange-machine était là, sur la petite table, à portée de sa main. Il effleura les trois touches blanches. Le tiroir s'ouvrit, lui offrant une sphérule rouge.

L'infirmière le regardait faire avec réprobation :

— Vous allez manger ça ? C'est peut-être du poison !

Il ne répondit pas. Si c'était du poison, Eléa en avait pris, et si Eléa mourait il n'aurait plus envie de vivre. Mais il ne croyait pas que cela en fût. Il prit la sphérule entre le pouce et l'index et la mit dans sa bouche. Elle éclata sous ses dents comme une cerise sans noyau. Il lui sembla que tout l'intérieur de sa bouche, de son nez, de sa gorge, étaient éclaboussés d'une douceur offensive. Ce n'était pas doux de goût, cela n'avait aucun goût, c'était comme un velours liquide, c'était un contact, une sensation d'une douceur infinie, qui se répandait et pénétrait à l'intérieur de la chair, traversait les joues et le cou pour arriver jusqu'à la peau, envahissait l'intérieur de la tête et, quand il avala, lui descendit dans tout le corps et l'emplit. Il se recoucha doucement. Il n'avait pas l'impression d'avoir sommeil. Il lui semblait qu'il pourrait marcher jusqu'à l'Himalaya et l'escalader en gambadant.

L'infirmière le secoua.

— Docteur ! Vite ! Levez-vous vite !

— Quoi ? Qu'est-ce qu'il y a ?

Il regarda l'horloge lumineuse. Elle marquait 23 h 37.

— Je vous avais bien dit que c'était du poison ! Buvez ça, vite ! C'est de l'ipéca.

Il repoussa le verre qu'elle lui tendait. Il ne s'était jamais senti aussi bien, euphorique, reposé comme s'il avait dormi dix heures.

— Alors, si c'est pas du poison, qu'est-ce qu'elle a, elle ?

Elle, Eléa.

Elle était réveillée, les yeux ouverts, le regard fixe, les mâchoires crispées. Des accès brusques de tremblement lui secouaient tout le corps. Simon la découvrit et lui toucha les muscles des bras et des cuisses. Ils étaient crispés, tendus, tétanisés. Il lui passa la main devant les yeux, qui ne cillèrent pas. Il trouva difficilement son pouls sous les muscles durcis du poignet. Il le sentit, puissant, accéléré.

— Qu'est-ce que c'est, docteur ? Qu'est-ce qu'elle a ?

— Rien, dit doucement Simon en remontant les couvertures. Rien... Que le désespoir...

— La pauvre petite... Qu'est-ce qu'on peut faire ?

— Rien, dit Simon, rien...

Il avait gardé la main glacée d'Eléa dans ses mains. Il se mit à la caresser, à la masser doucement, à masser le bras raidi en remontant vers l'épaule.

— Je vais vous aider, dit l'infirmière.

Elle fit le tour du lit et prit l'autre main d'Eléa. Le bras de celle-ci eut un sursaut de recul.

— Laissez-la, dit Simon. Laissez-moi avec elle. Laissez-nous. Allez dormir dans votre chambre...

— Vous êtes sûr ?

— Oui... Laissez-nous...

L'infirmière rassembla ses affaires et sortit en lançant à Simon un long regard soupçonneux. Il ne s'en aperçut pas. Il regardait Eléa, son visage figé, ses yeux fixes, dans lesquels la lumière brillait sur deux lacs de larmes immobiles.

— Eléa... dit-il très bas, Eléa... Eléa... Je suis avec vous...

Il pensa brusquement que ce n'était pas sa voix qu'elle écoutait, mais la voix étrangère de la Traductrice. Sa voix à lui, qui lui arrivait dans l'autre oreille, n'était qu'un bruit confus, étranger, que son attention s'efforçait d'éliminer.

Avec précaution, il lui ôta son écouteur d'oreille. Son micro-émetteur était resté accroché à ses vêtements posés sur une chaise. Il ôta le sien, épinglé à son pull et l'enfouit au fond d'une poche. Maintenant, il n'y avait plus de machine, plus de voix étrangère, entre elle et lui.

— Eléa... Je suis avec vous... tout seul avec vous... pour la première fois... peut-être la dernière... Et vous ne comprenez pas... Alors je peux vous le dire... Eléa mon amour... ma bien-aimée... je t'aime... mon amour, mon amour... je voudrais être près de toi... sur toi... dans toi très doucement... te rassurer, te réchauffer et te calmer, te consoler, je t'aime... je ne suis qu'un barbare... un arriéré sauvage... je mange de la bête... et de l'herbe et de l'arbre... je ne t'aurai jamais... mais je t'aime, je t'aime... Eléa, mon amour... tu es belle... tu es belle... tu es l'oiseau, le fruit, la fleur, le vent du ciel... Jamais je ne t'aurai... je le sais, je le sais... mais je t'aime...

Les mots de Simon se posaient sur elle, sur son visage, sur ses bras, sur ses seins découverts, se posaient sur elle comme des pétales tièdes, comme une neige de chaleur. Il sentait dans ses mains sa main s'adoucir, il voyait son visage se détendre, sa poitrine se soulever plus calmement, profondément. Il vit les paupières se baisser très lentement sur les yeux tragiques et les larmes enfin couler.

— Eléa, Eléa, mon amour... reviens du mal... reviens de la douleur... reviens, la vie est là, je t'aime... tu es belle, rien n'est aussi beau que toi... l'enfant nu, le nuage... la couleur, la biche... la vague, la feuille... la rose qui s'ouvre... l'odeur de la pêche et toute la mer... rien

338

n'est aussi beau que toi... le soleil de mai sur nos pâque-
rettes... l'enfant du lion... les fruits ronds, les fruits mûrs,
les fruits chauds de soleil... rien n'est aussi beau que toi,
Eléa, Eléa, mon amour, ma bien-aimée...

Il sentit la main d'Eléa étreindre la sienne, il vit son
autre main se soulever, se poser sur le drap, le toucher, le
saisir et d'un geste inhabituel, d'un geste incroyable, le
ramener vers elle et couvrir ses seins nus.

Il se tut.

Elle parla.

Elle dit, en français :

— Simon, je te comprends...

Il y eut un court silence. Puis elle ajouta :

— Je suis à Païkan...

De ses yeux clos, les larmes continuaient de couler.

Tu me comprends, tu avais compris, peut-être pas tous les mots, mais assez de mots pour savoir combien, combien je t'aimais. Je t'aime, l'amour, amour, ces mots n'ont pas de sens dans votre langue, mais tu les avais compris, tu savais ce qu'ils voulaient dire, ce que je voulais te dire, et s'ils ne t'avaient pas apporté l'oubli et la paix ils t'avaient donné, apporté, posé sur toi assez de chaleur pour te permettre de pleurer.

Tu avais compris. Comment était-ce possible ? Je n'avais pas compté, personne de nous ne comptait avec les facultés exceptionnelles de ton intelligence. Nous nous croyons à la pointe du progrès humain, nous sommes les plus évolués ! les plus affûtés ! les plus capables ! le brillant résultat extrême de l'évolution. Après nous, il y aura peut-être, il y aura sans doute mieux, mais avant nous, voyons, ce n'est pas possible ! Malgré toutes les réalisations de Gondawa que tu nous avais montrées, il ne pouvait pas nous venir à l'esprit que vous nous fussiez supérieurs. Votre réussite ne pouvait être qu'accidentelle. Vous nous étiez inférieurs puisque vous étiez avant.

Cette conviction que l'homme-en-tant-qu'espèce s'améliore avec le temps vient sans doute d'une confusion inconsciente avec l'homme-en-tant-qu'individu. L'homme est d'abord un enfant avant d'être un adulte. Nous, hommes d'aujourd'hui, nous sommes des adultes. Ceux qui vivaient avant nous ne pouvaient être que des enfants.

Mais il serait peut-être bon, il serait peut-être temps de se demander si la perfection n'est pas dans l'enfance, si l'adulte n'est pas qu'un enfant qui a déjà commencé à pourrir...

Vous, les enfances de l'homme, vous neufs, vous purs, vous non usés, non fatigués, non déchirés, délabrés, harassés, vous, que ne pouviez-vous pas avec votre intelligence ?

Depuis des semaines tu entendais dans une oreille les phrases de la langue inconnue, la mienne, par ma voix qui te parlait, tout le jour du matin au soir près de toi, dès que tu ne dormais plus et même quand tu dormais parce que les mots que je te disais c'était une façon d'être avec toi plus près de toi mon amour ma bien-aimée.

Et dans l'autre oreille tu entendais les mêmes phrases traduites, le sens des mots t'arrivait sans arrêt en même temps que les mots, et ta merveilleuse intelligence consciente, subconsciente, je ne sais pas, comparait, classait, traduisait, comprenait.

Tu me comprenais...

Moi aussi, moi aussi, mon amour, j'avais compris, je savais...

Tu étais à Païkan...

Lukos avait terminé. La Traductrice avait avalé, assimilé et traduit en dix-sept langues le texte du Traité de Zoran. Mais, obéissant aux impulsions données par Lukos sur décision du Conseil, elle gardait les traductions dans sa mémoire, pour les imprimer ou les diffuser plus tard, quand on le lui demanderait. Elle avait seulement inscrit sur film magnétique les images des traductions anglaise et française. Les films attendaient dans une armoire le moment de la diffusion mondiale.

L'heure approchait. Les journalistes demandèrent à visiter la Traductrice pour pouvoir décrire à leurs lecteurs et auditeurs la merveille qui avait déchiffré les secrets de la plus vieille science humaine. En l'absence de Lukos, qui poursuivait dans l'Œuf, avec Hoï-To, le relevé photographique des textes gravés, ce fut son adjoint, l'ingénieur Mourad, qui les guida dans les méandres de la machine. Hoover avait tenu à les accompagner, et Léonova accompagnait Hoover. Par moments, il prenait sa main menue dans sa main énorme, ou bien c'était elle qui accrochait ses doigts fragiles à ses énormes doigts. Et ils avançaient ainsi, sans y prendre garde, dans les salles et les couloirs de la Traductrice, main dans la main comme deux amants de Gondawa.

— Voici, dit Mourad, le dispositif qui permet d'inscrire les images sur les films. Sur cet écran les lignes de textes apparaissent en caractères lumineux. Cette caméra TV les voit, les analyse et les transforme en signaux électromagnétiques qu'elle inscrit sur un film. Comme vous le voyez, c'est très simple, c'est le vieux système du magnétoscope. Ce qui est moins simple, c'est la façon dont s'y prend la Traductrice pour fabriquer les caractères lumineux. C'est...

Mourad ne parlant que le turc et le japonais, Hoover avait distribué aux journalistes des récepteurs d'oreille, pour permettre à chacun d'entendre les explications dans sa propre langue. Et Louis Deville entendit en français :

— ... c'est... merde ! qu'est-ce que c'est ?

En un centième de seconde, il admira que la Traductrice eût une connaissance si familière de la langue française, et il se promit de demander à Mourad quel était le terme turc correspondant. Il devait être sonore et pittoresque. Au centième de seconde suivant, il ne pensait plus à ces futilités. Il voyait Mourad parler à l'oreille de Hoover, Hoover lui faire signe qu'il ne comprenait pas, Mourad tirer Hoover par la manche et lui montrer quelque chose derrière la caméra TV enregistreuse. Quelque chose que Hoover comprit tout de suite et que les journalistes les plus proches, qui regardaient en même temps que lui, ne comprenaient pas.

Hoover se tourna vers eux.

— Messieurs, j'ai besoin de m'entretenir en particulier avec l'ingénieur Mourad. Je ne puis le faire que par l'intermédiaire de la Traductrice. Je ne désire pas que vous entendiez notre conversation. Je vous prie de me remettre vos récepteurs d'oreille, et de bien vouloir sortir.

Ce fut une explosion de protestations, une tempête verbale au sein de la reine du verbe. Couper la source d'information juste au moment où il allait peut-être y

avoir du sensationnel ? Pas question ! Jamais de la vie !
On les prenait pour qui ?

Hoover devint violet de fureur. Il hurla :

— Vous me faites perdre du temps ! Chaque seconde a
peut-être une importance fantastique ! Si vous discutez
encore, je vous fais embarquer dans un jet et je vous
renvoie tous à Sydney ! Donnez-moi ça !

Il tendit les mains en coupe.

A l'état dans lequel il se trouvait, lui le débonnaire, ils
comprirent que c'était grave.

— Je vous promets de vous tenir au courant, dès que je
serai fixé.

Ils passèrent tous devant lui et lui remirent les coquilles
multicolores encore chaudes de la chaleur de leurs têtes.
Léonova ferma la porte sur le dernier, et retourna vivement vers Hoover.

— Qu'est-ce que c'est ? Qu'est-ce qui se passe ?

Les deux hommes étaient déjà penchés sur les entrailles
de la caméra et discutaient rapidement en termes techniques.

— Trafiquée ! dit Hoover. La caméra a été trafiquée !
Vous voyez ce fil, là, ce n'est pas celui du magnétoscope ! Il a été ajouté !...

Collé à celui du magnétoscope, il se confondait avec
lui, et le fil clandestin s'enfonçait en même temps que lui
dans un trou de la cloison métallique. Rapidement, Mourad dévissa quatre vis à tête croisée, et tira à lui la plaque
d'aluminium poli. Les entrailles du magnétoscope apparurent. Ils virent tout de suite l'objet insolite : une valise
de taille moyenne, en faux cuir banal, couleur tabac. Le
fil supplémentaire y entrait et un autre en sortait, montait
dans une encoignure, perçait le plafond, rejoignait sans
doute, par quelque artifice astucieux, une masse métallique extérieure qui devait servir d'antenne.

— Qu'est-ce que c'est ? demanda de nouveau Léonova, regrettant de n'être qu'une anthropologue ignorante de toutes les techniques.

— Un émetteur, dit Hoover.

Il était en train d'ouvrir la valise. Elle révéla un admirable agencement de circuits, de tubes et de semi-conducteurs. Ce n'était pas un banal émetteur radio, mais une véritable station émettrice de télévision, un chef-d'œuvre de miniaturisation.

D'un coup d'œil, Hoover reconnaissait des pièces japonaises, tchèques, allemandes, américaines, françaises, et admirait malgré lui l'extraordinaire agencement qui avait fait tenir en si peu de place une telle efficacité. L'homme qui avait construit cet émetteur était un génie. Il ne l'avait pas branché sur le circuit électrique général. Une pile et un transformateur lui donnaient la puissance nécessaire. Cela limitait sa durée et sa portée. Il ne devait pas pouvoir être reçu au-delà d'un rayon d'un millier de kilomètres.

Hoover expliqua rapidement tout cela à Léonova. Il testa la pile. Elle était presque vide. L'émetteur avait déjà fonctionné. Incontestablement il avait expédié vers un récepteur situé sur le continent antarctique, ou près de ses côtes, les images de la traduction anglaise ou française, ou peut-être les deux.

C'était absurde. Pourquoi se procurer clandestinement des traductions, alors qu'elles allaient, dans quelques heures, être diffusées dans le monde entier ? La logique conduisait à une réponse effrayante :

Si un groupe, si une nation espérait s'assurer l'exclusivité de la connaissance de l'équation de Zoran, il ou elle devait rendre impossible, pour qui que ce fût, de connaître le traité des Lois Universelles ou toute autre explication de la formule. Pour cela, ceux qui avaient installé l'émetteur et expédié vers l'inconnu les images du traité devaient également, dans l'immédiat :

— détruire les films magnétiques sur lesquels ces images étaient enregistrées,

346

— détruire les films originaux sur lesquels le texte gravé avait été photographié,

— détruire le texte gravé lui-même,

— détruire les mémoires de la Traductrice qui en gardait les dix-sept traductions,

ET TUER COBAN.

— Nom de Dieu ! dit Hoover. Où sont les films ?

Mourad les conduisit rapidement vers la salle d'archives, ouvrit l'armoire d'aluminium, saisit une de ces boîtes en forme de galette qui depuis l'invention du cinématographe servent de réceptacle et de demeure aux films de toutes sortes, et qui sont encombrantes, mal commodes, ridicules et qu'on n'a jamais améliorées. Il eut, comme on a toujours, beaucoup de difficultés à l'ouvrir, se cassa un ongle, jura en turc, et jura une deuxième fois quand il eut réussi et vit le contenu ; c'était une bouillie vaseuse d'où montaient des fumerolles.

De l'acide avait été versé dans toutes les boîtes. Films originaux et magnétiques n'étaient plus qu'une pâte puante qui commençait à couler par les trous des boîtes dont le métal était à son tour attaqué et détruit.

— Nom de Dieu ! dit Hoover une fois de plus, en français.

Il préférait jurer en français. Sa conscience de protestant américain en était moins tourmentée.

— Les mémoires ? Où sont les mémoires de cette putain de machine ?

C'était un long couloir de trente mètres, dont le mur de droite était de glace feutrée capitonnée et celui de gauche constitué par une grille métallique dont chaque maille avait la dimension d'un dix-millième de millimètre. Chaque croisement était une cellule de mémoire. Il y en avait dix millions de milliards. Cette réalisation de la technique électronique, malgré sa capacité prodigieuse, n'était quand même qu'un grain de sable à côté d'un cerveau vivant. Sa supériorité sur le vivant était la vitesse. Mais sa capacité était le fini à côté de l'infini.

En entrant, au premier coup d'œil, ils découvrirent les incongruités qui avaient été ajoutées au chef-d'œuvre.

Quatre galettes, assez semblables à des boîtes de films. Quatre mines pareilles à celles qui défendaient l'entrée de la Sphère. Quatre monstrueuses horreurs plaquées contre la paroi métallique, maintenues à elle par leur champ magnétique, et qui allaient la pulvériser, avec toute la Traductrice, si on essayait de les arracher, ou peut-être seulement si on s'approchait d'elles.

— Nom de nom de nom de Dieu ! dit Hoover. Vous avez un revolver ?

Il s'adressait à Mourad.

— Non.

— Léonova, donnez-lui le vôtre !

— Mais...

— Donnez ! Bon sang ! Vous croyez que c'est le moment de discuter ?

Léonova tendit son arme à Mourad.

— Fermez la porte, dit Hoover. Restez devant, ne laissez entrer personne, et si on insiste, tirez !

— Et si ça saute ? dit Mourad.

— Eh bien, vous sauterez avec ! et vous ne serez pas le seul !... Où est ce con de Lukos ?

— Dans l'Œuf.

— Viens, petite sœur...

Il l'entraîna à la vitesse du vent qui soufflait au-dehors. La tempête s'était levée au moment où le soleil était le plus haut sur l'horizon. Des nuages verts l'avaient avalé, puis le ciel ensuite. Le vent se déchirait contre tous les obstacles, arrachait la neige du sol pour la mélanger à celle qu'il apportait, et fabriquer avec elles une râpe aiguisée, tranchante. Il emportait les débris, les ordures, les caisses abandonnées, les fûts vides et pleins, les antennes, les jeeps, faisait table rase.

Le gardien de la porte les empêcha de sortir. S'aventurer au-dehors sans protection, c'était mourir. Le vent allait les aveugler, les asphyxier, les casser, les emporter, les rouler jusqu'au bout du froid et du blanc mortel.

Hoover arracha à l'homme son bonnet et l'enfonça sur la tête de Léonova, lui prit ses lunettes, ses gants, son anorak, en enveloppa la mince jeune femme, la poussa sur une plate-forme électrique chargée de tonneaux de bière, et braqua son revolver sur le gardien.

— Ouvrez !

L'homme, effaré, appuya sur le bouton d'ouverture. La porte roula. Le vent poussa une clameur de neige tourbillonnante jusqu'au fond du couloir. La plate-forme patiente et lente entra dans la tourmente.

— Mais vous, cria la voix aiguë de Léonova, vous n'êtes pas protégé !

— Moi, gronda la voix de Hoover dans la tempête, j'ai mon ventre !

Devant eux, et déjà derrière eux, tout était blanc. Tout était blanc, à gauche, à droite, devant, derrière, dessus, dessous. La plate-forme s'enfonçait dans un océan blanc qui se déplaçait en hurlant comme mille voitures de course. Hoover sentit la neige se planter dans ses joues, lui pétrifier les oreilles et le nez. Le bâtiment de l'ascenseur était à trente mètres droit devant. Trente fois le temps de se perdre et de se laisser emporter par la gueule du vent. Il fallait maintenir la plate-forme sur une trajectoire rectiligne. Il ne pensa plus qu'à cela, il oublia ses joues, ses oreilles et son nez, et la peau de son crâne qui commençait à geler sous ses cheveux casqués de glace. Trente mètres. Le vent venait de la droite et devait les déporter. Il appuya vers le vent et pensa tout à coup que l'huile de son revolver allait geler et l'enrayer pour des heures.

— Cramponnez-vous à la direction ! Des deux mains !

Là ! Comme ça ! Ne déviez pas d'un millimètre ! Tenez bon !

Il prit dans ses mains nues, qu'il ne sentait plus, les mains gantées de Léonova, les referma sur la barre de direction, trouva en tâtonnant son revolver dans l'étui accroché à sa ceinture, l'en sortit, parvint à ouvrir la fermeture à glissière de sa braguette. Une horde de loups lui mordit le ventre. Il fourra l'arme dans son slip, voulut le refermer. Le curseur de la fermeture échappa à ses doigts gourds, la neige bloqua les maillons, entra par l'ouverture. Le froid gagna vers ses cuisses, vers son sexe, vers l'arme qu'il avait voulu mettre à l'abri au plus chaud de lui-même. Il se serra contre Léonova, la pressa contre son ventre, comme défense, comme obstacle, comme rempart contre la tempête. Il l'entoura de ses bras et posa ses mains sur les siennes autour de la barre de direction. Le vent essayait de les arracher à leur trajectoire pour les jeter n'importe où loin de tout. Loin de tout, ce n'était pas des kilomètres. Quelques mètres suffisaient pour les perdre hors du monde dans la tourmente sans demeure, sans limites, sans repère, dont le paroxysme était partout. Ils pouvaient être gelés à dix pas d'une porte.

Celle du bâtiment de l'ascenseur restait toujours invisible. Etait-elle là, tout près, devant, cachée par l'épaisseur de la neige emportée ? Ou bien l'avaient-ils manquée et la plate-forme était-elle en train de dériver vers le désert mortel qui commençait à chaque pas ?

Hoover eut tout à coup la certitude qu'ils avaient dépassé leur but et que s'ils continuaient, si peu que ce fût, ils étaient perdus. Il pesa sur les mains de Léonova et braqua à fond, face au vent.

Le vent debout s'enfonça sous la plate-forme et la souleva. Les fûts de bière et le ventre de Hoover la rejetèrent au sol. Léonova, affolée, lâcha la barre. Elle se sentit emportée et cria. Hoover l'empoigna et la colla contre lui. La plate-forme abandonnée à elle-même fit un tête-à-queue, dos au vent. Deux fûts de bière éjectés disparurent en roulant dans la tempête blanche. Le vent enfonça ses épaules sous le véhicule désemparé, le souleva de nouveau et le renversa. Hoover roula sur la glace sans lâcher Léonova. Un fût de bière passa à quelques centimètres de son crâne. La plate-forme culbutée, roulée, emportée, s'en alla comme une feuille. Le vent roula Hoover et Léonova cramponnée à lui. Ils heurtèrent brutalement un obstacle qui résonna. C'était une grande surface rouge verticale. C'était la porte du bâtiment de l'ascenseur...

L'ascenseur était chauffé. La neige et la glace accrochées à tous leurs replis fondaient. Léonova ôta ses gants. Ses mains étaient tièdes. Hoover soufflait sur les siennes. Elles restaient immobiles, blêmes. Il ne sentait pas davantage ses oreilles ni son nez. Et dans quelques minutes il faudrait agir. Il n'en serait pas capable.

— Tournez-vous, dit-il.

— Pourquoi ?

— Tournez-vous, nom de Dieu ! Il faut toujours que vous discutiez !

Elle rougit de fureur, faillit refuser, puis obéit en serrant les dents. Il lui tourna le dos à son tour, réussit à enfoncer ses deux mains dans son slip, coinça le revolver entre ses deux paumes, et le tira au-dehors. Il lui échappa et tomba. Léonova sursauta.

— Ne vous retournez pas !

Il repoussa à l'intérieur le pan de sa chemise, saisit le curseur entre ses deux index. Il savait qu'il le tenait, mais il ne le sentait pas. Il tira vers le haut. Il lui échappa. Il recommença deux fois, dix fois, gagnant chaque fois quelques crans de la fermeture. Il eut enfin un aspect plus présentable. Il regarda l'indicateur de descente. Ils étaient à moins 980. Ils allaient arriver.

— Ramassez le revolver, dit-il, moi je ne peux pas.

Elle se retourna vers lui, anxieuse.

— Vos mains... ?

— Tout à l'heure, mes mains ! On n'a pas le temps !...
Ramassez ce machin !... Vous savez vous en servir ?

— Pour qui me prenez-vous ?

Elle maniait l'arme avec aisance. C'était un pistolet à
répétition de gros calibre, une arme de tueur profession-
nel.

— Otez le cran de sûreté.

— Vous croyez que... ?

— Je ne crois rien... Je crains... Tout dépendra peut-
être d'un dixième de seconde.

L'ascenseur freina dans les trois derniers mètres et
s'arrêta, la porte s'ouvrit.

C'étaient Heath et Shanga qui étaient de garde aux
mines. Ils regardèrent avec effarement sortir de la cabine
Hoover trempé, hirsute, portant au bout de ses bras ses
mains comme des paquets inertes, et Léonova brandissant
un énorme pistolet noir.

— Wat's the matter ? demanda Heath.

— Pas le temps... ! Donnez-moi la salle, vite !

Heath avait déjà retrouvé son flegme. Il appela la salle
de réanimation.

— Mr. Hoover and miss Leonova want to come in...

— Attendez ! cria Hoover.

Il essaya de prendre le combiné, mais sa main n'était
qu'un paquet de coton et l'instrument lui échappa. Léonova le prit et le lui tint devant les lèvres.

— Allô ! Ici Hoover. Qui m'écoute ?

— Moïssov écoute, répondit une voix en français.

— Répondez ! Est-ce que Coban vit ?

— Oui ! Il vit. Bien sûr.

— Ne le quittez plus des yeux ! Surveillez tout le
monde ! Que chacun surveille son voisin ! Surveillez
Coban. QUELQU'UN VA LE TUER !...

— Mais...

— Je ne peux pas vous faire confiance à vous seul. Passez-moi Forster.

Il répéta son cri d'alarme à Forster, puis à Lebeau. A chacun il répéta : QUELQU'UN VA TUER COBAN ! Ne laissez personne l'approcher. N'IMPORTE QUI !

Il ajouta :

— Qu'est-ce qui se passe dans l'Œuf ? Qu'est-ce que vous voyez dans l'écran de surveillance ?

— Rien, dit Lebeau.

— Rien ? Comment, rien ?

— La caméra est en panne.

— En panne ? Mon œil ! Ouvrez les mines ! Vite !

Léonova rendit le récepteur à Heath. Le clignotant rouge s'éteignit. Le champ de mines était désactivé. Mais Hoover se méfiait. Il leva le genou et tendit sa botte à Shanga avec l'aisance donnée par vingt générations d'esclavagistes.

— Tire ma botte, petit.

Shanga eut un sursaut et recula. Léonova devint furieuse.

— C'est pas le moment de se sentir nègre ! cria-t-elle.

Elle posa le revolver, prit la botte à deux mains et tira.

Elle ne cherchait plus à comprendre, elle faisait confiance totale à Hoover, et elle savait à quel point chaque fraction infime de temps était essentielle.

— Merci, petite sœur. Couchez-vous tous !

Il donna l'exemple. Shanga, effrayé l'imita aussitôt. Heath aussi, avec l'air de ne pas le faire. Léonova, à genoux, tenait toujours la botte.

— Jette-la dans le trou !...

Le trou, c'était l'ouverture de l'escalier qui réunissait le fond du puits à l'accès de la Sphère. Les mines étaient dans l'escalier, sous les marches. Léonova jeta la botte. Rien ne se produisit.

— On y va, dit Hoover. Ote-moi l'autre, et ôte les tiennes. Nous devons être silencieux comme la neige. Heath, vous ne laissez plus entrer personne, vous entendez ? Personne.

— Mais qu'est-ce que... ?

— Tout à l'heure...

Les bras écartés de lui, pour que ses mains douloureuses ne touchent rien, il s'enfonçait déjà dans l'escalier, Léonova derrière lui...

Dans l'Œuf, il y avait un homme couché et un homme debout. L'homme couché avait un couteau à neige planté dans la poitrine, et son sang composait sur le sol une petite mare en forme de « bulle » de bande dessinée. L'homme debout portait un casque de soudeur qui cachait son visage et pesait sur ses épaules. Il tenait à deux mains le canon du plaser, et en dirigeait la lance de flamme sur le mur gravé. L'or fondait et coulait.

Léonova tenait le revolver dans sa main droite. Elle eut peur de ne pas le tenir assez solidement. Elle y ajouta sa main gauche et tira.

Les trois premières balles arrachèrent le plaser aux mains de l'homme et la quatrième lui broya un poignet, sectionnant presque la main. Le choc le jeta à terre, la flamme du plaser lui grilla un pied. Il hurla. Hoover se précipita et, du coude, coupa le courant.

L'homme au couteau dans la poitrine, c'était Hoï-To.

L'homme au masque de soudeur, c'était Lukos. Hoover et Léonova l'avaient reconnu dès qu'ils l'avaient vu. Il n'y avait pas deux hommes de sa stature à l'EPI. D'un coup de pied, Hoover fit sauter son casque, découvrant son visage suant aux yeux révulsés. Sous la douleur horrible de son pied réduit en cendres, le colosse s'était évanoui.

Simon, vous qui êtes son ami, essayez !...

Simon essaya. Il se pencha vers Lukos couché dans une chambre de l'infirmerie, et l'adjura de lui dire comment désamorcer les mines collées aux mémoires de la Traductrice, et pour *qui* il avait fait ce travail insensé, et s'il était seul ou avait des complices. Lukos ne répondit pas.

Interrogé sans arrêt par Hoover, Evoli, Henckel, Heath, Léonova, depuis qu'il avait repris connaissance, il avait seulement confirmé que les mines sauteraient si on y touchait, et qu'elles sauteraient également si on n'y touchait pas. Mais il avait refusé de dire dans combien de temps, et refusé toute réponse à toute autre question. Penché vers lui, Simon regardait ce visage intelligent, osseux, ces yeux noirs qui le fixaient sans crainte, ni honte, ni forfanterie.

— Pourquoi, Lukos ? Pour qui as-tu fait ça ?

Lukos le regardait et ne répondait pas.

— Ce n'est pas pour de l'argent ? Tu n'es pas un fanatique ? Alors ?...

Lukos ne répondait pas.

Simon évoqua la bataille contre le temps qu'ils avaient menée ensemble, que Lukos avait dirigée, pour comprendre les trois petits mots qui permettraient de sauver Eléa. Ce travail exténuant, génial, ce dévouement totalement désintéressé, c'était bien lui, Lukos, qui les avait prodigués. Comment avait-il pu, depuis, assassiner un homme et comploter contre les hommes ? Comment ? Pourquoi ? Pour qui ?

Lukos regardait Simon et ne répondait pas.

— Nous perdons du temps, dit Hoover. Faites-lui une piqûre de penthotal. Il dira tout ce qu'il sait très gentiment et sans souffrir.

Simon se redressa. Au moment où il allait s'éloigner, Lukos, de sa main valide, forte comme celle de quatre hommes, lui saisit le bras, le fit basculer sur son lit, lui arracha le revolver enfoncé dans sa ceinture, se l'appuya sur la tempe et tira. Le coup était oblique. Le haut de son crâne s'ouvrit et la moitié de sa cervelle fit une gerbe rose qui se posa en ovale éparpillée sur le mur. Lukos avait trouvé le moyen de se taire malgré le penthotal.

Les responsables de l'EPI, au cours d'une réunion dramatique, décidèrent, malgré leur répugnance, de faire appel à la force internationale basée au large des côtes pour rechercher, capturer ou détruire qui et quoi avait pu recevoir l'émission clandestine. Bien que ses bâtiments les plus avancés fussent trop loin pour avoir pu recueillir les images, il était probable que c'était un élément secret détaché d'une des flottes qui s'était approchée à une distance suffisante pour capter l'émission.

Probable. Mais pas sûr. Un petit sous-marin ou un amphibie air-mer avait pu se glisser entre les mailles du réseau de surveillance. Mais, même si c'était un élément de la Force Internationale, seule la Force elle-même pouvait le retrouver. Il fallait compter sur les rivalités nationales qui allaient aiguiser le zèle des recherches, et de la surveillance réciproque.

Rochefoux engagea avec l'amiral Huston, qui était de

garde, un dialogue radio rendu difficile et grotesque par les interruptions de l'orage magnétique, qui accompagnait la tempête de ses ricanements. Huston finit tout de même par comprendre, et alerta toute l'aviation et toute la flotte. Mais l'aviation ne pouvait rien faire dans cette furieuse bouillie blanche. Les porte-avions étaient couverts d'une banquise, toutes leurs superstructures capitonnées de dix fois leur épaisseur de glace. *Neptune I* s'était mis à l'abri en plongée. Il n'était pas question pour lui de faire surface. Avec angoisse, Huston se rendit compte qu'il ne lui restait d'autre moyen d'action que la meute de sous-marins soviétiques. Si c'était *pour eux* que Lukos avait travaillé, quelle dérision de les envoyer à la chasse ! Et si c'était *pour nous*, si Lukos était un agent du F.B.I., que le Pentagone ignorait, n'était-il pas horrible de lâcher les molosses russes contre les gens qui défendaient l'Occident et la Civilisation ?

Et si c'était pour les Chinois ? Pour les Indiens ? Pour les Nègres ? Pour les Juifs ? Pour les Turcs ? Si c'était, si c'était...

A un militaire, si haut que soit son grade, s'offre toujours l'apaisement de la discipline. Huston cessa de se poser des questions, cessa de penser, et appliqua le plan prévu. Il réveilla son collègue, l'amiral russe Voltov, et le mit au courant de la situation. Voltov n'hésita pas une seconde. Dans l'instant, il donna les ordres d'alerte. Les vingt-trois sous-marins atomiques et leurs cent quinze vedettes patrouilleuses firent cap vers le sud, s'approchèrent des côtes à la limite de l'imprudence, et couvrirent chaque mètre de rocher ou de glace immergés d'un réseau d'ondes détectrices. Sur mille cinq cents kilomètres, pas un frémissement de sardine ne pouvait leur échapper.

Il y eut un trou dans la tempête. Le vent soufflait avec autant de force, mais les nuages et la neige disparurent au fond du ciel bleu. *Neptune I* reçut l'ordre d'entrer en action. Il fit surface, l'étrave aux lames. Les deux premiers hélicoptères sortis des cales furent jetés à la mer avant même d'avoir ouvert leurs pales. L'amiral allemand Wentz, qui commandait le *Neptune*, employa son arme ultime, les deux avions-fusées tapis au fond de leurs tubes. Ils portaient un chapelet de bombes H miniatures et, sous leur nez, les deux yeux d'une caméra stéréoscopique émettrice. Ils s'enfoncèrent dans le vent, comme des balles. Leurs caméras envoyaient vers les récepteurs du *Neptune* deux rubans continus d'images en couleurs et en relief.

Tout l'état-major du *Neptune* était présent dans la salle d'observations. Huston et Voltov avaient risqué leur vie pour venir, pour voir, et se surveiller. Pas plus qu'aucun des officiers présents, ils n'étaient capables de reconnaître quoi que ce fût sur les images qui défilaient sur l'écran de gauche ou sur celui de droite, et d'y faire la différence entre un manchot empereur et une baleine enceinte. Mais les détecteurs électroniques, eux, en étaient capables. Et tout à coup, deux flèches blanches apparurent sur l'écran de droite. Deux flèches à angle droit qui convergeaient l'une vers l'autre et désignaient le même point, et se déplaçaient avec lui et avec l'image, de la gauche à la droite de l'écran.

— Stop ! cria Wentz. Agrandissement maximum.

Sur la table, devant lui, un écran horizontal s'alluma. Il colla son visage à la loupe stéréoscopique. Il vit un morceau de rivage foncer vers lui, grandir, grandir. Il vit, dans une crique déchirée, au fond d'une baie, sous quelques mètres d'eau claire bouillonnante, un fuseau ovale, trop régulier et trop calme pour être un poisson...

Dans le sous-marin minuscule, les deux hommes collés l'un contre l'autre baignaient dans une odeur moite de sueur et d'urine. On n'avait pas prévu pour eux de vessie réceptrice. Ils n'avaient qu'à se retenir. Ils n'avaient pas pu, à cause de la tempête qui les bloquait depuis douze heures sous cinq mètres d'eau. Pour sortir de la crique, il fallait passer au-dessus d'un fond de deux mètres. Faire surface et passer tout juste. Avec ce vent, c'était une manœuvre désespérée, qui avait autant de chance de réussir qu'une pièce de monnaie lancée en l'air de retomber sur la tranche. Même blotti au plus profond de l'écorchure du rivage, le petit sous-marin n'était pas à l'abri. Il cognait contre les roches, heurtait le fond, grinçait, gémissait. Le précieux récepteur qui avait enregistré les confidences de la Traductrice occupait un tiers du volume du submersible. Les deux hommes, tête-bêche, l'un aux commandes de l'engin, l'autre sur les manettes du récepteur, n'avaient pas la place de faire même un quart de tour sur eux-mêmes. La soif leur séchait la gorge, la transpiration trempait leurs combinaisons, les sels de l'urine leur piquaient les cuisses. Le réservoir d'oxygène sifflait doucement. Il n'y en avait plus que pour deux heures. Ils décidèrent de sortir de cette impasse, coûte que coûte.

Dans la salle de réanimation, les médecins et les infirmiers ne s'approchaient plus de Coban que deux à la fois, chacun surveillant l'autre.

Dans l'Œuf, les dégâts commis par la flamme du plaser étaient considérables. Le texte du Traité avait presque complètement disparu. Presque. Il en restait quelques bribes. Peut-être assez pour fournir à un génial mathématicien de quoi faire jaillir la lumière qui éclairerait l'équation de Zoran. Peut-être. Peut-être pas.

Il n'y avait pas de démineur, à bord d'aucun bâtiment de la Force Internationale. Un appel lancé par Trio avait alerté les spécialistes des armées russe, américaine et européenne. Trois jets fonçaient vers l'EPI, emportant les meilleurs démineurs militaires. Ils venaient de l'autre hémisphère, au maximum de leur vitesse. Ils ne pourraient pas se poser sur la piste de l'EPI. Ils devaient s'arrêter à Sydney et confier leurs occupants à des jets plus petits. Même à ces derniers, la tempête opposait des difficultés terribles. Ils pourraient peut-être se poser. Peut-être pas. Et dans combien de temps ? Beaucoup de temps. Trop de temps.

L'ingénieur en chef de la Pile atomique qui fournissait l'énergie et la lumière à la base se nommait Maxwell. Il avait trente et un ans et des cheveux gris. Il ne buvait que de l'eau. De l'eau américaine, qui arrivait congelée en blocs de vingt-cinq livres : les Etats-Unis envoyaient de la glace au pôle, stérilisée, vitaminée, additionnée de fluor, d'oligoéléments, et d'une trace d'euphorisant. Maxwell et les autres Américains de l'EPI en consommaient une grande quantité, comme boisson et pour se laver les dents. Pour l'hygiène extérieure, ils toléraient l'eau de fonte de la glace polaire. Maxwell mesurait un mètre quatre-vingt-onze et pesait soixante-neuf kilos nu. Il se tenait très droit et regardait les autres humains de haut en bas à travers le deuxième foyer de ses lunettes, sans le moindre mépris malgré leur taille inférieure. On tenait d'autant plus compte de ses avis qu'il parlait peu.

Il vint trouver Heath, qui avait accompagné Lukos en Europe pour l'achat des armes, et lui demanda avec détachement des précisions sur la puissance explosive des mines collées à la Traductrice. Heath ne put rien affirmer, car c'était Lukos qui avait conclu le marché avec un trafiquant belge. Mais Lukos avait dit que chacune de ces mines contenait trois kilos de P.N.K.

Maxwell sifflota. Il connaissait le nouvel explosif américain. Mille fois plus puissant que le T.N.T. Trois bombes égalent neuf kilos de P.N.K., égalent neuf tonnes de T.N.T. Une bombe de neuf tonnes éclatant dans la

Traductrice, quels seront ses effets sur la Pile atomique voisine, malgré son épais blindage de béton et les quelques dizaines de mètres de glace ? En principe, derrière le bouclier de la glace, le béton doit tenir le coup, mais il y a une chance pour que l'onde de choc ébranle l'architecture de la pile, fasse sauter des connexions, provoque des fissures et des fuites de liquide et de gaz radio-actifs, et, peut-être, amorce une réaction incontrôlée de l'uranium...

— Il faut évacuer EPI 2 et 3, dit Maxwell sans élever la voix. Il serait même prudent d'évacuer la base tout entière...

Quelques minutes plus tard, les sirènes d'alerte urgente, qui n'avaient jamais fonctionné, hurlèrent dans les trois EPI. Et tous les postes téléphoniques, tous les diffuseurs, tous les récepteurs d'oreille dans toutes les langues prononcèrent les mêmes mots « Evacuation urgente. Préparez-vous à évacuer immédiatement. »

Donner l'ordre, se préparer, c'était évidemment quelque chose. Mais évacuer, COMMENT ?

La tempête bleue continuait. Le ciel était clair comme un œil. Le vent soufflait à 220 km/heure. Mais il n'emportait plus la neige qu'au ras du sol, avec tout ce qu'il pouvait ramasser et dont il faisait des obus.

Lebeau, qui avait quitté la salle de réanimation depuis une heure à peine, et venait juste de s'endormir, avait été tiré de son lit par Henckel, qui l'avait mis au courant de la situation. Hirsute, hagard de fatigue, il téléphonait à la salle. En bas, à l'autre bout du fil, Moïssov jurait en russe et répétait en français.

— Impossible ! Vous le savez bien ! Qu'est-ce que vous me demandez ? C'est impossible !

Oui, Lebeau le savait bien. Evacuer Coban. Impossible. L'arracher, dans son état actuel, au bloc de réanimation, c'était le tuer aussi sûrement qu'en lui coupant la gorge.

Mille mètres de glace le mettaient à l'abri de toute explosion, mais si les installations de surface sautaient, dans les dix minutes, il périrait.

Moïssov et Lebeau eurent tous les deux la même idée. Le même mot leur vint aux lèvres en même temps : transfusion. On pouvait la tenter. Le test du sang d'Eléa avait été positif.

Voyant que l'état de Coban se stabilisait, puis s'améliorait lentement, les médecins avaient réservé cette opération pour le cas d'une aggravation brutale ou d'une nécessité urgente. Nécessité urgente, c'était le cas. Si on tentait l'opération immédiatement, Coban pouvait, dans quelques quarts d'heure, être transportable.

— Et si la Pile flambe avant ? cria Moïssov. Les mines peuvent sauter tout de suite, dans quelques secondes !...

— Eh bien, merde, qu'elles sautent ! cria Lebeau. Je vais voir la petite. Il faut encore qu'elle accepte...

Il avait été, avec les autres réanimateurs, logé à l'infirmerie. Il n'eut que quelques pas à faire pour atteindre la chambre d'Eléa.

L'infirmière, terrifiée, était en train de faire ses bagages. Trois valises ouvertes sur deux lits, cent objets et linges épars qu'elle prenait, rejetait, laissait tomber, entassait, de ses mains tremblantes. En gémissant.

Simon disait à Eléa :

— Tant mieux ! C'était monstrueux de vous garder ici. Vous allez enfin connaître notre monde. Ce n'est pas qu'un paquet de glace, le temps d'aujourd'hui. Je ne prétends pas que ce soit le Paradis, mais...

— Le Paradis ?

— Le Paradis, c'est... c'est trop long, c'est trop difficile, et de toute façon ça n'est même pas absolument certain, et certainement ce n'est pas ça...

— Je ne comprends pas.

— Moi non plus. Personne. N'y pensez plus. Je ne vous emmène pas au Paradis. Paris ! Paris, je vous emmène ! Ils diront ce qu'ils voudront, je vous emmène à Paris ! C'est, c'est...

Il ne pensait pas au danger, il n'y croyait pas. Il savait seulement qu'il emmenait Eléa loin de sa tombe de glace, vers le monde vivant. Il avait envie de chanter. Il parlait de Paris avec des gestes, comme un danseur.

— C'est... c'est... Vous verrez, c'est Paris... Il n'y a

des fleurs que dans les boutiques derrière les vitres, mais il y a aussi les robes-fleurs, les chapeaux-fleurs, le jardin des boutiques, partout, dans toutes les rues, des fleurs de bas, nylon-jaune-orange-bleu, chaussures-arc-en-ciel, marguerites-robes, un peu-beaucoup-passionnément, jamais, pas du tout, jamais-jamais, le plus beau jardin du monde pour la femme, elle entre, elle choisit, elle est fleur elle-même, fleur fleurie d'autres fleurs, c'est Paris la merveille, c'est là que je vous emmène !...

— Je ne comprends pas.

— Il ne faut pas comprendre, il faut voir. Paris vous guérira. PARIS VOUS GUÉRIRA DU PASSÉ !

Ce fut à ce moment que Lebeau entra.

— Voulez-vous, demanda-t-il à Eléa, accepter de donner un peu de votre sang à Coban ? Vous seule pouvez le sauver. Ce n'est pas grave, pas douloureux. Si vous acceptez, nous pourrons le transporter. Si vous refusez, il périra. C'est une intervention sans aucune gravité, qui ne vous fera aucun mal...

Simon explosa. Pas question ! Il s'y opposait ! C'était monstrueux ! Qu'il crève, Coban ! Pas une goutte de sang, pas une seconde perdue, Eléa allait partir avec le premier hélicoptère, le premier jet, le premier n'importe quoi, le premier ! Elle ne devrait déjà plus être là, elle ne redescendra pas dans le Puits, vous êtes des monstres, vous n'avez pas de cœur, de tripes, vous êtes des charcutiers, vous...

— J'accepte, dit Eléa.

Son visage était grave. Elle avait réfléchi quelques secondes, mais son cerveau allait plus vite qu'une lente cervelle du temps d'aujourd'hui. Elle avait réfléchi et elle avait décidé. Elle acceptait de donner son sang à Coban, l'homme qui l'avait séparée de Païkan et l'avait jetée au bout d'une éternité dans un monde sauvage et frénétique. Elle acceptait.

Les deux hommes dans le submersible-pocket, tête-bêche, la tête entre les pieds de l'autre, les pieds suants, les pieds puants, les deux hommes, entre eux deux un treillis métallique matelassé mousse polymachin, souple, douce, élastique, mais transpirante, affreusement transpirante, les deux hommes bloqués dans leur sueur, dans leur urine, la peau brûlée, l'intérieur de leur nez brûlé par leur odeur, les deux hommes risquaient le tout ou le rien. S'ils restaient là, le réservoir d'oxygène épuisé, ils ne pouvaient plus partir, plus plonger. Ils étaient pris. Pas pensable, horrible, tout dire, avouer, monstrueux. Même si je refuse, Penthotal. Même sans Penthotal, ils regardent, ils me font parler, un coup de talon sur les orteils, je crie, j'insulte, je ne peux pas rester éternellement sans parler, ils écoutent, ils savent d'où je viens, ils savent.

Partir, il faut partir.

Deux heures d'oxygène. Cinq minutes mortelles pour franchir la passe. Il reste une heure cinquante-cinq de plongée. C'est une chance, mince, étroite. Le grand sous-marin nous avale. Ou le grand avion nous picore. Sauvés. S'ils nous ratent, peut-être la tempête s'arrête et nous pouvons continuer en surface. Pas d'alternative. Partir...

Ils partirent. Une vague les jeta contre la roche... Ils retombèrent et rebondirent contre la roche d'en face. Ils retombèrent contre le fond. Le choc fut tel que l'homme-qui-avait-la-tête-tournée-vers-l'arrière eut les quatre incisives du bas fracturées. Il hurla de douleur, cracha ses dents et son sang. L'autre n'entendait rien. Dans ses lunettes réceptrices il voyait l'horreur déchaînée. Le vent arrachait la surface de la mer et la jetait, toute blanche, vers le bleu du ciel. Au moment où elle retombait, il crispa ses deux mains sur la commande d'accélération. L'arrière du fuseau d'acier cabossé cracha un énorme jet de feu et bondit dans les vagues, propulsé à la pointe de sa propre énergie.

Mais le jet n'était plus droit. Les chocs contre les roches avaient faussé la tuyère d'éjection. Le jet déviait vers la gauche et rugissait en tire-bouchon. Le sous-marin se mit à vriller sur lui-même comme une mèche, collant les deux hommes contre ses parois, vira à cent degrés, et se jeta contre une muraille de glace. Il y pénétra d'un mètre. Elle s'écroula sur lui et le broya. Le vent et la mer emportèrent dans une écume rouge des débris de chair et de métal.

Les caméras des deux avions-fusées enregistrèrent et expédièrent l'image du choc et de l'éparpillement.

La base fourmillait. Les savants, les techniciens, les cuisiniers, les balayeurs, les infirmières, les femmes de chambre avaient jeté en hâte leurs plus précieuses bricoles dans des valises distendues, et fuyaient EPI 2 et 3. Les snodogs les recueillaient à la sortie des bâtiments et les transportaient jusqu'aux entrées d'EPI 1. Dans le cœur de la montagne de glace, ils reprenaient haleine, leur cœur se calmait, ils se sentaient à l'abri. Ils se croyaient...

Maxwell savait bien que ce n'était pas vrai. Même si la Pile ne sautait pas, si elle était seulement fissurée et se mettait à cracher ses liquides et ses gaz mortels, le vent allait les emporter et en badigeonner le paysage jusqu'à la montagne de glace qui les arrêterait dans leur course horizontale et s'en gaverait. Le vent, ici, soufflait plus ou moins fort. Mais il soufflait toujours dans la même direction. Du centre du continent vers le bord. D'EPI 2 vers EPI 1. Inexorablement. Personne ne pourrait plus sortir des galeries de la montagne. Et, rapidement, les radiations y entreraient, par le système de ventilation qui cueillait l'air au moyen de vingt-trois cheminées. Il se ferait un plaisir de cueillir en même temps toutes les saletés rongeantes crachées par la Pile éventrée.

Maxwell répéta calmement :

— C'est très simple ! Il faut évacuer...

Comment ? Aucun hélico ne pouvait prendre l'air. Les snodogs, à la rigueur, pouvaient s'enfoncer dans la tempête. Il y en avait dix-sept. Il fallait en garder trois pour Coban, Eléa et les équipes de réanimateurs.

— Plutôt quatre. Et ils seront serrés.

— Tant mieux, ça tient chaud.

— Reste treize.

— Mauvais chiffre.

— Ne soyons pas stupides...

— Treize, ou mettons quatorze, à dix personnes par véhicule...

— On en mettra vingt !

— Bon, vingt. Vingt fois quatorze, ça fait... ça fait combien ?

— Deux cent quatre-vingts...

— L'effectif de la base, depuis la fin des gros travaux, est réduit à mille sept cent quarante-neuf personnes ? Ça fait combien de voyages ? Mille sept cent quarante-neuf divisé par deux cent quatre-vingts...

— Sept ou huit voyages, mettons dix.

— Bon, c'est faisable. On organise un convoi, les snodogs vont déposer leurs passagers et reviennent en chercher d'autres...

— Vont déposer leurs passagers où ?

— Comment, où ?

— L'abri le plus proche est la base Scott. A six cents kilomètres. S'ils n'ont pas de pépins, il leur faudra deux semaines pour y arriver. Et si on les dépose hors d'un abri, ils gèleront en trois minutes. A moins que le vent se calme...

— Alors ?

— Alors... Wait and see...

— Attendre ! Attendre ! quand ça peut sauter...

— Qu'est-ce qu'on en sait ?

370

— Comment, qu'est-ce qu'on en sait ?...

— Qui a dit que ces mines allaient sauter, même si on n'y touchait pas ? C'est Lukos. Qui nous prouve qu'il a dit vrai ? Elles ne sauteront peut-être que si on les bouscule. Ne les bousculons pas ! Et même si elles sautent, qui nous prouve que la Pile subira des dégâts ? Maxwell, vous pouvez l'affirmer ?

— Certainement pas. J'affirme seulement que je crains. Et je pense qu'il faut évacuer.

— Elle ne bougera peut-être pas du tout, votre Pile ! Vous ne pouvez pas faire quelque chose ? La protéger davantage ? Enlever l'uranium ? Vider les circuits ? Faire quelque chose, quoi ?

Maxwell regarda Rochefoux qui lui posait cette question, comme s'il lui avait demandé s'il pouvait, en levant le nez, sans bouger de sa chaise, cracher sur la Lune.

— Bon, bon... vous ne pouvez pas, je m'en doutais, une Pile, c'est une Pile... Eh bien, attendons... L'accalmie... Les démineurs... Les démineurs vont sûrement arriver. Mais l'accalmie...

— Où sont-ils, ces sacrés bon sang de démineurs ?

Le plus proche est à trois heures. Mais il se posera comment ?

— Que dit la météo ?

— La météo, c'est *nous* qui lui fournissons les renseignements pour ses prévisions. Si nous lui annonçons que le vent faiblit, elle nous dira qu'il y a une amélioration...

Le long de l'homme enveloppé, couchée contre lui, Eléa attendait, calme, les yeux clos. Son bras gauche était nu, et le bras de l'homme avait été découvert sur quelques centimètres à l'emplacement de la saignée. Les quelques centimètres de peau dégagée étaient marqués de plaques rouges des brûlures en voie de cicatrisation.

Ils étaient tous là, les six réanimateurs, leurs assistants, les infirmiers, les techniciens, et Simon. Personne n'avait eu un instant la pensée d'aller se mettre à l'abri dans la montagne de glace. Si les mines et la Pile sautaient qu'adviendrait-il de l'entrée du Puits ? Pourraient-ils jamais ressortir ? Ils n'y pensaient même pas. Ils étaient venus de tous les horizons de la terre pour rendre la vie à cet homme et à cette femme, ils avaient réussi avec la femme, ils tentaient avec l'homme l'opération de la dernière chance dans les limites d'un temps inconnu. Ils disposaient peut-être de quelques minutes, ils ne le savaient pas, il fallait ne pas perdre une seconde, il fallait ne rien compromettre en se hâtant. Ils étaient tous liés à Coban par les cordes du temps, pour la réussite ou pour l'échec, peut-être pour la mort.

— Attention ! Eléa, dit Forster, détendez-vous. Je vais vous piquer un peu, ça ne vous fera pas mal.

Il passa sur la saignée du bras un coton imbibé d'éther, et enfonça l'aiguille creuse dans la veine gonflée par le garrot. Eléa n'avait pas frémi. Forster ôta le garrot. Moïssov mit le transfuseur en marche. Le sang d'Eléa, vermeil, presque doré, apparut dans le tube de plastique. Simon eut un frisson et sentit sa peau se hérisser. Ses jambes mollirent, ses oreilles bourdonnèrent et tout ce qu'il voyait tourna au blanc. Il fit sur lui-même un effort énorme pour rester debout, ne pas s'écrouler. Les couleurs revinrent au fond de ses yeux, son cœur cogna et retrouva son rythme.

Le diffuseur crachota et annonça en français :

— Ici Rochefoux. Une bonne nouvelle : le vent faiblit. Vitesse de la dernière rafale : deux cent huit kilomètres à l'heure. Où en êtes-vous ?

— On commence, dit Lebeau. Coban va recevoir les premières gouttes de sang dans quelques secondes.

Tout en répondant, il dégageait les tempes de l'homme-momie, nettoyait avec délicatesse la peau brûlée, et lui ceignait la tête d'un cercle d'or. Il tendit l'autre à Simon. Les brûlures profondes du cuir chevelu et de la nuque rendaient difficile l'application des électrodes de l'encéphalographe, et aléatoires ses indications. Les cercles d'or, avec un médecin à la réception, pouvaient le remplacer avantageusement.

— Dès que le cerveau recommencera à fonctionner, vous le saurez, dit Lebeau. Le subconscient se réveillera avant la conscience, et sous sa forme la plus élémentaire, la plus immobile : la mémoire. Le rêve pré-réveil ne viendra qu'après. Dès que vous aurez une image, dites-le.

Simon s'assit sur la chaise de fer. Avant de baisser la plaque frontale devant ses paupières, il regarda Eléa.

Elle avait ouvert les yeux et le regardait. Et il y avait dans son regard comme un message, une chaleur, une communication qu'il n'y avait jamais vue. Avec... non pas de la pitié, mais de la compassion. Oui, c'était cela.

La pitié peut être indifférente ou même accompagner la haine. La compassion réclame une sorte d'amour. Elle semblait vouloir le réconforter, lui dire que ce n'était pas grave, et qu'il en guérirait. Pourquoi un tel regard en un tel moment ?

— Alors ? lui dit Lebeau, bourru.

La dernière image qu'il reçut fut celle de la main d'Eléa, belle comme une fleur, ouverte comme un oiseau, qui s'ouvrait et se posait sur la mange-machine, disposée à sa portée afin qu'elle pût y puiser pour soutenir ses forces.

Et puis il n'y eut plus rien que ce noir intérieur de la vision fermée, qui n'est pas l'obscurité, mais une lumière endormie.

— Alors ? répéta Lebeau.

— Rien, dit Simon.

— Le vent est à 190, dit le diffuseur. S'il descend encore un peu, on va commencer à évacuer. Où en êtes-vous ?

— Nous vous serions reconnaissants de ne plus nous déranger, dit Moïssov.

— Rien, dit Simon.

— Cœur ?

— Trente et un.

— Température ?

— 34° 7.

— Rien, dit Simon.

Un premier hélicoptère s'envola, chargé de femmes. Le vent ne dépassait plus 150 km/heure et tombait parfois à 120. Un hélicoptère s'envola en même temps de la base Scott pour venir chercher les passagères à mi-chemin. Les deux appareils avaient rendez-vous sur un glacier qui coulait dans une vallée assez abritée, perpendiculaire au vent. Mais la base Scott ne pouvait servir que de relais.

Elle n'était pas faite pour abriter une foule. Toutes les unités de la Force Internationale susceptibles de s'approcher des côtes sans trop de danger fonçaient vers le continent. Les porte-avions américains et le *Neptune* lâchèrent leurs avions verticaux qui foncèrent vers l'EPI. Trois sous-marins cargos russes porte-hélicoptères firent surface au large de la base Scott. Un quatrième, alors qu'il remontait, fut coupé en deux par la proue immergée d'un iceberg. Son moteur atomique enrobé de ciment descendit lentement vers la vase tranquille des grandes profondeurs. Quelques noyés remontèrent parmi les débris légers, furent brassés par les vagues et redescendirent à leur tour, bien emplis d'eau.

— Cœur quarante et un.
— Température 35°.
— Rien, dit Simon.

La première équipe de démineurs s'était posée à Sydney et était repartie. C'étaient les meilleurs, des Anglais.

— Ça y est ! cria Simon. Des images !

Il entendit la voix furieuse de Moïssov et dans l'autre oreille la Traductrice qui lui traduisait de ne pas crier. Il entendait en même temps, dans l'intérieur de sa tête, né directement dans son cerveau sans l'intervention des nerfs acoustiques, un grondement sourd, des coups, des explosions, et des voix effacées, comme enveloppées de brouillard, cotonneuses.

Les images qu'il voyait étaient floues, fondantes, en déformation constante, et semblaient vues à travers un voile d'eau teintée de lait. Mais parce qu'il avait déjà vu les lieux qu'elles représentaient, il les reconnaissait. C'était l'Abri, le cœur de l'Abri, l'Œuf.

Il essaya de dire ce qu'il voyait, à voix haute, mais modérée.

— On s'en fout de ce que vous voyez ! dit Moïssov. Dites-nous simplement : « Pas net », « Pas net », puis « Net » quand ce sera net. Et puis taisez-vous jusqu'au rêve. Quand ça deviendra cinglé, délirant, ce ne sera plus la mémoire passive, ce sera la mémoire en folie : le rêve. Ça sera juste avant le réveil. Signalez-le. Vous avez compris ?

— Oui.

— Vous dites « Pas net », puis « net », et puis « rêve ». C'est suffisant. Compris ?

— J'ai compris, dit Simon.

Et quelques secondes plus tard, il dit :

— Net...

Il voyait, il entendait net. Il ne comprenait pas, car il n'y avait pas de circuit de la Traductrice intercalé entre les deux cercles d'or, et les deux hommes qu'il voyait parler en gonda. Mais il n'avait pas besoin de comprendre. C'était clair.

Il y avait au premier plan Eléa nue couchée sur le socle, le masque d'or rabattu sur son visage, et Païkan qui se penchait vers elle, et Coban qui frappait sur l'épaule de Païkan et lui disait qu'il était temps de partir. Et Païkan se retournait vers Coban, et le bousculait, le repoussait au loin. Et il se penchait de nouveau vers Eléa, et posait doucement ses lèvres sur sa main, sur ses doigts, pétales allongés, reposés, dorés, pâles, fleurs de lis et de rose brune, et sur la pointe des seins reposés, apaisés, doux sous les lèvres comme... aucune merveille dans le monde des merveilles n'est aussi doux et tendre et tiède sous les lèvres..., puis posait sa joue sur le ventre de soie, au-dessus du gazon d'or discret si mesuré, si parfait... dans le monde des merveilles aucune merveille n'était aussi discrète et juste, de mesure et de couleur, à sa place et de douceur, à la mesure de sa main qu'il posa, et sa main le couvrit et il se blottit dans sa paume avec l'amitié d'un agneau, d'un enfant. Alors Païkan se mit à pleurer et ses larmes coulaient sur le ventre d'or et de soie, et les coups sourds de la guerre qui broyait la terre autour de l'Abri entraient par la porte ouverte, parvenaient jusqu'à lui, se posaient sur lui, et il ne les entendait pas.

Coban revint vers lui, lui parla et lui montra l'escalier et la porte, et Païkan n'entendait pas.

Coban le saisit sous les bras et le releva, et lui montra au ciel de l'Œuf l'image monstrueuse de l'Arme. Elle emplissait le noir de l'espace, et ouvrait de nouvelles rangées de pétales qui couvraient les constellations. Le bruit de la guerre emplissait l'Œuf comme le grondement d'une tornade. C'était un bruit sans arrêt, un bruit de fureur continue qui cernait l'Œuf et la Sphère et se faisait un chemin vers eux à travers la terre réduite en poussière de feu. Il était temps, il était temps, temps, temps de fermer l'Abri. Coban poussait Païkan vers l'escalier d'or. Païkan lui frappa sur le bras et se dégagea. Il leva sa main droite à hauteur de sa poitrine, et du pouce, fit basculer le chaton de sa bague. La clé. La clé pouvait s'ouvrir. La pyramide pivotait autour d'un de ses côtés. Dans la tête de Simon, il y eut un gros plan, un immense plan de la bague ouverte. Et dans la base dégagée, dans le petit réceptacle rectangulaire, il vit un grain noir. Une pilule. Noire. La Graine Noire. La Graine de mort.

Le gros plan fut balayé par le geste de Coban. Coban poussait Païkan vers l'escalier. Sa main poussa le coude de Païkan, la pilule sauta hors de son logement, devint énorme dans la tête de Simon, emplit tout le champ de sa vision interne, retomba minuscule, imperceptible, perdue, disparut.

Païkan volé d'Eléa, volé de sa mort, Païkan au bout du désespoir, éclata d'une fureur incontrôlable, faucha l'air de sa main en hache, et frappa, puis frappa de l'autre main, puis des deux poings, puis de la tête, et Coban s'écroula.

378

Le grondement furieux de la guerre devint un hurlement. Païkan leva la tête. La porte de l'Œuf était ouverte, et au sommet de l'escalier celle de la Sphère était ouverte aussi. De l'autre côté du trou d'or, des flammes flambaient. On se battait dans le labo. Il fallait fermer l'Abri, sauver Eléa. Coban avait tout expliqué à Eléa du fonctionnement de l'Abri, et toute la mémoire d'Eléa était passée dans celle de Païkan. Il savait comment fermer la porte d'or.

Il vola sur l'escalier, léger, furieux, grondant comme un tigre. Quand il arriva sur les dernières marches, il vit un guerrier enisor s'engager dans l'entrée de la porte. Il tira. Le guerrier rouge le vit et tira presque en même temps. En retard d'une fraction de temps infinitésimale. Ajoutée à chaque jour pendant des milliers de siècles, elle n'aurait pas construit une seconde de plus à la fin de l'année. Mais ce fut assez pour sauver Païkan. L'arme de l'homme rouge dégageait une énergie thermique pure. De la chaleur totale. Mais quand il appuya sur la commande, son doigt n'était déjà plus qu'un chiffon mou qui volait en arrière avec son corps broyé. L'air autour de Païkan devint incandescent et s'éteignit dans le même temps. Les cils, les sourcils, les cheveux, les vêtements de Païkan avaient disparu. Un millième de seconde de plus et il ne serait rien resté de lui, pas même une trace de cendres. La douleur de sa peau n'avait pas encore atteint son cerveau qu'il frappait du poing la commande de la porte. Puis il s'écroula sur les marches. Le couloir percé dans les trois mètres d'or se ferma comme un œil de poule aux mille paupières simultanées.

Simon voyait et entendait. Il entendit l'immense explosion provoquée par la fermeture de la porte, qui faisait sauter les labos et tous les abords de l'Abri sur des kilomètres, pulvérisant les agresseurs et les défenseurs et les ensevelissait dans la coulée des roches vitrifiées.

Il entendit les voix des techniciens et des animateurs qui, tout à coup, devenaient inquiètes :

— Cœur 40...

— Température 34° 8.

— Pression artérielle ?

— 8-3, 8-2, 7-2, 6-1...

— Bon Dieu, qu'est-ce qui se passe ? Il redégringole ! Il fout le camp !

C'était la voix de Lebeau.

— Simon, toujours des images ?

— Oui.

— Nettes ?

— Oui...

Il voyait nettement Païkan redescendu dans l'Œuf, se pencher sur Coban, le secouer, en vain, écouter son cœur, comprendre que le cœur était arrêté, que Coban était mort.

Il voyait Païkan regarder le corps inerte, regarder Eléa, soulever Coban, l'emporter, le jeter hors de l'Œuf... Il voyait et comprenait, et sentait dans sa tête l'horrible souffrance envoyée par la peau brûlée de Païkan. Il voyait Païkan redescendre les marches, tituber jusqu'au socle vide et s'y étendre. Il vit l'éclair vert illuminer l'Œuf, et la porte commencer lentement à s'abaisser tandis que l'anneau suspendu apparaissait sous le sol transparent. Il vit Païkan, dans un dernier effort, rabattre sur son visage le masque de métal.

Simon arracha le cercle d'or et cria :

— Eléa !

Moïssov l'insulta en russe.

Lebeau, inquiet, furieux, demanda :

— Qu'est-ce qui vous prend ?

Il ne répondit pas. Il voyait...

Il voyait la main d'Eléa, belle comme une fleur, ouverte comme un oiseau, posée sur la mange-machine...

— ... Avec le chaton de sa bague basculé, la pyramide d'or couchée sur le côté, et la petite cavité rectangulaire vide. Là, dans cette cachette avait dû se trouver la Graine Noire, la Graine de mort. Elle n'y était plus. Eléa l'avait avalée, en portant à sa bouche les sphères de nourriture prises dans la machine.

Elle avait avalé la Graine Noire pour empoisonner Coban en lui donnant son sang empoisonné.

Mais c'était Païkan qu'elle était en train de tuer.

Tu pouvais encore entendre. Tu pouvais savoir. Tu n'avais plus la force de tenir tes paupières ouvertes, tes tempes se creusaient, tes doigts devenaient blancs, ta main glissait et tombait de la mange-machine, mais tu étais encore présente, tu entendais. J'aurais pu crier la vérité, crier le nom de Païkan, tu aurais su avant de mourir qu'il était près de toi, que vous mouriez ensemble comme tu l'avais souhaité. Mais quels regrets atroces, alors que vous pouviez vivre ! Quelle horreur de savoir qu'au moment de s'éveiller d'un tel sommeil, il mourait de ton sang qui aurait pu le sauver...

J'avais crié ton nom et j'allais crier : « C'est Païkan ! », mais j'ai vu ta clé ouverte, la sueur sur tes tempes, la mort déjà posée sur toi, posée sur lui. La main abominable du malheur a fermé ma bouche...

Si j'avais parlé...

Si tu avais su que l'homme près de toi était Païkan, serais-tu morte dans l'effarement du désespoir ? Ou pouvais-tu encore te sauver et lui avec. Ne connaissais-tu pas un remède, ne pouvais-tu pas fabriquer avec les touches miraculeuses de la mange-machine un antidote qui aurait chassé la mort hors de votre sang commun, de vos veines reliées ? Mais te restait-il assez de force ? Pouvais-tu seulement la regarder ?

Tout cela, je me le suis demandé en quelques instants, en une seconde aussi brève et aussi longue que le long sommeil dont nous t'avions tirée. Et puis enfin, j'ai crié de nouveau. Mais je n'ai pas dit le nom de Païkan. J'ai crié vers ces hommes qui vous voyaient mourir tous les deux et qui ne savaient pas pourquoi, et qui s'affolaient. Je leur ai crié : « Vous ne voyez pas qu'elle s'est empoisonnée ! » Et je les ai insultés, j'ai saisi le plus proche, je ne sais plus lequel c'était, je l'ai secoué, je l'ai frappé, ils n'avaient rien vu, ils t'avaient laissée faire, ils étaient des imbéciles, des ânes prétentieux, des crétins aveugles...

Et ils ne me comprenaient pas. Ils me répondaient chacun dans sa langue, et je ne les comprenais pas. Lebeau seul m'avait compris et arrachait l'aiguille du bras de Coban. Et il criait lui aussi, montrait du doigt, donnait des ordres, et les autres ne comprenaient pas.

Autour de toi et de Païkan, immobiles et en paix, c'était l'affolement des voix et des gestes, et le ballet des blouses vertes, jaunes, bleues.

Chacun s'adressait à tous, criait, montrait, parlait et ne comprenait pas. Celle qui comprenait tout et que tous comprenaient ne parlait plus dans les oreilles. Babel était retombée sur nous. La Traductrice venait de sauter.

Moïssov voyant Lebeau arracher l'aiguille du bras de l'homme, crut qu'il était devenu fou ou qu'il voulait le tuer. Il l'empoigna et le frappa. Lebeau se défendait en criant : « Poison, poison ! »

Simon, montrant la clé ouverte, la bouche d'Eléa, disait : « Poison, poison ! »

Forster comprit, cria en anglais à Moïssov, en lui arrachant Lebeau malmené. Zabrec arrêta le transfuseur. Le sang d'Eléa cessa de couler sur les pansements de Païkan. Après quelques minutes de confusion totale, la vérité franchit les barrières des langues et de nouveau toutes les attentions convergèrent vers le même but : sauver Eléa, sauver celui que tous encore, sauf Simon, croyaient être Coban.

Mais ils étaient déjà trop loin dans leur voyage, déjà presque à l'horizon.

Simon prit la main nue d'Eléa et la posa dans la main de l'homme emmailloté. Les autres regardaient avec étonnement, mais personne ne disait plus rien. Le chimiste analysait le sang empoisonné.

La main dans la main, Eléa et Païkan franchirent les derniers pas. Leurs deux cœurs s'arrêtèrent en même temps.

Quand il fut certain qu'Eléa ne pouvait plus entendre, Simon montra du doigt l'homme couché et dit :

— Païkan.

Ce fut à ce moment que les lumières s'éteignirent. Le diffuseur avait commencé à parler en français. Il avait dit : « La Tra... » Il se tut. L'écran de la TV qui continuait de surveiller l'intérieur de l'Œuf ferma son œil gris, et tous les appareils qui ronronnaient, cliquetaient, frémissaient, crépitaient, se turent. A mille mètres sous la glace, l'obscurité totale et le silence envahirent la salle. Les vivants debout se figèrent sur place. Pour les deux êtres couchés au milieu d'eux, le silence et l'obscurité n'existaient plus. Mais pour les vivants, les ténèbres qui les enveloppaient tout à coup dans la tombe profonde étaient l'épaisseur saisissable de la mort. Chacun entendait le bruit de son propre cœur et la respiration des autres, entendait des mouvements d'étoffes, des exclamations retenues, des mots chuchotés, et par-dessus tout la voix de Simon qui s'était tue, mais que tous continuaient d'entendre :

— Païkan...

Eléa et Païkan...

Leur histoire tragique s'était prolongée jusqu'à cette minute, où la fatalité forcenée les avait frappés pour la deuxième fois. La nuit les avait rejoints au fond du tombeau de glace et enveloppait les vivants et les morts, les liait en un bloc de malheur inévitable dont le poids allait les enfoncer ensemble jusqu'au fond des siècles et de la terre.

La lumière revint, pâle, jaune, palpitante, s'éteignit de nouveau et se ralluma un peu plus vive. Ils se regardèrent, se reconnurent, respirèrent, mais ils savaient qu'ils n'étaient plus les mêmes. Ils revenaient d'un voyage qui n'avait presque pas duré, mais tous, maintenant, étaient les frères d'Orphée.

— La Traductrice a sauté ! Tout EPI 2 est en l'air, le mur du hangar est ouvert comme une avenue !

C'était la voix de Brivaux, qui était de garde en haut de l'ascenseur.

— L'électricité a flanché, la Pile doit en avoir pris un coup. Je vous ai branchés sur les accus du Puits. Vous feriez bien de remonter en vitesse ! Mais ne comptez pas sur l'ascenseur, y a pas assez de jus, il faudra vous taper les échelles. Où vous en êtes avec les deux zigotos ? Ils sont transportables ?

— Les deux zigotos sont morts, dit Lebeau, avec le calme d'un homme qui vient de perdre dans une catastrophe sa femme, ses enfants, sa fortune et sa foi.

— Merde ! C'était bien la peine d'en avoir tant fait ! Eh bien, pensez à vous ! Et grouillez-vous avant que la Pile se mette à danser la bourrée !

Forster traduisit en anglais pour ceux qui n'avaient pas compris le français. Ceux qui ne comprenaient ni l'un ni l'autre comprirent les gestes. Et ceux qui ne comprenaient rien avaient déjà compris qu'il fallait sortir du trou. Forster désamorça définitivement les mines de l'entrée. Déjà, quelques techniciens montaient vers l'ouverture de la Sphère. Il y avait trois infirmières, dont l'assistante de Lebeau qui avait cinquante-trois ans. Les deux autres, plus jeunes, arriveraient sans doute en haut.

Les médecins ne se résignaient pas à quitter Eléa et Païkan. Moïssov fit signe qu'on pourrait se les attacher sur le dos, il ajouta quelques mots d'un horrible anglais que Forster interpréta comme voulant dire : « Chacun son tour. »

Mille mètres d'échelle. Deux morts.

— La Pile est fissurée ! cria le diffuseur. Elle est fendue, elle crache et fume de partout. Nous évacuons en catastrophe ! Dépêchez-vous !

Cette fois, c'était la voix de Rochefoux.

— En sortant du Puits, dirigez-vous vers le sud, tournez le dos à l'emplacement d'EPI 2. Le vent emporte les radiations dans l'autre sens. Des hélicoptères vous recueilleront. Je laisse une équipe ici pour vous attendre, mais si ça saute avant et que vous en sortiez, n'oubliez pas : plein sud ! Je vais m'occuper des autres. Faites vite...

Van Houcke parla en hollandais et personne ne le comprit. Alors, il répéta en français qu'à son avis il fallait les laisser là. Ils étaient morts, on ne pouvait rien faire pour eux, ni d'eux. Et il se dirigea vers la porte.

— Le moins que nous puissions faire, dit Simon, c'est de les remettre où nous les avons trouvés...

— Je le pense, dit Lebeau.

Il s'en expliqua en anglais avec Forster et Moïssov, qui furent d'accord.

Ils prirent d'abord Païkan sur leurs épaules, et lui firent redescendre le chemin par lequel ils l'avaient hissé vers leurs espoirs, et le déposèrent sur son socle.

Puis ce fut le tour d'Eléa. Ils la portèrent à quatre, Lebeau, Forster, Moïssov et Simon. Ils la posèrent sur l'autre socle, près de l'homme avec qui elle avait dormi pendant 900 000 ans sans le savoir, et avec qui elle s'était, sans le savoir, enfoncée dans un nouveau sommeil qui n'aurait pas de fin.

Au moment où elle pesa sur le socle de tout son poids, un éclair bleu éblouissant jaillit sous le sol transparent, envahit l'Œuf et la Sphère, et rattrapa les hommes et les femmes accrochés aux échelles. L'anneau suspendu reprit sa course immobile, le moteur reprit sa tâche un instant interrompue : envelopper d'un froid mortel le fardeau qu'on lui avait confié, et le garder à travers le temps interminable.

Rapidement, car le froid les étreignait déjà, Simon démaillota en partie la tête de Païkan, coupa et arracha les pansements, afin que son visage fût nu à côté du visage nu d'Eléa.

Le visage délivré apparut, très beau. Ses brûlures ne se voyaient presque plus. Le sérum universel apporté par le sang d'Eléa avait guéri sa chair pendant que le poison en retirait la vie. Ils étaient l'un et l'autre incroyablement beaux et en paix. Un brouillard glacé envahissait l'Abri. De la salle de réanimation parvenaient des morceaux de la voix nasillarde du diffuseur :

— Allô !... Allô !... encore quelqu'un ?... Dépêchez-vous !...

Ils ne pouvaient plus s'attarder. Simon sortit le dernier, monta les marches à reculons, éteignit le projecteur. Il eut d'abord l'impression d'une obscurité profonde, puis ses yeux s'accoutumèrent à la lumière bleue qui baignait de nouveau l'intérieur de l'Œuf de sa clarté nocturne. Une mince gaine transparente commençait à envelopper les deux visages nus, qui brillaient comme deux étoiles. Simon sortit et ferma la porte.

Un véritable carrousel s'était établi entre les porte-avions, les sous-marins, les bases les plus proches et les abords de l'EPI. Sans arrêt, les hélicoptères se posaient, faisaient le plein, repartaient. Un entonnoir déchiqueté, sali de débris de toutes sortes, brillant d'éclats de glace, marquait l'emplacement d'EPI 2. Des fumerolles en montaient, que le vent rageur cueillait au ras du sol et emportait vers le nord.

Peu à peu, tout le personnel fut évacué, et l'équipe du Puits sortit à son tour et fut recueillie au grand complet. L'infirmière quinquagénaire avait été parmi les premiers arrivés en haut. Elle était maigre et grimpait comme une chèvre.

Hoover et Léonova s'embarquèrent avec les réanimateurs dans le dernier vol du dernier hélicoptère. Hoover, debout devant un hublot serrait contre lui Léonova qui tremblait de désespoir. Il regardait avec horreur la base dévastée et râlait à voix basse :

— Quel gâchis, bon Dieu, quel gâchis !...

Les sept membres de la Commission chargée de rédiger la Déclaration de l'Homme Universel se trouvèrent répartis sur sept navires différents, et n'eurent plus l'occasion de se rencontrer. Il n'y avait plus personne à terre, il n'y avait plus dans le ciel que de hauts avions prudents qui tournaient au loin en gardant EPI 2 dans le champ de leurs caméras. Le vent soufflait de nouveau en tempête furieuse, plus fort à chaque seconde. Il balayait les débris de la base, emportait des morceaux de n'importe quoi, multicolores, vers des horizons blancs à des distances inconnues.

La Pile sauta.

Les caméras virent le champignon gigantesque empoigné par le vent, tordu, couché, déchiqueté, éventré jusqu'au rouge de son cœur d'enfer, emporté en morceaux vers l'océan et les terres lointaines. La Nouvelle-Zélande, l'Australie, toutes les îles du Pacifique se trouvaient menacées. Et en premier lieu les bâtiments de la Force Internationale. Les avions rentrèrent à bord, les sous-marins plongèrent, les navires de surface firent pleine vitesse par le travers du vent.

Au bord du *Neptune*, Simon raconta aux savants et aux journalistes qui s'y trouvaient ce qu'il avait vu pendant la transfusion, et comment Païkan avait pris la place de Coban.

Toutes les femmes du monde pleurèrent devant les écrans. La famille Vignont mangeait à sa table en demi-lune en regardant le champignon échevelé en serpents de gorgone qui marquait la fin de l'aventure généreuse. Mme Vignont avait ouvert une grande boîte de raviolis sauce tomate, les avait fait réchauffer au bain-marie et servis dans la boîte même, parce que ça se tient plus chaud, disait-elle, en réalité parce que ça allait plus vite, ça ne salissait pas de plat, et entre nous le décorum on s'en fiche. Après l'explosion, il y eut la tête d'un homme qui prit un air mélancolique pour prononcer des paroles de regret, et passa aux autres nouvelles. Malheureusement, elles n'étaient pas bonnes. Sur le front de Mandchourie on s'attendait à... En Malaisie, une nouvelle offensive de... A Berlin, la famine due au blocus... Dans le Pacifique, les deux flottes... A Koweit, l'incendie des puits... Au Cap, les bombardements de l'aviation noire... En Amérique du Sud... au Moyen-Orient... Tous les gouvernements faisaient l'impossible pour éviter le pire. Des envoyés spéciaux croisaient des médiateurs à toutes les altitudes, dans toutes les directions. On espérait, on espérait beaucoup. La jeunesse bougeait un peu partout. On ne savait pas ce qu'elle voulait. Elle non plus sans doute. Les étudiants, les jeunes ouvriers, les jeunes paysans, et les bandes de plus en plus nombreuses de jeunes qui n'étaient rien et ne voulaient rien être se réunissaient, se mélangeaient, envahissaient les rues des capitales, coupaient la circulation, chargeaient la police en criant. « Non ! Non ! Non ! Non ! » Dans toutes les langues, cela s'exprime par un petit mot explosif, facile à crier. Ils le criaient tous, ils savaient cela, ils savaient *qu'ils ne voulaient pas*. On ne sut pas exactement lesquels commencèrent à crier le « non » ! des étudiants gondas : « Pao ! Pao ! Pao ! Pao ! » mais en quelques heures toute la jeunesse du monde le criait, face à toutes les polices.

— Pao ! Pao ! Pao ! Pao !...

A Pékin, à Tokyo, à Washington, à Moscou, à Prague, à Rome, à Alger, au Caire :

— Pao ! Pao ! Pao ! Pao !

A Paris, sous les fenêtres des Vignont :

— Pao ! Pao ! Pao ! Pao !

— Ces jeunes, moi, je les foutrais au boulot... dit le père.

— Le Gouvernement s'efforce..., dit le visage de l'écran.

Le fils se leva, saisit son assiette et la jeta sur le visage. Il cria :

— Vieux con ! Vous êtes tous des vieux cons ! Vous les avez laissés crever avec vos conneries !

La sauce coulait sur l'écran incassable. Le visage triste parlait sous la sauce tomate.

Le père et la mère, surpris, regardaient leur fils transfiguré. La fille ne regardait rien, n'écoutait rien, elle était toute autour de son ventre qui n'arrêtait pas de se souvenir de la nuit précédente passée dans un hôtel de la rue Monge avec un Espagnol maigre. Tous ces mots, ces mots, est-ce que ça compte ?

Son frère criait :

— On y retournera ! On les sauvera ! On trouvera le contrepoison ! Moi, je suis qu'un idiot, mais y en a qui sauront ! On les tirera de la mort ! On veut pas de la mort ! On veut pas de la guerre ! On veut pas de vos conneries !

— Pao ! Pao ! Pao ! Pao ! criait la rue de plus en plus fort.

Et les sifflets de la police, les éclatements mous des grenades lacrymogènes.

— Moi, je suis idiot, mais je suis pas un con !

— Les manifestations..., dit le visage.

Il lui jeta toute la boîte de raviolis et sortit. Il claqua la porte en criant :

— Pao ! Pao !...

Ils l'entendirent dans l'escalier, puis il se confondit avec les autres.

— Que ce garçon est bête ! dit le père.

— Qu'il est beau ! dit la mère.

Achevé d'imprimer
par Maury-Eurolivres S.A.
45300 Manchecourt

— N° d'impression : 6285. —
Dépôt légal : janvier 1994
Imprimé en France